南宋名家词选讲

叶嘉莹 著

图书在版编目（CIP）数据

南宋名家词选讲／叶嘉莹著．—北京：北京大学出版社，2007.2
（迦陵讲演集）

ISBN 978-7-301-11460-5

Ⅰ．南… Ⅱ．叶… Ⅲ．宋词－文学研究－南宋 Ⅳ．I207.23

中国版本图书馆 CIP 数据核字（2006）第 158591 号

书　　　　名：	南宋名家词选讲
著作责任者：	叶嘉莹 著
责 任 编 辑：	徐丹丽
标 准 书 号：	ISBN 978-7-301-11460-5
出 版 发 行：	北京大学出版社
地　　　　址：	北京市海淀区成府路 205 号　100871
网　　　　址：	http://www.pup.cn
电 子 邮 箱：	编辑部 wsz@pup.cn　总编室 zpup@pup.cn
电　　　　话：	邮购部 010-62752015　发行部 010-62750672
	出版部 010-62754962　编辑部 010-62752022
版 式 设 计：	北京河上图文设计工作室
印 刷 者：	三河市北燕印装有限公司
经 销 者：	新华书店
	650mm×980mm　16 开本　19 印张　213 千字
	2007 年 2 月第 1 版　2024 年 12 月第 14 次印刷
定　　　　价：	52.00 元

未经许可，不得以任何方式复制或抄袭本书之部分或全部内容。
版权所有，侵权必究
举报电话：010-62752024　电子邮箱：fd@pup.cn

目录

I 总　序

001　叙　论（一）
011　叙　论（二）

001　第一章　南宋初期
002　　　第一讲　说李清照词
024　　　第二讲　说陆游词

037　第二章　南宋中期
038　　　第一讲　说张元幹与张孝祥词
048　　　第二讲　说辛弃疾词之一
059　　　第三讲　说辛弃疾词之二
076　　　第四讲　说辛弃疾词之三

目录

089　第五讲　说姜夔词之一
102　第六讲　说姜夔词之二
114　第七讲　说姜夔词之三
141　第八讲　说姜夔词之四

155　第三章　南宋后期
156　第一讲　说吴文英词之一
168　第二讲　说吴文英词之二
181　第三讲　说吴文英词之三
200　第四讲　说吴文英词之四
212　第五讲　说王沂孙词之一
224　第六讲　说王沂孙词之二

247　附　录　从花间词的女性特质看稼轩豪放词

总序

北京大学出版社即将出版我的《迦陵讲演集》七种，要我写一篇序言。这七册书都是依据我在各地讲词之录音所整理出来的讲稿，所以称之为"讲演集"。这七册书的次第是：

1.《唐五代名家词选讲》

2.《北宋名家词选讲》

3.《南宋名家词选讲》

4.《唐宋词十七讲》

5.《清代名家词选讲》

6.《词之美感特质的形成与演进》

7.《迦陵说词讲稿》

前两册书，也就是"唐五代"及"北宋"词的选讲，其主要内容盖大多取自于台湾大安出版社1989年所出版的我的四册一系列的《唐宋名家词赏析》。在此系列的第一册前原有一篇《叙论》，现在也仍放在这两册书的第一册书之前，并无改动。至于第三册《南宋名家词选讲》，则是依据我于2002年冬在南开大学的一次系列讲演的录音由学生整理写成的。当时由于来听讲的同学并没有听过我所讲授的唐五代与北宋词的课，而南宋词则是由前者发展而来的，所以我遂不得不在正式开讲南宋词以前，作了两次对唐五代与北宋词的介绍。这就是目前收在这一册书之前的两篇《叙论》。至于第四册《唐宋词十七讲》，则是我于1987年先后在北京、沈阳及大连三地连续所作的一个系列讲演。当时除了录音外，本来还有录像，但因各地设备不同，录像效果不同，所以其后只出版了录音的整理稿，所用的就是现在的书名。至于录像部分，则目前正由南开大学的中华古典文化研究所在加紧整理中，大概不久就会以光碟的形式面世。在这册书前面，我曾经写过一篇极长的序言，对当时朋友们为了组织这次系列讲座及拍摄录像的种种勤劳辛苦，作了详细的介绍。而且还有当时一直随堂听讲的两位旧辅仁大学的校友——北师大的刘乃和教授及中国历史博物馆的史树青教授，都为此书写了序言，对当时讲课的现场情况和反应也作了相当的介绍。现在这三篇序言也都依然附录在这一册书的前面，读者可以参看。第五册《清代名家词选讲》，其所收录的主要讲录，乃是我于1994年在新加坡所开授的一门课程的录音整理稿。虽然因课时之限制，所讲内容颇为简略，但大体尚有完整之系统可寻。在这一册书前，我也曾写了一篇序言，读者可以参看。第六册《词之美感特质的形成与演进》，是2005年1月我为天津电视台的"名师名课"节目所作的一次系列讲演。这次讲演也作了录像，大概不久的将来也可以做成光碟面世。只不过由于这册录音稿整理出来时，我因为行旅匆匆而没有来得及撰写序言，这一点还要请读者原谅。至于最后的第七册《迦陵说词讲稿》，则是我多年来辗转各地讲学随时被人邀讲的一些录音整理稿。这是在这一系列讲录中内容最为驳杂的一册书。一般说来，我自己对于讲课本来就没有准备讲稿的习惯。这倒还不只是因为我的疏懒的习性，而且也因为我原来抱有一种成见，以为在课堂上的即兴发挥才更能体现诗词中的生生不已的生命力，而如果先写下来再去讲，我以为就未免要死于句下了。只是就临场发挥而言，则一切都要取之于自己平日熟读的记诵，而我的记忆既难免有误，再加之录音有时不够清晰，所以整理出的讲录自不免时有失误之处。何况目前的排字印刷也往往发生错误，而我既是分别在各地不同之时空所作的讲演，因此讲题及内容也往往有重复近似之处。如今要整理编辑为一本书，自然不得不做许多剪裁、改编和校对的工作。不过，从此种杂乱复出的情况，读者大概也可以约略想见我平日各地奔走讲课的情形之一斑了。

关于我一生的流离忧患的生活，以前当2000年台湾桂冠图书公司为我出版一系列廿四册的《叶嘉莹作品集》时，我原曾写过一篇极长的《总序》，而且在其"诗词讲录"一辑的开端也曾为我平生讲课之何以开始有录音及整理的经过做过相当的叙述。目前北京大学出版社所计划出版的，既然也是我的一个系列，性质有相似之处，这两篇序文已收入北京大学出版社即将出版的《迦陵杂文集》中，读者自可参看。

北京大学出版社为我出版的七册《迦陵讲演集》以及北京中华书局即将推出的六册《说诗讲录》两者加起来，我的诗词讲录乃将有十三册之多。作为一个八十三岁的老人，面对着自己已有六十二年讲课之久的这些积累，真是令人不禁感慨系之。我平常很喜欢引用的两句话是："以无生之觉悟做有生之事业，以悲观之心境过乐观之生活。"朋友们也许认为这只是老生常谈，殊不知这实在是我的真实叙述。我是在极端痛苦中曾经亲自把自己的感情杀死过的人，我现在的余生之精神情感之所系，就只剩下了诗词讲授之传承的一个支撑点。大家可能还记得我曾经写过"书生报国成何计，难忘诗骚屈杜魂"的话，其实那不仅是为了"报国"，原来也是为了给自己的生命寻找一个意义。但自己自恨无能，如今面对着这些杂乱荒疏的讲学之成果，不禁深怀惭怍，最后只好引前人的两句话聊以自慰，那就是："余虽不敏，然余诚矣。"

叙 论

（一）

　　从今天起，我们开始讲南宋词。为什么要从南宋词讲起呢？说来话长。1987年我曾经在北京国家教委的礼堂举行过一次唐宋词的系列讲座，因为时间的缘故，我只讲了十次，讲到北宋就结束了。后来，有朋友邀我到东北，又讲了南宋的七讲。当时，他们都作了录像，只是有关南宋词那七讲的录像，他们没有给我。如果现在再去找的话，因为已经隔了十四年之久，那里的老师大部分已经退休了，所以很难找到。现在澳门的沈秉和先生想推广普及诗词的教学，希望能够把我十四年前讲课的录像带整理出来；天津广播电视大学的徐士平先生也在协助我们做这项工作。前面关于北宋词的十讲已经整理完毕，而后边南宋的七讲因为没有录像带，只好重新讲起了。

　　在讲北宋词时，我从晚唐五代的温庭筠、

韦庄一直讲到北宋后期的周邦彦，现在马上讲南宋词，大家也许会觉得有些突兀，所以在开始之前，我还要简单介绍一下词在南宋之前的发展情况以及这一阶段的发展对后来南宋词的影响。

我个人以为，从唐、五代一直到北宋后期，在词的创作这一方面，几种不同类型的词已经基本发展完成了。我归纳自己多年来学习、讲授的体验，曾把词的发展分成三个不同的阶段，在这三个阶段里形成了三种不同类型的词，即歌辞之词、诗化之词和赋化之词。词在刚刚兴起的时候，本来是可以配合音乐来歌唱的歌辞，因为最初流行于市井之间，所以比较通俗。你不一定有很高的文化水平，只要会唱这种流行的歌曲，你就可以把你要说的话唱出来。一般说起来，无论哪一个国家、哪一个时代，它的流行歌曲里边总是少不了爱情、相思之类的歌曲。此外，征夫可以写征夫的歌辞，商人可以写商人的歌辞，医生可以把药诀写入歌辞，将士可以把兵法写入歌辞——任何人都可以唱，都可以写。因此，这种歌曲是非常丰富多彩的。可是，因为这些歌曲的作者没有很高的文学修养，他们用的语言文字比较浅俗，士大夫阶层的人往往看不起这些歌曲，他们不愿意去整理，更谈不上编印了。所以这些曲子尽管流行了很久，但没有广泛流传。直到晚清时，才有人在敦煌石窟里发现了一些当年的曲子词。

中国最早的一本词集是后蜀的赵崇祚所编的《花间集》。欧阳炯在《花间集》的序中说"因集近来诗客曲子词五百首"，在这里，他特别说明了那是"诗客"的"曲子词"，也就是说，那些曲子不再是贩夫走卒的作品，而是诗人所写的文雅的歌辞了。曲子编好了，为的是什么？"庶使西园英哲，用资羽盖之欢；南国婵娟，休唱莲舟之引。"可见，他编选的目的，是为了增加那些诗人文士们游乐、饮宴之间的欢乐，使歌女们不再唱那些通俗的曲子了。因为是在宴会这样的场合中所唱的歌曲，所以《花间集》大多是以写美女和爱情为主的歌辞。

在中国的各种文学体式中，词这种体式的发展过程尤其微妙。时代与作者偶然结合，便形成了一种特殊的美感作用。那么这是一种怎样的美感作用？它是在什么样的环境中、什么样的作者笔下形成的呢？大家知道，《花间集》是后蜀时代收集的作品，其中最有名的作者就是温庭筠和韦庄。然后，与《花间集》同一时代而稍微晚一些的另一个小国南唐的歌曲也非常发达。像南唐二主——李璟、李煜父子以及冯延巳都很善于写词。从历史背景来看，整个晚唐五代是一个怎样的时代？你读五代史，看梁、唐、晋、汉、周，仅仅几十年，一下子就换一个朝代。那时候，中国北方所谓正统的，从唐朝灭亡以后一直传下来的是五代；另外，五代时期，在南方和巴蜀地区，还有许多割据政权，前后建立了九个国家，加上北方的北汉，被称为十国。所以那是一个四分五裂、兵戈扰攘的时代。好，现在我们还要从晚唐五代回到 21 世纪，看一看西方近年来流行的文学批评潮流。西方最近这一个世纪，发展得最可观的是他们的文学批评理论：从重视作者到重视作品，再到重视读者，从对作者生平的考据到对文本（text）本身的研究，再到接受美学（Aesthetic of Reception）和读者反应论（Reader's Response）一直发展下来，形成了很多流派。近些年来，西方人最喜欢谈到的一个文学批评理论是 Contactual Criticism，我们中国把它翻译为相关语境批评。本来，当西方新批评的倡导者重视文本（text）的时候，他们也曾提出过 contact 这一个术语，他们所讲的 contact 是说一篇作品，一个文本中上下文的语言形象之间彼此的关系。可是，现在新发展起来的相关语境说所讲的contact并不是指这种关系，而是说一篇文章产生时所有的背景的情境：你究竟是在什么场合、对什么对象说的这些话？这是非常重要的。同样一句话，在不同的场合、不同的对象之间，当然会有不同的作用。

我们现在简单地介绍了西方的一些文学批评理论。如果以相关语境的观点来看五代时后蜀及南唐的小词，你就会发现，这个相关语境是一种双重的语境。什么叫"双重语境"呢？就是与它相关的背景是两重的。哪两重？一个是时代的大环境，一个是偏安的小环境。就地理形式而言，蜀地常常是最容易防守的，都说剑门关"一夫当关，万夫莫开"，所以蜀既可以偏安，又可以称霸，总之能够保持自己相对的安定。那么南唐呢？因为当时五代的变乱多发生在北方，没有涉及江南，所以南唐还是比较富庶的。因此，在五代的战乱流离之中，南唐与西蜀这两个地方保持了安定的生活，而且物质上也相当地富足。不但如此，西蜀与南唐的君主也多是喜爱歌舞宴乐的人。像南唐的中主李璟、后主李煜，还有在李璟时做过宰相的冯延巳都是如此。南唐二主所写的歌辞常常要付之歌唱，而冯延巳的《阳春集》，前面有一篇序，是他亲戚的一个后代人陈世修所写的。序中说，当年我的长辈冯延巳常常宴乐，而且常常喜欢写作小词。再有，像前蜀的王建和王衍父子，后蜀的孟知祥和孟昶父子，也都是喜欢听歌看舞、饮宴享乐的。这是小的环境。可是，小环境虽然如此，大环境却无时不在干戈扰攘之中，而且北方势力的逐渐强大使南方偏安的形势日益受到威胁。你如果细读南唐二主跟冯延巳等人的作品，就会发现隐含在作品之中的一种忧惧之感，尽管他们没有明白地表露出来。

为什么王国维在《人间词话》里边提到李璟的一首《摊破

浣溪沙》,说其中的"菡萏香销翠叶残,西风愁起绿波间"二句"大有众芳芜秽,美人迟暮之感"?其实,从表面上看,中主这首词就是写征夫思妇的感情。"细雨梦回鸡塞远",他说闺中的思妇怀念远方的征人,而征人远在鸡塞。可是,像"菡萏香销翠叶残,西风愁起绿波间"二句,它隐然给人以一种凋零、衰落、动荡不安的感觉。正如后来清代常州词派的批评家谭献所说的:"作者之用心未必然,而读者之用心何必不然。"作者甚至于自己都没有想到:我要表现我的国家如何地危亡不安呀,他不见得这样想。危亡不安只是隐藏在他心底的一种感觉,而这种隐含的感觉就使他的小词产生了一种微妙的作用。也就是说,尽管他表面上写的是美女爱情、征夫思妇、伤春怨别,可是他把心底的一种幽微的患难的感觉无形中表现出来了,这样就可以使读者产生一种言外的联想。所以从一开始,小词就有了双重的意蕴。这种双重意蕴从何而来?我们可以说是从它产生的环境、背景而来。去年我赴台湾参加了一个国际学术研讨会,议题是"文学与世变的关系"。在那个研讨会上,我所讲的题目是谈词之美感特质的形成及词学家对此种美感特质之反思与世变的关系。由以上所述我们不难看出,小词的美感特质的形成,的确与当时大的时代背景结合着非常密切的关系,这种美感特质即表现为好词多给人一种言外的感受和联想。这是中国的小词最妙的一点,妙就妙在它不像诗,不是从consciousness里边告诉你。因为它没有直接说出来,所以特别耐人寻味。

然而词并没有停止在这种歌辞之词的阶段,后来,小词就继续向前发展了。我们说,任何文学体式之所以会向某一个方面发展,它一定有必然的原因。词的发展也不例外。歌辞之词一路发展下来,它的性质没有改变,形式上却有了变化,表现为从小令而发展出长调。其实，早在《敦煌曲子词》里就有长调的歌辞了，只是早期的作者如温庭筠、韦庄、冯延巳、南唐二主等人，他们都不写长调，只写小令，一直到北宋初年的晏殊、欧阳修都是如此。为什么这些人不肯写长调呢？因为长调的音乐性比较复杂，那些文人、士大夫若没有相当高的音乐修养，便不能完全掌握长调中音乐的性质。而小令篇幅短小，音乐没有那么复杂，而且很多小令的句法、平仄都与诗很接近，那些文人诗客们如果写词，写小令自然要比长调容易些，所以最早在诗人中间发展起来的是小令。像刘禹锡、白居易等人，他们不是都可以顺手写几首小词吗？后来，出现了一个懂得音乐的作者柳永。柳永不仅是一个诗人、文士，他还是一个音乐家。因为懂得音乐，他可以填写很长的调子。他所写的仍然是歌辞之词，但形式改变了。

你要知道，天下任何文学，形式一定会影响内容的。怎么样影响？以温庭筠为例，比如他在一首《菩萨蛮》中说"懒起画蛾眉"，仅仅这一句就可以给读者很丰富的联想。中国有一个传统，从屈原的《离骚》开始，他说"众女嫉余之蛾眉"，代表的是一个才德美好的贤士受到小人的嫉妒与谗害。李商隐在他的一首《无题》诗中说："八岁偷照镜，长眉已能画。"他说有一个女孩子，八岁就可以画出很美丽的长眉。这里的画眉也是有喻托的："长眉"代表才德的美好，"画眉"就是对于才德美好的追求。那么"懒起画蛾眉"呢？唐朝诗人杜荀鹤有一首《春宫怨》，他说："早被婵娟误，欲妆临镜慵。"我早被自己美好的容颜所误，要化妆时，面对着镜子，我就"慵"——懒了。为什么懒？后边他接着说："承恩不在貌，教妾若为容？"因为得到皇帝的恩宠不是因为她容貌的美丽。真的这样吗？你看白居易写《长恨歌》，陈鸿写《长恨歌传》，说杨贵妃之所以能得到玄宗的宠爱，不只是因为她容貌美丽，而且因为她能够"先意希旨，有不可形容者"，她在皇帝没有表现他的意思之前就知道如何迎合皇帝，如何按皇帝的意图去做。还不只是男女之间，就是君主与臣子之间也是如此。你看电视剧《铁齿铜牙纪晓岚》，说有一个叫和珅的如何如何会逢迎皇上，讨皇上的喜欢，于是皇上就欣赏他。可见，千古得宠的人不一定就因为容貌的美丽或才能品德的美好，既然"承恩"是"不在貌"的，那么我化妆做什么？当然就"欲妆临镜慵"了。我们再看温庭筠的这两句词，"懒起画蛾眉，弄妆梳洗迟"，他写的只是一个美女懒得化妆，却居然在短短的文字里边给读者这么多联想。在一个国家的诗歌传统中，蕴含多种信息，能引起人言外联想的词汇被称为语码（code）。按照西方的符号学（semiotics）来说，当某个语言在一个国家民族使用很久以后，这个语言符号就变成了一个符码，因为它与文化有关，所以又叫文化语码（cultural code）。而温庭筠的词中含有大量这样的符码，这也是温词可以给人多种联想的一个原因。

温庭筠是这样的，那么柳永呢？他不是写长调了吗？同样写一个懒起的女子，他是怎么说的？"暖酥消，腻云嚲。终日厌厌倦梳裹。无那，恨薄情一去，音书无个。"他说这个女子脸上涂的脂粉都消退了，她抹着很多头油的乌云一样的鬓发都披散开了，她每天都无精打采，懒得梳妆打扮，真无奈呀，自从那个薄情的男子一去，连一封信都没有了。柳永写的也是女子懒起化妆，"终日厌厌倦梳裹"嘛，可是他用长调来写，就把什么都写得非常现实，说一个女子之所以不化妆就是因为爱她的那个男子不在家，这样写就不会给读者很多联想了。

当然，我们对于柳永要从两方面来看。那次在天津大学讲苏轼词时我也曾经说过，柳永对苏东坡有正反两方面的影响。首先，苏轼这个人有一种逸怀浩气，他不喜欢写什么"暖酥消，腻云亸"之类的话，他觉得柳永这样写真是无聊。可是柳永在他的长调里还不是只写相思与爱情，因为他在仕宦科第方面很不如意，总是做最卑微的小官，今天到这里，明天到那里，所以柳永写了很多羁旅行役的词。而在此之前，像《花间集》中的小词，都是写女子在闺中的相思。像什么"玉楼明月长相忆""水精帘里玻璃枕"等等都是这样。柳永也写相思，但写得更多的是男子的相思，写男子在四方漂泊的生活。同时，他为了生活而在各地奔波，当然免不了登山临水。我们知道，他很有名的一首《八声甘州》即是这样的作品："对潇潇暮雨洒江天，一番洗清秋。渐霜风凄紧，关河冷落，残照当楼。是处红衰翠减，苒苒物华休。惟有长江水，无语东流。"你看，他已从《花间集》中伤春的感情中解脱出来，写的是一种悲秋的感情。伤春是爱情的失落，悲秋则是年命的无常和生命的落空。陈子昂有一首《感遇》诗说："兰若生春夏，芊蔚何菁菁。幽独空林色，朱蕤冒紫茎。迟迟白日晚，袅袅秋风生。岁华尽摇落，芳意竟何成？"不管你是多么美丽的兰花，你曾经有过多么美好的生命，当一岁的芳华摇落净尽之后，你完成了什么？杜甫有两句诗写得好："幸结白花了，宁辞青蔓除。"他写的还不是美丽的花，而是一个瓜的架子。他说：我虽然没有兰花的美丽，可是我毕竟开过花，也结了果子，所以现在要拆除我这个青青的架上的瓜蔓，我就不会再有什么推辞、什么遗憾了。可是人呢，尤其是一个有理想的读书人，他最恐惧年命的无常与生命的落空。孔子说："四十五十而无闻焉，斯亦不足畏也矣。"杜甫也说:"四十明朝过,飞腾暮景斜。"四十岁明天就要过去,我的人生开始走下坡路了。此后纵然我有飞腾的愿望与才能,也已经是黄昏渐近,来日无多了。这就是男子的悲秋,而柳永的长调所拓展出来的正是他在羁旅行役中,他作为男子的悲秋的感情。

  前面我们说柳永对苏轼有一定的影响,还不是说这种悲秋的感情影响了苏轼。人家苏轼是了不起的,你尽管春去秋来,我苏东坡依旧是我苏东坡。后来,他年老了,眼花了,还曾经作诗说:"浮空眼缬散云霞,无数心花发桃李。"他说:我老眼昏花,看不清楚前面的东西,只觉得它飘浮在空中像云雾一般。但是,我内心中有无数的心花还在盛开着。我们常说"足乎己而无待于外",而苏轼真的是有这种操守,有自己的一份自得。所以,柳永对苏轼的影响不在于悲秋,而是在登山临水、羁旅行役中所表现出来的那一种开阔博大的气象。但苏轼对于柳永写的"暖酥消,腻云亸"一类的词,则不大欣赏。词,既然是一种文学体式,我们为什么不可以用它来抒情言志呢?所以苏轼的词是诗化之词。"大江东去,浪淘尽,千古风流人物"写得多么开阔,多么放旷!他不是只给歌女写歌辞了,而是将作者个人的情志、理想、胸襟这种浩气逸怀写入词中,把词的体式当作一种新的诗体、一种新诗的体式来写作,这就是所谓的诗化之词。

  诗化之词一出现,就有了正反两方面的情况。正面的可分为两种。一种是在其诗化以后,果然就有了诗的美感了,这是好的作品。比如苏轼的《江城子》:"老夫聊发少年狂。左牵黄,右擎苍。锦帽貂裘,千骑卷平冈。"它有诗的美感,跟诗一样好,一样地抒情写志,一样在其音乐节奏之间传达出一种直接的感发,所以是一首诗化的好词。可是有时候,你要用写诗的手法直接来写,就容易写得太直白,从而缺少了一种含蕴的美感了。像苏轼的另一首《满庭芳》，说什么"蜗角虚名，蝇头微利，算来着甚干忙"。他说，你犯不着去追求那些像蜗牛角、苍蝇头一样微末的得失，算了，为什么要为这些事情而忙碌呢？这样写就太直白而没有余味了。比较来说，这是失败的一类作品。

此外，苏轼也有写得非常好，既有诗的美感，又有词的美感的作品。像他的《八声甘州·寄参寥子》的那首词："有情风万里卷潮来，无情送潮归。问钱塘江上，西兴浦口，几度斜晖。"开头几句感物言志，是对外物的一种直接的感发，写得开阔博大。后边接着说："不用思量今古，俯仰昔人非。"他说的是什么？是当时北宋的新旧党争。苏轼在党争之中真是受尽了折磨，所以他的一生起伏非常大，患难也非常多，用他自己的一句话来说，"不用思量今古，俯仰昔人非"——你不用说古往今来有多少沧桑变化，不用说什么"秦时明月汉时关""吴宫花草埋幽径"，在短短的数十年间，在我一低头一仰头之际，我们的朝廷政海波澜，就经过了多少起伏、多少升降？多少人在党争中得志了？多少人在党争中跌倒了？这几句写得真是天风海雨，但是其中的慨叹是非常深刻的，而造成这种深层意蕴的是什么？是他在党争之间所看到的政局的变化。

前面我们说，歌辞之词中凡是好的词都有双重意蕴，因为它的相关语境有双重的意蕴；现在我们还要说，诗化之词中好的词，它表面上可以写得开阔博大、天风海雨，可是它的里面，在"天风海涛"之间还有"幽咽怨断"的一段低回婉转的情意。这种情意与什么有关？既与他的身世有关，又与当时政治上的党争有关。

到现在为止，我只讲了歌辞之词与诗化之词以及它们之美感特质与世变的关系，下一次我们接着将要讲赋化之词了。

叙 论
（二）

  开始我们说，歌辞之词、诗化之词与赋化之词这三种不同类型的词在北宋就已经发展完成了。从歌辞之词发展到诗化之词有它必然的趋势。因为一个作者，如果他熟悉了词这种文学体式，当他遭遇到重大变故的时候，他自然就会用词的形式来表达。我们还说，有意识地把词诗化的人是苏东坡。他曾对朋友说：我近来写了一些词，跟柳七郎的风格不一样，我是自成一家。所以，苏轼是有意识地去改变柳永那种柔靡作风的。

  其实，早在苏轼以前，词就已经开始有诗化的端倪了。那是谁？就是南唐的李后主。你看李煜在亡国之前所写的那些歌辞，说什么"晚妆初了明肌雪，春殿嫔娥鱼贯列。凤箫吹断水云闲，重按霓裳歌遍彻"，这都是听歌看舞的宴乐之词。一旦遭遇到破国亡家，他写了什么？"春花秋月何时了，往事知多少？小楼昨夜又东风，故国不堪回首月明中。"这是必然的。你熟悉了这种体式，当然会用这种体式来抒情写志，所以王国维说"词至李后主而眼界始大,感慨遂深,遂变伶工之词而为士大夫之词",这是非常有见解的一句话。不过李后主虽然这样做了,但他不是一个有反省、有理论的人,他不是有意识地将词"诗化"的。他之写词只是一任本性自然纯真的感发与投注,所以当他可以享乐的时候,他就单纯地投注在享乐之中;当他遭遇到破国亡家的变故,"一旦归为臣虏"之时,他就直接把感情投注到破国亡家的悲哀中去了。因此,李后主是最早一个很明显地将小词诗化的人,而有意识地这样去改变的则是苏东坡。

上一次我们说,柳永将小令变为长调出现了一些问题,苏东坡将词诗化同样出现了一些问题。大家知道,诗,是直接给人以感发的。平平仄仄平平仄,仄仄平平仄仄平,你不管它内容怎么样,它的声音已经直接给你一种感发了。那么词呢?小令的平仄跟诗差不多——"江南好,风景旧曾谙。日出江花红胜火,春来江水绿如蓝,能不忆江南?"这样的小令念起来与诗很相似。可是当词出现了长调以后,它的句式跟诗就不一定一样了。比如:"蜗角虚名,蝇头微利,算来着甚干忙?"这跟散文的说法差不多了。词当然不同于散文,但词里边有很多句子的形式与散文有类似之处。但是,你如果把词变成散文的说法,也就没有那种声音、节奏的自然感发了,就容易变得平直浅白,了无余味。为什么胡适之在文学革命时倡导白话诗,而后来台湾有了晦涩的现代诗,大陆有了所谓的"朦胧诗"?这种演化是必然的,那是由于晦涩朦胧是它必然的要求。因为你提倡白话,写出来如白开水一样,就这么直接说了,也就没有了诗的感觉和味道。而诗歌,一定要能给读者留下回想、体味的余地,才称得上是好诗。在"四人帮"垮台的时候,郭沫若先生写过一首《水调歌头》,说"大快人心事,揪出四人帮",也许他说得不错，但是怎么看也不像词，它整个都是大白话，跟喊口号一样了，而口号、教条怎么能说是词呢？就算你说得再有道理也不成了。当出现了长调慢词以后就有人发现，这种词没有诗的平平仄仄的直接感发了。如果你只是这么平铺直叙地来写，柔情就变得很庸俗、淫靡，豪放就变得很浮夸、叫嚣。怎么挽救？要从写作的方式上来挽救，所以我说白话诗发展到后来出现了所谓的现代诗与朦胧诗，确实有它的必然性。不过有一个要求，就是你真的有话要说、有真感情要表达，否则你只在表面上制造一些花样，而内容上空洞无物，那不管什么体式都不会好的。总而言之，词发展到后来，有人发现了问题，于是在写作方式上尽量避免直白，这样就产生了所谓的"赋化之词"。

当然，现在我这样说，好像很有反省。其实词在当初发展演变时，其作者未必有这么明白的反省，他们只是觉得应该这样写。那么最初将词赋化了的人是谁？是周邦彦。

柳永既是文学家，又是音乐家，周邦彦同样如此，他对于长调的特色很有认识。历史上说，周邦彦善为三犯、四犯之曲，又说他善于勾勒。什么叫三犯、四犯？凡懂得音乐的人都知道，音乐中有很多的调，像什么Ａ调、Ｃ调、Ｇ调的。而且，一支乐曲可以有变调，变调就是可以变换的调子。像三犯、四犯之曲，就是他换了三四次不同的调子。据说周邦彦曾经在一支曲子中变了六个调子，把这六个不同的乐调连接在一起，他为之起了个名字，叫作"六丑"。当然，这要特别懂得音乐的人才能连接得好，而周邦彦是个音乐家，他曾经做过大晟府的乐官。有一次，有人演奏那支《六丑》的曲子，皇帝听了就问：这么美妙动听的曲子为什么要叫"六丑"呢？当时的大臣们都回答不上来。于是他问周邦彦本人，周邦彦说：六丑就是犯了六个不同的调子，而我所用的都是这六个调子中最难唱的部分，只有最懂得音乐的老乐师才能演奏这支曲子。可见，他在音律上非常讲求变化。你如果研究周邦彦的《清真词》，就会发现，他对于平仄非常讲究，是平仄平还是仄平仄，是平上去还是去平上，他决不马虎。比如他的《兰陵王·柳》，在结尾处他说："似梦里，泪暗滴。"如果按平仄来说，这两句应该是仄仄仄，仄仄仄，都是仄声，哪里有这样的格律？实际上，他是故意让声音拗折。拗折就是与诗的格律不同，以增加曲折，避免直白。

除了声音上曲折以外，他在叙写在手法上也要避免直白。周邦彦有一首《夜飞鹊》：

> 河桥送人处，凉夜何其？斜月远堕余辉，铜盘烛泪已流尽，霏霏凉露沾衣。相将散离会，探风前津鼓，树杪参旗。花骢会意，纵扬鞭，亦自行迟。

这是写送别时的情景，然后那人就走了。他说："何意重经前地，遗钿不见，斜径都迷。"读到这里你才发现，开头所写的送别并不是现在的情景，他是从过去写到现在，于是在时空上产生了转折变化。诗不是这样写，诗是自然的感发，像杜甫的《秋兴八首》，"玉露凋伤枫树林，巫山巫峡气萧森。江间波浪兼天涌，塞上风云接地阴"，我看到巫山巫峡的景物，我就写巫山巫峡的景物。可是，赋化之词要故意避免这种直接的感发，所以有很多人不喜欢这样的词，说它雕琢、勾勒。其实，雕琢勾勒也好，思索安排也好，这都是赋化之词的特色。我这样讲实在是我几十年读词之后所归纳出来的结果。我们只有把词分成歌辞之词、诗化之词和赋化之词三种类型以后，才能够对各类词作出适当的判断。我常说，你不能够用衡量篮球的方法来衡量足球，也不能用衡量乒乓球的方法来衡量游泳对不对？也就是说，是什么样的方法来衡量。关于这种分别，很多人都没有弄清楚。一直到王国维，他依旧不能欣赏赋化之词，所以对于南宋词，除了辛稼轩以外，他都不能欣赏。他总是要求词要有像诗一样直接的感发，以"不隔"为美。用这种眼光，这种裁判的标准来衡量南宋的赋化之词，当然是"隔"，而通过思索安排来避免直白正是南宋赋化之词所追求的特色。我们以后要讲南宋词，希望大家先要明白这一点。

  好，前面谈到，词发展到南宋，产生了三种不同的类型，而这三种类型在北宋就已经完成了，下面我们要探讨的，是南宋词怎么样来继承的。在此之前，我们还要给结北开南的词人——周邦彦下个判断。我说过，周邦彦是赋化之词的创始人，南宋的赋化之词多多少少都受了他的影响。那么这种赋化之词好不好？我们说，苏轼将词诗化以后，有成功的作品，也有失败的作品；周邦彦的赋化之词同样有好有坏。如果他只剩下雕琢勾勒的手法，而内容上空洞浅薄，这就是失败的作品；而周邦彦确实有写得很成功的作品，像将来我们要讲到的《兰陵王·柳》和《渡江云》等等，都写得很好。怎么样的好法？比如《兰陵王·柳》："柳阴直，烟里丝丝弄碧。隋堤上，曾见几番，拂水飘绵送行色。"他说：在春天的烟霭迷蒙之中，风吹着丝线一般的柳条，摇荡着一片绿色。在首都汴京城外汴河的河堤上，我曾经多少次看到这拂水飘绵的柳枝，送走一批批远行的人。他表面上写柳树而且都是描绘都是勾勒，可是其中隐含着很深的感慨。什么感慨？对于世变的感慨。

我们知道，周邦彦和苏轼一样，都是经历了新旧党争的人。当初宋神宗任用王安石进行变法，把国家的太学扩大招生，于是周邦彦从故乡钱塘考进国立大学。在做太学生的时候，他不甘寂寞，写了一篇《汴都赋》，赞美新法如何如何好，首都如何如何好，就这么歌颂了一番。神宗一看，首都也好，变法也好，这都是赞美他的话呀！好，把周邦彦升官。就这样，周邦彦一下子从学生变成了领导，从太学生升到太学正了。所以，他是新法的受益之人。后来，神宗死了，哲宗即位，太皇高太后掌权，把新党都贬出去，旧党都召回来了。于是周邦彦离开首都，辗转在外有十年之久。一直等到高太后死了，哲宗也长大了，就把新党的人又叫回来了。这时周邦彦又回到了首都汴京，《渡江云》写的就是这一段经历，而《兰陵王·柳》中也有类似的感慨。所以，周邦彦的好词、有深意的词都不只是外表上的雕琢刻画，而是有很深的感慨在里边的。

词真是奇怪，本来就是听歌看舞嘛，它与世变有什么关系？可是，妙就妙在几次重大的政治变故对于小词确实造成了很大的影响，而词的美感往往与此有关。前面我们说，歌辞之词的美感在于它的双重意蕴，它之所以有双重意蕴是因为有双重的语境；诗化之词的佳作是因为当时的党争；而赋化之词的佳作同样反映了当时的党争。好，词发展到这里的时候，后边的路怎么样走下去？怎么来继承呢？你要知道，苏轼虽然完成了诗化之词，但他的词并没有被当时的一般人所接受。因为大家觉得五代的《花间集》都是写美女和爱情，你苏东坡这样写就不是词了。李清照就曾批评苏轼的词是"句读不葺之诗尔"，"不葺"就是没有修剪得很整齐。一般的诗，或是五言，或是七言,句子都是整整齐齐的,而词是长短句,所以李清照说你不过是用长短句来写诗而已。她认为词"别是一家",应该有另外的作风,不能够像苏东坡这样写。李清照早期的作品写的多是闺中女子的闲情,那么经过靖康之变,从北宋到南宋,李清照怎么样在她的词中反映这样的世变?这就很微妙了。

我们知道,李清照出身于仕宦家庭,早年受过良好的教育。结婚后她与丈夫常常在一起谈论诗文。在中国,你不读圣贤书则已,你一旦读了圣贤书,就被圣贤的思想网住了。圣贤是什么思想?中国儒家认为,士当以天下为己任。你要对国家、民族有一份忠爱与关怀的感情。既然李清照受了与男子相同的教育,她一样有这样的思想。她在诗中说:"生当作人杰,死亦为鬼雄。至今思项羽,不肯过江东。"又说:"老矣不复志千里,但愿相将过淮水。"可见,她在诗中正面反映了当时的世变,而她的词呢?

在这里我要说,不同的人对于世变的反映是不同的。像朱敦儒曾写过一首《鹧鸪天·西都作》:

> 我是清都山水郎,天教懒慢带疏狂。曾批给露支风敕,累奏留云借月章。 诗万首,酒千觞。几曾着眼看侯王。玉楼金阙慵归去,且插梅花醉洛阳。

什么是"西都"?在中国古代,除首都以外,往往还有一个陪都,像唐朝的首都是长安,陪都就是洛阳,洛阳在长安东面,所以又叫东都;到了宋朝,首都是汴京,陪都是洛阳,洛阳在汴京西边,所以同样的洛阳就成为西都了。这首词写的是朱敦儒自己早年在洛阳时享乐的生活。他说:我当年真是潇洒狂放，就是"玉楼金阙"那样的神仙境界我都懒得去，我要插着梅花饮酒，陶醉在洛阳城中。后来北方沦陷，汴京失守，他避地来到南方的金陵，写下了这首《相见欢》：

　　金陵城上西楼，倚清秋。万里夕阳垂地大江流。
　　中原乱，簪缨散，几时收？试倩悲风吹泪过扬州。

你看，大环境一改变，他的作风就改变了。朱敦儒表现得非常明显，而李清照呢？李清照也经过了破国亡家，而且她的身世比朱敦儒更不幸。她出身名门，早年生活得何等闲适！我们看她的《如梦令》：

　　昨夜雨疏风骤，浓睡不消残酒。试问卷帘人，
　　却道海棠依旧。知否？知否？应是绿肥红瘦。

这真是闲情，闺中的女子，没有任何忧患。所以她写落花，觉得那个丫鬟的感情真是太粗糙，竟然连绿肥红瘦都没有看出来，还说什么"海棠依旧"呢！经过一夜的风雨，今天早晨的花分明与昨天晚上的不同了。很多人自命多情善感，爱写闲愁之类的小词。李清照自己原来的家庭以及婚后的家庭都是高级的仕宦家庭，生活很优裕，所以她写了很多这样悠闲的女性之词。到了晚年，她丈夫死了，自己一个人流落江南，孤苦无依，她又是怎么样写的？且看她的一首《南歌子》：

　　天上星河转，人间帘幕垂。凉生枕簟泪痕滋，
　　起解罗衣、聊问夜何其？　翠贴莲蓬小，金销藕叶稀。

旧时天气旧时衣，只有情怀、不似旧家时。

开头两句真是写得好！"天上星河转，人间帘幕垂"，她把国破家亡的重大变故归到大自然的银河与女子的闺房中。地球有自转和公转，你在春天看银河是这样的方向，在秋天看银河则是那样的方向了。我小时候在北京老家时常听人们说"天河掉角，棉裤棉袄"，"天上星河转"，天河的方向改变了，季节就改变了，于是影响到了人间，所以"人间帘幕垂"。这两句并没有像朱敦儒那首《相见欢》那样直接写什么国破家亡、流离苦难，她只写了天上星河的变化与人间帘幕的变化，而一切变化尽在其中了。

她还写过一首《临江仙》，在小序中说："欧阳公作《蝶恋花》，有'庭院深深深几许'之句，予酷爱之，用其语作'庭院深深'数阕。"欧阳修写的是《蝶恋花》，开头有"庭院深深深几许"之句；李清照写的是《临江仙》，开头第一句的平仄与《蝶恋花》是相同的，所以她直接用了欧阳修的原句：

庭院深深深几许，云窗雾阁常扃。柳梢梅萼渐分明。春归秣陵树，人老建康城。　　感月吟风多少事，如今老去无成。谁怜憔悴更凋零。试灯无意思，踏雪没心情。

我认为，这首词的后半首写得太直白了，而前半首的结尾写得好，"柳梢梅萼渐分明。春归秣陵树，人老建康城"。那时候，她北方的家乡已经沦陷，她从山东济南来到秣陵，草又发芽了，树叶又绿了，触目所见是秣陵的春天，而人就这样终老在异乡了。你看她把国破家亡的悲慨用这么含蓄的语句说出来，有很多言外之意，这才是好的词句。所以，李清照显然也有激昂慷慨的感情，但她没有把这种感情写入词中，而是写入了诗中。

我说过，李后主亡国之后的某些词已经有了诗化的倾向，但他是无意识的，苏东坡是有意将词诗化的第一人，但同时代的作者没有追随他的。因为很多人的认识像李清照一样，认为词"别是一家"，觉得苏轼所写的不过是"句读不葺之诗尔"。真正继承了诗化之词的是南宋以后的词人。靖康之变，国破家亡，每个人都受到巨大的冲击，于是像朱敦儒等人开始用诗化之词来表现自己的亡国之悲与家国之思，而诗化之词表现得最好，留下来作品最多的则要数辛弃疾了。辛弃疾当然继承了苏轼的诗化之词，可是更值得注意的一点，就是辛弃疾对于词的看法与过去的人不同了。过去的作者包括苏东坡在内，他们都是余力为词，而把主要的精力放到那些政论、策论的文章上，直接地表现他们的理想和志意。像什么诗言志啊，文载道啊，这样的著作，他们才认为是正式的著作。你看一看这些人的作品集，他们都是把词编在最后作为附录，而决不编到正式的文集中。辛弃疾则不然，他不是余力为词，而是全力为词——把一生的精力投注到词的创作中了。

而且我还要说，凡是伟大的作者，都是用他们的生活来实践他们的诗篇的。真正伟大的作者不是吟风弄月地玩弄笔墨，而是将其人生的全部理念、理想、志意都投注到他的作品之中的。屈原说："余既滋兰之九畹兮，又树蕙之百亩。畦留夷与揭车兮，杂杜衡与芳芷。冀枝叶之峻茂兮，愿俟时乎吾将刈。虽萎绝其亦何伤兮，哀众芳之芜秽。"又说："亦余心之所善兮，虽九死其犹未悔。"他全部作品所表达的就是这种追求、这种向往。司马迁说屈原"其志洁，故其称物芳"，他那种高洁好修的追求从来没有改变过。屈原自己也曾说过，"不吾知其亦已兮，苟余情其信芳"，人家不了解我有什么关系呢？只要我内心的情意果然是芬芳美好的就好了。这一直是屈原追求的理念，是他心中不曾改变的一种志意。杜甫也是这样，他说，"葵藿倾太阳，物性固莫夺"，我的感情如同葵花与藿草，总是向着太阳的。不是说我要不要向太阳，也不是说我想不想做，是我的天性本来如此，没有人能够改变它，甚至用强力都不能改变的。他说我对于国家的关怀是"盖棺事则已，此志常觊豁"，如果有一天我死了，棺盖已经盖到了我的身上，那当然就没有什么话可说了。只要我有一口气在，我这一份理想永远是希望它"豁"，希望它能够展开的。杜甫晚年流落到蜀地，他说："此生那老蜀，不死会归秦。"可见，他那一份忠爱缠绵始终没有改变。

我在开始时讲到了西方的文学批评，说它经历了几次转折，最初也像我们一样重视作者的生平与写作的背景。后来新批评 (New Criticism) 出现，认为这是错误的，你不能因为这个作者有这样的生活，就说他的作品一定是好的，你批评的重点放错了。忠爱缠绵的人未必就能写得出好诗来，文学作品的好坏在于作品本身而不在于作者这个人，与作者没有关系，所以不能用作者的志意来衡量作品的好坏。新批评理论是这样说，可是我刚才所讲的屈原、杜甫，都是在讲他们的志意如何如何。我认为，评价文学作品的好坏应该看作者与作品的统一，你不能有所偏废。不管是做人还是做学问，你都不能执着一面。我们当然不能够用作者的人格来衡量诗歌的好坏，但是，如果两篇作品同样有很高的艺术成就，那么它们最终的高低就要看其作品的内容和作者品质的高下、意志的厚薄了。所以西方有一种新的批评，叫作 Consciousness Criticism，就是所谓的意识批评。他们认为，凡是伟大的作家都有一个 pattern of consciousness，也就是说他的意识有一个固定的形式。如果只是一般的作家，他看见风就是风，看见雨就是雨。像宋朝的杨万里说的："雨来细细复疏疏，纵不能多不肯无。似妒诗人山入眼，千峰故隔一帘珠。"清朝的龚自珍也说："偶赋凌云偶倦飞，偶然闲慕遂初衣。偶逢锦瑟佳人问，便说寻春为汝归。"这都是写眼前偶然的景物、偶然的感情，就算你写得再好、再美，也不能算伟大的作家。所以 Consciousness Criticism 就说，越是伟大的作家，他的意识越应该有一个比较固定的 pattern，屈原是如此，杜甫是如此，陶渊明也是如此。而在词人里边，你如果找一位作家，他也有一个 pattern，他把整个的理念、志意都投注到他的作品中，可以与屈原、杜甫相比美的，那就是辛弃疾。以后我们将正式讲辛弃疾的词。

不过南宋后期的词人，像姜夔、吴文英、王沂孙等人，他们并没有继承诗化之词的路子，而是继承了周邦彦的赋化之词的路子。那是因为一个作者如果没有像苏东坡或辛稼轩的修养和志意，则直抒胸怀写诗化之词，就容易流于浅俗或叫嚣。所以就走上了周邦彦的赋化之词的路子，用思索安排的手法来写词了。下面我们就将对这些作者一一加以介绍。

第一章
南宋初期

第一讲 说李清照词

第二讲 说陆游词

第 一 讲

说李清照词

中国历史上的女作家,最早有续成《汉书》的班昭,就是班固的妹妹。其后又有女作家蔡琰,曾作《悲愤诗》,她的五言古诗并不在三国时代任何作家之下,包括三曹父子在内。该诗叙写董卓之乱及她个人多次不幸的遭遇。以后的文学批评家在讲到杜甫的《北征》长诗时,都说杜甫此诗受到蔡琰《悲愤诗》的极大影响。再下来就是有咏絮之才的谢道韫了。据说一日家中聚会时,谢安问家中诸子弟"白雪纷纷何所似?"谢道韫的堂兄谢朗答道:"撒盐空中差可拟。"谢道韫则说:"未若柳絮因风起。"以后说女子有才就说有"咏絮"之才。据传东晋变乱后,谢道韫丈夫故去,老年时有一位地方长官慕名要求与她谈话论学,谢欣然允诺。但因鉴于旧时礼教,只能隔着幔子与他攀谈。

但这些女作家都不如李清照出名,原因是她们流传下来的作品不多,创作面较狭。班昭除续成《汉书》外,还留传有《东征赋》一篇作品。蔡琰除两首《悲愤诗》(一首五言古诗,一首楚辞体短歌),还有一首不能确定是否她作的《胡笳十八拍》。李清照留下的作品也不多,但就今日所能见到的她的作品而言,方面相当广,诗、文、词、赋都有。据《宋史·艺文志》记载,她有文集七卷,词集六卷。但今日她所留下的词只有四十多首,另有零星片段的文、诗和赋。从她的诗、文、词看来,很可能有很多好作品已散佚。而且今天留下的作品也不见得都是她最好的作品。这与是否有人对李清照的作品有"真赏"有直接关系。就拿脍炙人口的《声声慢》为例来谈一谈,很多选本都选这首词,但这首词实在并非李清照最好的作品。现在我们就先看一看这首词:

寻寻觅觅,冷冷清清,凄凄惨惨戚戚。乍暖还寒时候,最难将息。三杯两盏淡酒,怎敌他、晚来风急。雁过也,正伤心,却是旧时相识。 满地黄花堆积,憔悴损,如今有谁堪摘?守着窗儿,独自怎生得黑?梧桐更兼细雨,到黄昏点点滴滴。这次第,怎一个愁字了得?

《词林记事》引许蒿庐的批评说："此词颇带伧气，而昔人极口称之，殆不可解。"郑骞先生也说："此语的是确评。"又说："易安词佳处不在此等。"可见所谓"真赏"是很难得的。前些时我们讲朱敦儒的《樵歌》词，曾经提到胡适之在他编的《词选》中选登朱敦儒的作品，介绍作者时说，如果把朱敦儒比作陶渊明，则是最恰当的比喻。但据我看全不恰当。胡适也写旧体诗词，写得也有修养训练，但他不会欣赏词，没有"真赏"。朱敦儒与陶渊明是非常不同的，今天来不及谈，只谈李清照。李清照的这首词，每个选本都有，可见是有人欣赏她的，只是选来选去都是像《声声慢》这样的词就不是"真赏"。许蒿庐说此词带伧气，有点粗俗的意思。但是不是粗俗就不好呢？那又不然，总之欣赏诗歌，不能先固定一个死板的标准，我的老师顾羡季先生就说过，凡要依靠别的东西为凭借，而不从自己的感受来批评，那就像盲人靠明杖一般。应当放下明杖，自己睁开眼睛看看。他又曾经引《金刚经》的一段话说："若以色见我，以音声求我，是人行邪道，不能见如来。"换言之，如果只从外表形象来看我，从我的声音来追求我，那就是走上了邪道，不能见到最高最真实的境界。但一般人却只能从外表来欣赏，像这首《声声慢》之所以那么有名，原因大约有两个：其一是此词用叠字甚多，极不平常，非但在女词人中不多见，在男词人中亦不多见；其二是此词在末尾部分用了白话的口吻。先说叠字，叠字是可以用的，但要用得好。杜甫《曲江》诗中有两句，"穿花蛱蝶深深见，点水蜻蜓款款飞"，用了两组叠字。仇兆鳌注解中曾引了另外两句诗与杜诗作对比："鱼跃练川抛玉尺，莺穿丝柳织金梭。"上句写白鱼跳出像缎子似的水面，像把玉尺；下句写黄莺在细柳中穿梭就像织布的金梭，应该是很美的景象，可是景物虽是美丽的，却缺少了诗人的感动。我的老师说，诗人对外界的事物，既得格物，又是物格。"格物"二字语出《大学》，据朱子解，"格物"就是彻底追求事物的道理。莺飞草长，花落水流，都是仔细观察。就像徐志摩说的，春天来了，"一天有一天的消息"，"关心石上的苔痕……关心天上的云霞"，可见诗人对物的观察这样细腻，而且所谓"格物"还不仅是指观赏大自然而已，也得仔细观察人间的悲欢离合的感情，这才有写作材料。而只是"格物"还不够，还要"物格"。"物格"就是让物感动你，让你不只是死板的照相机，得有生命和感情，有引发的感动，叠字如果很好地传达了感动，那就是好的。为什么杜诗好，而另外两句诗不好呢？难道杜诗就好在它的叠字吗？不是的。是因为"深深""款款"表达了感动，传达了蛱蝶采花酿蜜的生命以及它给予诗人的感动，表现了诗人对蛱蝶、蜻蜓的欣赏爱惜。此外，这两句之所以好，也是与全诗有不可分割的关系的。《曲江》这首诗开端、结尾都好，把这种感情完整地传达了出来。杜甫《曲江》全诗如下：

> 朝回日日典春衣，每向江头尽醉归。
> 酒债寻常行处有，人生七十古来稀。
> 穿花蛱蝶深深见，点水蜻蜓款款飞。
> 传语风光共流转，暂时相赏莫相违。

这首诗写在安禄山之乱以后，肃宗回到长安，杜甫也回到了长安任左拾遗（谏官）。他一心想为国家做事，这段时间写了很多诗表达他对国家的关怀。但谏官总是谏正朝廷的缺点，讲坏话的，所以不怎么受欢迎。他一度天天下了班还赶写谏表，但上谏书后不但朝廷不接受，还引起别人的嫉恨，要把他贬官出京。所以他失望灰心之余，上朝回来就把春衣典当了买酒喝。他没有直接抒写心里的感触失望，只说上朝回来就去喝酒，想把在朝廷里经常看到不顺眼的事抛诸脑后，买醉消愁，这就自然地反映了他内心的不平、悲哀、愤慨。每天总来到曲江边，不醉无归，欠下的酒债不少。"寻"是八尺，"常"是十尺，行不多远就碰到欠债的地方。想到自古以来活到七十岁的人很少有，所以人生苦短，譬如朝露，还不如及时行乐。喝酒之际看见江边风景美丽，春意盎然，万花深处但见蛱蝶翻飞，蜻蜓多情而有姿态地飞翔，大自然的美好的景色和生命与自己的悲哀失意成了强烈的对比。自己深有所感，但是又有谁能把我的话传给美丽的大自然，让风景、光影、蛱蝶、蜻蜓、暖日、和风都停下来，让美丽的春光不断在宇宙中运行，使自己能好好欣赏这一切？恳切地希望它们不要离开。有了感情，叠字就用得好。"深深""款款"之中有一种感受，不但表达了春天的情景，也表达了他对蝴蝶、蜻蜓的赏爱，更反衬了他自己内心的失意悲慨。所以这两句的"深深""款款"的叠字才可以说是用得好。

　　叠字用得好并非自杜甫始，最早用叠字的是《诗经》，"杨柳依依"，用"依依"来形容杨柳柔软的长条披拂下来随风飘动的姿态，写得非常好。此外，《诗经》还有多处使用叠字的。李清照喜欢用叠字，她的另一首词《临江仙》序有云："欧阳公作《蝶恋花》，有'庭院深深深几许'之句，予酷爱之，用其语作'庭院深深'数阕。"所以可见她是有心在《声声慢》开始处用十四个叠字的。但凡事应恰到好处，适可而止。苏东坡说："作文如行云流水，初无定质，但常行于所当行，止于所不可不止。"文学创作亦如是。有什么情意，就用恰好的形式来予以表现，人为的造作一多，往往破坏了诗词天然的美。这当然也不是说作诗填词就没有人为的成分。杜甫说"语不惊人死不休"，一副要拼命的样子。所以人为的修辞也是需要的，但得配合得恰到好处，如词句不足以表达情意，就需要修辞。因此，首先还是要看你有没有真正的感受，如果有，则应尽最大的努力表现出来。写得不好，心里不舒服，是对不起自己，还不是对不起别人。表达能令自己满意就是修辞，有意造作不是修辞。李清照的《声声慢》一词开头"寻寻觅觅，冷冷清清"八个字不错，写出了孤单寂寞之感。李清照晚年相当孤寂，无所依靠。在这种情况下，想寻找一个可以寄托情感的对象，但是找来找去都不见人的声音、人的脚步、人的气息，四周冷冷清清的。可是后面六个字"凄凄惨惨戚戚"就不免给人以叠床架屋的感觉了。

　　至于《声声慢》后面的白话和俗语的口吻，也可以讨论一下。李后主《乌夜啼》一词好处之一就在于他用了白话。"林花谢了春红，太匆匆。""谢了"的"了"字，"太匆匆"的"太"字都是白话。杜甫诗"麻鞋见天子，衣袖露两肘"，用的也是白话，也写得很好。描写自己经过安禄山之乱，逃难去见皇帝的情景。古时见天子总得穿朝服，戴朝冠，系腰带才行，但他因逃难之故穿着麻鞋就去了，不但没有朝服，连衣袖都破了，一弯就露出胳膊肘，这两句不是又俗又丑的句子吗？但却把逃难的艰难困苦都写出来了。杜甫另外还有"群鸡正乱叫"的诗句，是说乡村经过战乱，原以为妻子儿女都死于贼手了，但回来后却发现他们不但无恙，而且还养了鸡，客人来了鸡就乱叫，写得很生动活泼。可见修辞造句并不在乎表面字句的伦俗与否。李清照《声声慢》词的最后一句"这次第，怎一个愁字了得",虽是白话,但却犯了一个毛病,那就是说明的成分太多了,因为文学是要"表现"而不是"说明"的。忧愁是不需明说的,表现出来就好了。杜甫想在朝廷有一番作为,一番事业,见到缺点想谏劝,但朝廷不但不听反而要把他贬出去。可是杜甫却并没有说自己满腹牢骚、十二万分难过等等,只说"朝回日日典春衣"。上朝原是件大事,但上朝回来却典当春衣去江边尽醉而归,他心中的牢骚不平、悲愁怨愤都没有直说,可是却都表现出来了,所以诗词的好坏并无绝对标准。用叠字、白话究竟好不好就要看是否用得恰到好处了。

下面我们简单介绍一下李清照的生平。

李清照别号易安居士,这在古代是件了不起的事。古代的女人连名字都没有,而李清照不但有名,还给自己取了个别号"易安居士"。可见其不凡。李清照是山东济南人。宋朝山东出了许多有名的词人,南宋最伟大的词人辛弃疾就是其中之一。造成李清照不凡的原因很多,她是京东提刑李格非的女儿,太学生诸城赵明诚的妻子,赵明诚的父亲赵挺之是徽宗朝的宰相。李格非不但官做得高,而且还是有名的古文家,著有《洛阳名园记》,又与欧阳修、苏东坡都是好朋友,李清照的母亲是状元王拱辰之孙女,所以她母亲可能也是读书识字之人。李清照的出身家世让我想到《诗经》中的一首诗《硕人》:"硕人其颀,衣锦褧衣。齐侯之子,卫侯之妻。东宫之妹,邢侯之姨,谭公维私。"这首诗是歌颂卫庄公夫人的,说这位女子身材修长,而且不但外表很美,又很有修养,穿锦衣时总在外面穿上罩衣,可见其内在的节俭美德。有些肤浅的人有三分好就到处要表现十分好;但有的有十分好的人则非常含蓄,不到必要时不轻易表现,总是深藏不露,很有修养。她的身份如何呢?她是齐国国君的女儿,卫国国君之妻,东宫太子之妹，又是邢侯和谭公的亲戚。这种出身十分不寻常。李清照的出身就大致如此。中国古代非得读书才能有出身，在进行科考之后，寒门也可以有出人头地的机会。男子是如此，女子就不同了，除非家里有读书环境，否则一生一世可能一个大字不识，再有什么文学天才也将埋没终身，永无出头之日。所以李清照是相当幸运的。不用刻苦即得来的本钱就是幸运，更幸运的是她与丈夫有共同的兴趣、爱好。她写过一篇《金石录后序》。中国在宋朝时才开始注意古玩、古董，欧阳修最早写过《集古录》。李清照与赵明诚都喜欢搜集古董。赵明诚是太学生，李清照在文章里说，赵在太学念书时，每逢庙会都去大相国寺搜集古玩、书画、金石、玉器，闲时买好吃的食物，回来二人就一面吃果品，一同看金石碑帖，一起整理，把藏书编成号，登记在簿册上。晚上休息时往往烹一壶好茶，提出一句典故，一起猜典故出自何书何卷何册，甚至于哪一页。赢的人喝一杯茶。李清照自己说，她的记忆力比赵明诚好，赢了往往大笑，茶都洒在身上了。历史上还记载说，赵曾在山东青州、莱州一带做官。李清照写了一首词给丈夫，中有"莫道不销魂，帘卷西风，人比黄花瘦"之句。赵明诚想跟她比赛，于是也填了好几首词，然后一起抄录下来请朋友批评。朋友看来看去，说只有上面那三句最好。可见李清照的前半生是相当幸福快乐的。

可是一个人如果只关心小我，不关心大我，往往就会忘了国家的命运是与个人的命运相连的。李清照在生活幸福的时候搜集了不少金石古玩，登记了好几本书，编成了《金石录》。据李清照说，他们在青州的老家有十几间空房，储藏金石书画古玩，但是北方的敌人金人来了，青州、莱州沦陷了，十几间房子的收藏也沦陷了。但他们在战乱之中，还是挑选出了一小部分宝贵的东西，装了十几车，往南逃。南渡过江时，"连舻渡江"，有好几只大船给他们搬古玩，而当时很多穷人是根本连逃难的工具都没有的。渡江之后，他们还是仕宦人家。赵明诚奉命知湖州，赴职前先至南宋行在建康（今南京）接受任命。中国今天有三大火炉：南京、武汉、重庆。当年南京大概也是相当热的。赵明诚至建康时正值六月炎夏，中了暑，一病不起，转成疟疾，病危之际通知李清照。等李赶到，不数日赵即病逝。渡江之际李清照大约是四十五六岁。据历史记载，李清照没有儿女。赵逝世后，李把千辛万苦带出来的古物存在赵明诚的妹妹家，在洪州（江西）。但后来洪州又沦陷了，很多古物都丧失了，只有她在赵逝世以后她晚年自己病重时搬到病榻旁最喜爱的少数东西留下了。经过一场战乱，国家人事全非，家庭也是人事全非，绝大部分的收藏都没有了。她是在这个情况下写的《金石录后序》。据传她老年时，是靠弟弟生活的。

　　总之，李清照的一生可截然分成前后两种不同的生活。凡写词时反映直接感受、偏重感情的作者，在遭遇改变后，一定会直接反映在诗词上。李后主亡国前后的词就是两种截然不同的内容。李清照晚年经过离乱伤亡后的作品也与早年完全不同。有的人诗词表现的是思致，不直接表现个人的生活，那么对这些人来说，身世遭遇即使有改变，也不会在诗词里有很大的变化的。而李后主和李清照则是前后期作风有很大的变化的，有的人欣赏李清照的《声声慢》，但《声声慢》并不是她最好的作品。她的好作品是什么呢？她早年的作品可以用"芳馨俊逸"几个字来形容，很女性化。不过她的女性化没有脂粉气，而表现出一种俊逸之风，表现了她精神性灵上的敏锐聪慧。她不是注意外表的琐碎细节，除穿衣打扮外无话可说的女子。她晚年的作品则表现了悲哀沉痛的一面，还有更可注意的一面，就是一种"豪健和飘举"的精神。此类作品或已散佚，但我们还有她几句诗可以参考。《宋史·艺文志》说她有文集七卷，词集六卷，但今天只余四十几首词，可见她的很多诗文作品都已散佚了，十分可惜。证明李清照晚期豪健飘举之风的诗句有："生当作人杰，死亦为鬼雄。至今思项羽，不肯过江东。"她说人活着就应做英雄豪杰，有一番作为，应抗战至死，死了做鬼也都是英雄的鬼。她说她一直怀念项羽，因为项羽失败后是自杀了，没有逃到江东去。宋朝在岳飞以前还有一位大将宗泽，善于举兵打仗，金人都管他叫"宗爷爷"。金人听到他的名字，就望风而逃。原来他是有希望收复开封的，可是高宗听信小人之言，不给他派援军，结果宗泽就失败了。未南渡前宗泽有机会打回去，结果没成，后来岳飞也受牵制。高宗迁都临安后就想苟且偏安一隅，早已没有收复国土的大志了。李清照这首诗，真可以使那些苟且偏安的人惭愧。

另一首诗有"木兰横戈好女子，老矣不复志千里，但愿相将过淮水"之句，表示自己仰慕花木兰可以拿起武器从军杀敌，说这才是真正的好女子。可是自己年纪已大，无法上千里之外去杀敌，但仍愿保留最后的愿望，有一天希望能见到南渡的人结伴渡过淮水，回到北方。这些句子都可见出女诗人的豪气。李清照词中也曾留下一些飞扬健举的作品，以后我会介绍，现在我们先看李清照一首《醉花阴》词：

> 薄雾浓云愁永昼。瑞脑消金兽。佳节又重阳，玉枕纱厨，半夜凉初透。　　东篱把酒黄昏后。有暗香盈袖。莫道不销魂，帘卷西风，人比黄花瘦。

这首词可能写于夫妇分开两地时，是她思念丈夫所写下的，表现了闺阁中女子寄怨之感。为什么别人赞扬她那最后三句呢？这还得看全首，从全首的气氛来了解，不能只看一两句。为了要说明整体的重要，现在我们先讲个故事。古代有位勇士荆轲，燕国太子为秦所欺，想找一人使秦替他复仇，只有荆轲肯去。燕太子因有求于荆轲，所以对荆轲可以说是有求必应。一天荆轲说一位弹琴的女子手美，燕太子即砍下那双美手用金盘盛来给荆轲。可是手一离开人就不美了，甚至相当可怕了。好词有生命，是从头到尾贯串下来的。李清照这首词没有什么深刻的思想，也没有什么悲痛的感情，但却把她寂寞孤独的女子的感情表现出来了。"薄雾浓云愁永昼。瑞脑消金兽"，把闺房中的生活情调，特别是当日如李清照身份的女子的寂寞的感情表现得很好。香烟袅袅消磨了长昼，说明了白天的寂寞。"佳节又重阳，玉枕纱厨，半夜凉初透"，说明了晚上夜间的孤独。"佳节又重阳"，点出了季节。美好的事情总是与人共享才最快乐。孟子说："独乐乐与人乐乐，孰乐？"陶渊明说："奇文共欣赏，疑义相与析。"听音乐甚至读书都是最好有人一起欣赏。春暖花开、秋高气爽，清明、重阳都是佳节。用佳节重阳为反衬，这句"佳节"前是白天的寂寞，以后是晚间的寂寞，赵明诚不在，不能一起饮酒吟诗，佳节对她是孤独寂寞的。前半首已把寂寞气氛培养得很好，后半首进一步渲染寂寞之感。以前我们谈到《声声慢》开始的十四个叠字到后来让人丧失了鲜锐感，这儿却表现得恰到好处。有时诗人一句话出人意外而入人意中，有时我们都没有想到要用这种方法表达感情，诗人一用似乎出人意外，但我们一想果然如此，入人意中。这是诗里了不起的成就。如果不能出人意外，只能入人意中，就没什么稀奇，太俗气了，你我都会。如果只能出人意外而不能入人意中，又太生硬了。这首词中"东篱把酒黄昏后。有暗香盈袖"中的"东篱"二字，乃用陶渊明"采菊东篱下，悠然见南山"的典故。东篱的典故就暗示着菊花，说自己在种满菊花的地方拿着酒杯，一直看花看到黄昏后。"把酒"的"把"字用得很好，这一个字就表现了不同的味道。这使我想到陶渊明《停云》诗，"静寄东轩，春醪独抚"，也是写自己的寂寞，无人共酒。《停云》诗前小序说，"思亲友也"。一个人安静地靠在东边的窗下，手中抚摸着盛着春酒的酒杯。"抚"有把玩的意思，他拿着酒杯在手中把玩了良久，他写"独抚"没有说"独饮"，"抚"字写得很有味道。李清照的"把"字也好，"把酒"表现的是有一种思念的情调，如果一饮而尽，就了无余味了。又说"黄昏后"，这正是最寂寞的时候，"黄昏后"，可见她在菊花前把玩酒杯已经许久许久，当然有一番思念。"有暗香盈袖"，隐隐之间有阵阵菊花香气飘到衣袖之中。《古诗十九首》说："庭中有奇树，绿叶发华滋。……馨香盈怀袖，路远莫致之。"在树前赏花，花香充满了衣袖之间，看到花，闻到花香想起了自己怀念的人，真想与他一起共同欣赏。可是怀念的人不在身边，道路遥远，采花送去又办不到。李清照的词与这首诗情意境界颇近，委婉细腻，需要仔细体会。

"莫道不销魂，帘卷西风，人比黄花瘦"这几句也是出人意外，入人意中。前面写的思念寂寞之情已经不少，再写相思怀念就太多了，她突然从相思怀念之中跳出来了，不再直接说相思怀念，而说不要以为我在这种情景下心里没有感动，当一阵秋风吹来，吹起屋中的帘子，那时候便知帘外的菊花清瘦，帘内的人也一样清瘦。现在我们就要讲到花给人的不同感受。《古文观止》中选有一篇周敦颐的《爱莲说》，里面写各种不同的花说："牡丹，花之富贵者也。"这是牡丹花给人的感受。而菊花则给人以幽静清瘦之感，很少有大红大紫的颜色，比较朴素。在这句词里菊花与人的情意有一种应合，李清照集子里有一张画像，画的李清照，上有赵明诚题词"清丽其词，端庄其品，归去来兮，真堪偕隐"。从题字年代看来，当时李清照三十一岁，画像很清秀，赵明诚说有这么一位才学高、品格高的女子，也不必再求什么人间的名利富贵，跟她一起隐居去吧。可见她的形态品格都像菊花。这种突然、鲜锐、敏捷的联想的结果，把帘外的菊花与帘内的人打成一片了。这两句让我想到杜甫的《秋雨叹》这一首诗：

    雨中百草秋烂死，阶下决明颜色鲜。
    著叶满枝翠羽盖，开花无数黄金钱。
    凉风萧萧吹汝急，恐汝后时难独立。
    堂上书生空白头，临风三嗅馨香泣。

在风雨吹打之下，各种草木在这样的秋天都被雨水泡烂了，只有种在台阶下的决明花颜色依然鲜艳，满枝翠绿的叶子，像绿色羽毛的伞盖；开着金黄色的花，像黄金钱那样光彩闪烁。这样美好的植物应该好好保全才是，但是秋风却毫不怜悯同情它，风还在吹，雨还在下，杜甫感慨地对决明说："你曾经比别的花都坚强，但你还能坚持多久呢？"到这里为止写得很好，但不算非常好，还在意中。这首诗最好的部分是最后两句，忽然跳出去了，写出"堂上书生空白头，临风三嗅馨香泣"。这两句真是出人意外，入人意中，我不在阶下，我是堂上的书生，你是阶下的决明。但你我都在风雨中，在艰难困苦中奋斗。现在我已衰老不知还能支持到哪一天,面对着秋天的风雨,屡屡闻到你的香气,不知你还能支持多久,忍不住流下泪来。后两句真是神来之笔,全诗精神为之振起,把外界的环境与内心的感情打成一片了。李清照词《醉花阴》的最后两句就有这种精神和作用,把黄花与人结合起来。现在我们再看她一首《南歌子》,这是她晚年之作。

天上星河转,人间帘幕垂。凉生枕簟泪痕滋,起解罗衣、聊问夜何其?　　翠贴莲蓬小,金销藕叶稀。旧时天气旧时衣,只有情怀、不似旧家时。

很多诗人都会写今昔的感慨、无常的悲哀。"花无常好,月无常圆"是人类共同的悲哀,但每个人表现的方式不一样。李后主《乌夜啼》,"胭脂泪,相留醉,几时重,自是人生长恨水长东",写的是无常;欧阳修《采桑子》,"忧患凋零,老去光阴速可惊","旧曲重听,犹是当年醉里声",写的也是今昔无常的感慨。但不同的性格,不同的人生体验,写的情调就不一样。欧阳修说"试把金觥,旧曲重听,犹是当年醉里声",在今昔的无常之中仍有遭玩的意兴,有豪兴。李清照写的这首词则是妇女的感情,她用两个形象来表现无常,"天上星河转,人间帘幕垂"。星河的方位是会转的,所以过年时总是说"斗柄回寅",北斗星和其他星座都会转,文学家直觉就看到星河在转,代表无常,一切都在变化。人间帘幕垂,代表天气转凉了。现在有了冷暖气,季节的变化就不怎么感觉得到了。初唐作家王勃在《滕王阁序》里写了一首诗:"滕王高阁临江渚,佩玉鸣鸾罢歌舞。画栋朝飞南浦云,珠帘暮卷西山雨。闲云潭影日悠悠，物换星移几度秋。阁中帝子今何在，槛外长江空自流。"滕王阁是个老建筑，建阁的人已经不在了，世事变化了许多。在万物代谢，星斗转移中，多少盛衰兴亡都过去了。李清照的词头两句就是物换星移、盛衰今昔的感慨。"天上星河转"是星移，"人间帘幕垂"是物换，充满盛衰无常之感，是人类共同的悲哀，写这种感慨的诗人词人很多，但写法不同。

　　诗和词主要是感发，不是说明。所以它需要给你意象、形象。而角度不同，则意象、形象自然就不同。苏东坡《念奴娇》"大江东去，浪淘尽、千古风流人物"是何等口气。"有情风万里卷潮来，无情送潮归。问钱塘江上，西兴浦口，几度斜晖"，也是盛衰今昔的感慨。斜晖是夕阳西下，也跟星移一样，写的是大宇宙的运行。苏东坡的口气高远博大，气势不凡。李清照的感受角度就不同，同一种感慨，她写的却是"天上星河转，人间帘幕垂"，一种闺阁中非常细腻的感情。李清照身经北宋灭亡、南渡，国破家亡，不仅都城沦陷，二帝被俘，丈夫也在变乱中逝世了。这样国破家亡的遭遇，该写出什么样的作品呢？朱敦儒亡国之前过的是听歌看舞的生活，经亡国之祸，写出了"中原乱，簪缨散，几时收"的句子，这是何等感慨。李清照在诗中也曾说"木兰横戈好女子，老矣不复志千里"，但在词里却没有一首有此气魄。这首《南歌子》虽然头两句感慨深刻，但角度意象仍不脱闺阁之气，不同于她诗中豪放的口吻和气魄。这其中原因可能有两个：第一是选者的眼光，《宋史·艺文志》说李有六卷词，但现在只余四十几首，所以可能她是有豪放的词而选者未选。第二，词的兴起，源出于歌筵酒席间，许多人都以为词的性质不同于诗，诗从《诗经》开始是抒写意志怀抱的，可以有比兴感慨，可以讥刺国家政事，词则写的多半是听歌看舞的生活。所以很多人以为词一定要写闺阁园亭，写得婉约才是词的正宗，连李清照本人也有这种看法。她说王安石古文好，词不好；秦观的词虽有情致，却没有故实；苏东坡"学际天人，作为小歌词，直如酌蠡水于大海，然皆句读不葺之诗尔"，说苏东坡学问非凡，可是他写的短小歌辞就像不讲究句读的诗。诗的句子整齐，不是五字就是七字。她说苏东坡的词写的是诗，只不过是句子不整齐而已。所以很可能是她自己的认识看法也认为词应是婉约之作。此外选者或许还以为女子写词应有女子的风格。其实作家就是作家，不应男女有别，但一般人都有这种眼光，可能也因此而影响到了后人的选词标准。

去年圣诞前后，我写了一首《水龙吟》，前半首感慨自身的经历，后半首写对国家的感慨：

一水盈盈清浅，向人间做成银汉。阋墙兄弟，难缝尺布，古今同叹。血裔千年，亲朋两地，忍教分散。待恩仇泯没，同心共举，把长桥建。

台湾与大陆有一水之隔。我生长在大陆，以后又在台湾住了十几年，在台湾时不敢与大陆的亲友通信。来到加拿大后，加国承认了中国，两地可以交通来往了，当然想回去看看，探亲访友。回去后写了几首诗，可是一发表，台湾对我很不满意，弄得现在台湾的亲友又不敢给我写信了。我们这一代中国人生在这个时候真是不幸。《古诗十九首》有"盈盈一水间，脉脉不得语"，描写牛郎织女被银河所隔。如今海峡两岸也默默有感情，却不得讲话，被迫分开了。天上有银河横亘，使牛郎织女不得见面；人间也有一条银河把亲友、夫妻、父子隔开了，多少年不能相见。李义山诗"人间从到海,天上莫为河",也写的是隔绝的悲哀。下面是"阋墙兄弟,难缝尺布,古今同叹"。《诗经》说"兄弟阋于墙,外御其侮",说兄弟二人在墙内打架,但如遇外敌入侵,则应联合对敌。汉朝时有一首歌谣:"一尺布,尚可缝……兄弟二人不相容。"布裂开了还可以缝起来,为什么兄弟二人不相容纳呢?大陆和台湾就像在墙内打架的兄弟,同是千百年来炎黄子孙的血统,为什么还叫两边的亲友彼此分散呢?当年两党竞争,彼此各有是非长短,结下了不少恩怨。如今老一辈的人都故去了,把过去的恩仇消灭了,应当一起现代化,提倡民主自由,有一个统一的国家和民主安乐的生活。有的朋友看了这首词就说一点不像女人写的,于是不久之后,我真的写了几首女人口吻的作品。以前南宋的辛弃疾有几首小词自注云:"效李易安体。"我也写了几首小令效李易安体,其中一首《踏莎行》,后半首:"雁作人书,云裁罗样,相思试把高楼上。只缘明月在东天,从今唯向天东望。"李易安与丈夫离别后有"云中谁寄锦书来,雁字回时,月满西楼"之句,所以说是仿李易安作。秋天鸿雁自北回南排成人字形,所以古人一见大雁就怀念人。一方面因为它成"人"字形状,一方面因为雁可传信,所以可以引起相思,所以说"雁作人书"。又说"云裁罗样",秋云薄似罗,云彩可以变出许多花样,像丝罗可剪裁成各种花样。相思不仅是男女离别的相思而已,也可以是广义的寄托,而且不一定是怀念人,也可以是你怀念的理想、希望、期待。"明月"则更是象征,是光明圆满的象征,写鸿雁、写相思是女人的口吻,后两句像白话,不避重复,也是李易安的作风。

可见表达同一种理想中的期待、感情、感慨可以有不同的角度。李清照虽然写的是闺阁,但感慨还是很深的,因为她口吻用得很好,一句"天上",一句"人间",章法上大开大合,所以形象虽小但感染力大,说明从天上到人间,无事不在改变之中。这首词真正表现了女性感觉的是下面"凉生枕簟泪痕滋"一句,很有女性温柔纤细的感觉。簟是竹席,现在科学发达了,人对大自然的感觉也疏远了,过去夏天热,用席比较凉快,可是秋天一来,你就会对那床席子的凉的感觉很敏锐,有一种凉意。"凉生枕簟"不但表现了气候时节的改变,也暗示了她的孤独,这首词是她丈夫死后晚年南渡后的作品。李商隐悼亡诗有"更无人处帘垂地,欲拂尘时簟竟床"之句,写妻子死后自己的孤独寂寞,再也没有人在房间出入往来了,所以帘子老是垂着的;又说"欲拂尘时簟竟床",到拭尘埃时才发现满床是空席。所以李清照这首词之好,在于她一方面写了物换星移的感慨,一方面每一句都暗示了孤独,就因为寂寞悲哀,所以"凉生枕簟",她才"泪痕滋"。下一句"起解罗衣、聊问夜何其"。"夜何其"出于《诗经》"夜如何其?夜未央"。现在到底夜有多深了,夜还正长呢,漫漫长夜未尽。孤独寂寞时就觉得夜特别长,她起床,换衣服,想问人现在什么时候了,为什么天还不亮。

下面两句"翠贴莲蓬小,金销藕叶稀",形象写得很好。通过女性细致的观察,表现了许多暗示,表现了对时节、衣饰的观察。女性对衣饰有锐敏的感受和观察。秋天荷花零落,莲蓬露出来了。南唐中主李璟词说"菡萏香销翠叶残",就是讲的同一景象。"翠"是莲蓬的颜色,这一句本可写时节改变,但"贴"字更暗示出还指衣服上的装饰。温庭筠《菩萨蛮》:"小山重叠金明灭,鬓云欲度香腮雪。懒起画蛾眉,弄妆梳洗迟。照花前后镜,花面交相映。新贴绣罗襦,双双金鹧鸪。"也用了一个"贴"字,还有"金"字,中国的诗词不可以断章取义地讲。像李清照这两句也有"贴""金"二字,揭示这是衣服,有一种传统的联想。温词写金线绣在衣服上的鹧鸪,"贴"是熨贴之意。李词"金销藕叶稀"有两个揭示:第一是秋天来了叶子零落,莲叶残破稀少了;第二是刺绣在衣服上的藕叶因金线磨损而松散了。李清照词"翠贴莲蓬小,金销藕叶稀",不只从"贴""金"二字猜到所写的是衣服,而且后面她还直说了"旧时天气旧时衣"。"天气"指的是时节,年年都有秋天,看到秋天不只会引起悲秋情绪,看到身上的衣服磨损了,联想人不也磨损了吗?"只有情怀、不似旧家时",经过多少盛衰兴亡、悲欢离合、国破家亡,同是一件衣服,同是秋天,可是自己的情怀已早不同于畴昔。出身富贵世族之家的李清照,少年时何尝知道人间的忧患为何物,现在历尽国破家亡的悲哀感慨,旧时那种无忧无虑的情怀再也不会回来了。

最后我们再讲一首《渔家傲》,这是表现了她豪放精神的一首词,比较没有女子口吻。

> 天接云涛连晓雾,星河欲转千帆舞。仿佛梦魂归帝所,闻天语,殷勤问我归何处。　我报路长嗟日暮,学诗谩有惊人句。九万里风鹏正举,风休住,蓬舟吹取三山去。

全篇用象征手法,过去她写情写景都相当写实,这首词却有了突破,可见她是有才气的,是可以有突破的作家,可惜留下的东西不多。"天接云涛连晓雾",早晨破晓时可见天上有细碎的白云,不是要下雨时的灰云彩,而是像鱼鳞般的白云,一片云海,如波涛一般,天上一片云海,地上则是茫茫晓雾。此时银河尚未消隐,云涛的流动,就像银河在转一样。每一片白云在银河中飘过,都像在银河中舞动的白帆。

这一首词一开端便自不凡,所用的意象真是飞扬健举,与前面我们所讲过的两首词中的"玉枕纱厨""东篱把酒"和"凉生枕簟""金销藕叶"等意象,都迥然不同。那两首词中的意象表现了家居生活中一个妇女的敏锐纤细的感受,而这首词中的意象不仅写得高远开阔,而且笔力健举,可以引发人精神上一种飞扬超越的向往。

虽然从字面上看,这几句词所写的也可能是破晓时所看见的满天如波涛的白云以及浓雾茫茫的现实的景色。而云涛中银河之转动,云影之如帆也可能都是现实的景色,可是同时也给人一种如同在天空中随着波涛和帆影在飞舞运行的想象,所以下面紧接着作者就写了"仿佛梦魂归帝所"一句想象之辞。而这一句想象之辞就把前二句的意象提升到了一个象喻的境界,不再仅是眼中所见的天上的云涛星河晓雾的现实景色,而成为了一种灵魂的追寻翔举的象喻。

她说"仿佛梦魂归帝所",其"帝所"一词所指自当是天帝之所,而天帝之所自当是最崇高最美好的景地。然而虽有追寻之意,但帝所究竟何在,正复渺不可知。所以又接以"闻天语,殷勤问我归何处",假托闻天上有人殷勤相问之语,询以归向何处,其实正是作者在心灵的追寻中的自问之语。于是下面紧接着就是作者的自答,"我报路长嗟日暮,学诗谩有惊人句","我报路长嗟日暮"一句使我想起了《楚辞·离骚》中的"吾令羲和弭节兮,望崦嵫而勿迫,路漫漫其修远兮,吾将上下而求索",长路的追寻与迟暮的悲慨,正是千古才人志士的共同志意与共同的悲哀。李清照这首词应当是晚年之作，回顾检点一生的往事，在长路的追寻中到底有什么获得，有什么成就呢？对李清照来说，一个女子身经国变与家变的种种灾难之余，迟暮之年，已经一无所有，倘若勉强算是所有者，则惟有平生留下的几首诗词而已。所以说"学诗谩有惊人句"，"谩有"者，徒有之意也。所谓"徒有"者，可以有两层意思：一则就自己而言，徒有惊人之句，而于国事终有何补？于家事又终有何补？再则就人而言，则徒有惊人之句，又有谁能了解，谁能欣赏呢？然而尽管有这两层的"徒然"，而惊人之句毕竟仍是"惊人"的。尽管无人知赏，而作者依然有其"惊人"的自信，这是作者的自己的信心，自己的唯一的成就，而接在"谩有"的徒然的意味之下，也就显得颇可悲慨了。

然而作者却未尝在这种悲慨之中转入消极悲观的绝望，在结尾三句反而拼命振起地呼求祈望着说："九万里风鹏正举，风休住，蓬舟吹取三山去。""九万里风"用的是《庄子·逍遥游》一篇中鲲鱼化为鹏鸟以后高飞起来的"抟扶摇而上者九万里"的典故，形容鹏鸟凌风而上的高飞的气势和姿态。李清照在此用这一典故，也是用鹏鸟凌风而上的健举飞扬，象喻她自己心灵中的一种境界，遥遥与开端的开阔飞扬"仿佛梦魂归帝所"的气象相衔接；希望"风休住"，正是象喻作者追寻的高飞向往之精神的不肯罢休。

结尾说"蓬舟吹取三山去"，"三山"指海上的神山：蓬莱、方丈、瀛洲。"蓬舟"则遥遥与开端所写的"星河欲转千帆舞"相呼应，自己也如同在星河之侧飞舞着的一个"蓬舟"，也仍是象喻着心灵中的追寻，希望能达到神话中所传说的"三山"——一个心目中最美好高远的境界的象喻。这种不肯终止、不肯罢休的追寻的精神，接在"我报路长嗟日暮"的悲慨之后，使我想起了曹操的"老骥伏枥，志在千里。烈士暮年，壮心不已"的诗句。虽在迟暮之年，也依然不肯罢休，"帝所"与"蓬山"虽然邈远，但终于也不肯废弃这一份追寻的心意。

这首词无论意象和情意都进入了一种非常高远的境界，而且意象与情意结合得恰到好处，这种成就是非常值得注意的。而一般人只知道赞美李清照的《声声慢》一词在开端连用了十四个叠字，实在只是从皮毛上的一种认识而已。私意以为这一首词的健举而且自然，应该才是李清照更可注意的成就。

总之，一般说来，李清照早期的作品，其特色在于芳馨俊逸，表现了妇女敏锐纤细的感觉，而且在表达方面往往用白描之笔，真切而且自然。至于其晚期的作品，则可以分别为两种成就：一种仍保有前期的妇女的敏锐纤细的感觉，只不过在意境上较早期之作品显得沉郁悲凉了，如《南歌子》的"天上星河转"一首可以为代表；又一种则突破了妇女的情意和感觉的限制，而在意境上达到了非常健举超逸的境界，如最后所举的《渔家傲》一首可以为代表。

第二讲

说陆游词

陆游,字务观,放翁是他的别号,山阴(浙江绍兴)人。陆放翁生于徽宗宣和七年(1125)十月,是年冬十二月,金人出兵攻打北宋,徽宗让位于其子,是为钦宗,改元靖康。岳飞《满江红》词中即有"靖康耻,犹未雪。臣子恨,何时灭"之句。这一年正是北宋沦亡的一年,所以陆放翁的诗曾经自谓"我生学步遭丧乱"。

他少年长成后赴南宋首都临安考试，当时临安已是歌舞升平了，而且宴安享乐昼夜不息。当时有人写诗讽刺说："山外青山楼外楼，西湖歌舞几时休？暖风熏得游人醉，直把杭州作汴州。"这时有的人真是忘了国耻，沉醉在这种享乐的生活之中，可是陆放翁则不然，他终身以收复中原为己愿，他临死前的《示儿》诗还曾经写道：

死去元知万事空，但悲不见九州同。
王师北定中原日，家祭无忘告乃翁。

放翁在感情方面热烈奔放而固执，他对收复中原的感情，至八十六岁临死时都未曾放弃。

陆放翁高宗绍兴年间应试，原考中礼部进士，而且考得很好，名列前茅，可是被秦桧所免，就因为陆游排名在秦桧孙子秦埙之前。孝宗即位，认为他学历相当于进士，赐他为进士出身，时年他已三十八岁。后历任枢密院编修官、镇江通判、隆兴（今江西南昌附近）通判、夔州通判。通判是个卑微的小官，他因主战，后来连隆兴通判都做不成了，免官家居五年之久没有新职。这时他写了一首诗：

十月霜风吼屋边，布裘未办一铢绵。
岂惟饥索邻僧米，真是寒无坐客毡。

外边北风怒吼，但家里连做棉袍的一点棉絮也没有。不只是饿得要向隔壁的老和尚要米，连待客的坐垫也没有。后来放官为夔州（四川奉节县附近）通判，夔州四面是高山。杜甫《秋兴》

八首写过"夔府孤城落日斜",可见其地势艰险。李白《蜀道难》一诗中亦云:"噫吁嚱危乎高哉!蜀道之难,难于上青天。"但为了生活之故,陆放翁只好接受这个官职。他自谓:"残年走巴峡,辛苦为斗米。"因蜀道艰难,子女家属均未同行,他是只身入蜀的。他自己曾写诗道:"此身合是诗人未,细雨骑驴入剑门。"这两句诗表面看起来,很有点自我欣赏、自觉不错的味道,我的老师顾随先生曾说,一个人若自觉得不错就显得很肤浅。他指的是姜夔的"自觉此心无一事,小鱼跳出绿萍中"的两句诗说的。陆放翁这两句好像也有自我欣赏的味道,但其实不同。上一次我们讲到张孝祥的《念奴娇》一词,表面上看起来潇洒、飘逸、出世,但如真去了解张在那一年在哪种心情下写的那首词,即可知他当时的心情是悲愤的,并不是完全潇洒的。看诗一定要了解诗人的时代、生平,在什么环境和感情下写的。放翁这两句诗就有自我解嘲之意。放翁还有其他的诗曾经叙写在他出发之前,妻子儿女给他整理行装、准备医药的情事(因为他后来多病),可见他心情是沉重的。一个人若是碰到艰难困苦的遭遇,如一点也无法解脱,就只有像屈原一样沉江自杀了。所以一个人在遇到艰苦患难时,总要有个解决的办法,像张孝祥把自己的精神自小我之中解脱出来,与万物合而为一,他说"素月"可以"分辉","明河"可以"共影",内心的皎洁与天地皎洁的精神合一,这是一种解脱的办法;此外还有一种解脱办法,就是自我解嘲。不但不被贫困打倒,还能对困苦表示一种欣赏或嘲笑,如杜甫自谓"囊空恐羞涩,留得一钱看"。放翁也是说自己现在经历了各种艰难困苦,才像个诗人,为了谋生别离妻子家人,不仅要从剑门进入那么艰险的蜀地,而且还在细雨之中,在表现得轻松赏玩的口气中隐喻了他的悲慨。

陆放翁到了四川任夔州通判以后，又曾做到四川宣抚使手下的检讨官，当他离夔州赴汉中（今陕西南郑附近），汉中系川陕交通要道，当时此地有个大散关，关的这一边是南宋前线的守军，那一边就是陕西，可以往长安，就是当时沦陷的中原，陆放翁在这里住了一年多的时间，过着差不多是军中的生活。军中常有人出去打猎，打猎也是军队的一种训练。放翁曾有诗云："刺虎腾身万目前，白袍溅血尚依然。"可见他当时年岁虽已近五十，仍然非常勇武。但英雄是该杀敌的，怎么能刺虎呢？《史记·李将军列传》，就曾经讲李广被免官后家居，一身本领无处施展，只好到南山去射老虎。放翁也是想杀敌的，他有一诗说：

> 许国虽坚鬓已斑，山南经岁望南山。
> 横戈上马嗟心在，穿堑环城笑虏孱。
> 日暮风烟传陇上，秋高刁斗落云间。
> 三秦父老应惆怅，不见王师出散关。

报国之志虽坚定，但岁月不留情。如今头发已斑白，在山的这一边想象着长安的终南山。拿起干戈翻身上马的雄心壮志仍在，敌人并不可怕，他们穿凿护城河围在城外以为防守，可见敌人实属弱胆小。日暮黄昏之际，站在城楼上看见一片秋风，一片云烟，一直笼罩到陇山之上，直到陇内的长安。杜甫曾有诗说："瞿塘峡口曲江头，万里风烟接素秋。"身在瞿塘，心在长安的曲江，两地相隔万里，秋风吹起的云烟把两地连成一片。放翁诗也受有杜甫影响，用风烟表示两地的相连，国家土地是完整的。

下一句的"刁斗"是铁器，白天用以为炊，夜间击以巡逻。

秋夜天高气爽，刁斗之声直传天上，表示有军队在这里驻军。下一句"三秦父老应惆怅"，"三秦"指关中陕西，秦亡之时，项羽分封诸侯，咸阳附近共封了三个王，所以关中咸阳、长安附近即被称为三秦。这句是说关中父老遗民一定很悲哀，因为祖国的军队就在这里，可是几十年过去了，王师为什么从未出关收复失地呢？他是设身处地替沦陷区的人设想，他想要统一中原收复失地的雄心壮志跃然纸上。

其后他做到四川制置使司参议官，知严州，又曾奉祠多年。宋朝时若做官多年，年纪大了不能再做官，即给他一个庙宇，庙产收入为其俸禄的一部分。他奉祠多年后，又被请出来修国史，以太中大夫、宝谟阁待制致仕，卒年八十六岁。

人家说放翁诗曾有三种变化：少年时的诗重辞藻技巧，壮年时豪放，晚年时表示了闲静的情趣。一个人总是会受年龄、身体和环境各方面的影响的。

陆放翁的忠爱出于天性，他不但感情热烈，而且易受感动。他自己的诗集，几乎把三十岁以前的诗删去了十分之九，只录了一两百首，他自己说这只不过是旧作的十分之一。他从二十多岁至八十多岁共写了万首诗，自谓"六十年间万首诗"。他有写诗的癖好，又有丰富的感情。郑骞先生的《词选》上说："游忠爱出于天性，生于南渡，毕生以中原未复为念。"

他平生除了时代艰难不幸外，私人感情生活上也曾遭遇过一件不幸的事。这个故事很有名，是关于他和第一个妻子的故事。他的第一个妻子原来是他的表妹唐琬，他的母亲姓唐，即唐琬的姑母。两人婚后感情很好，唐琬亦能诗文，但姑媳之间不和，他母亲即令放翁休妻。陆放翁于是另外弄了一所房子，常与唐琬相聚，事被其母所知，怒而不容，只有真的决裂。后放翁再娶，唐琬亦再嫁，两人均住在会稽附近。一日放翁去游沈园，适逢唐琬与其夫赵士程也去了。两人相见分外惆怅，放翁写了一首《钗头凤》词书于沈园壁上，据说唐琬还和了一首。传说见面后不久唐琬就逝世了，当时她还很年轻。放翁八十六岁才去世，但直至临死仍未忘却这段感情，他七十多岁的诗还说："此身行作稽山土，犹吊遗踪一泫然。"说自己行将入土，但每到沈园看到当日二人见面的地方，内心仍然十分悲哀，他有好几首沈园诗：

路近城南已怕行，沈家园里更伤情。
香穿客袖梅花在，绿蘸寺桥春水生。

城南小陌又逢春，只见梅花不见人。
玉骨久成泉下土，墨痕犹锁壁间尘。

第一首说，一走近城南尚未见到沈园，心里已害怕勾起那段回忆，更何况来到沈园呢！如今景物依然，香气穿入前袖，梅花仍然绽开，绿色的水波打湿了庙旁的小桥，春水已涨，但景色依旧，人物全非。第二首是说，城南小路又遇见春天的景色，但只见梅花，不见当年的玉人，唐琬已葬于泉下，化为尘土；而当年写在墙上的诗的墨痕仍在，只是为尘土所封锁了。四十多年前的事仍记念如新。

放翁对国家对爱情的感情都一样执着。据《齐东野语》（南宋后期词人周密所写）记载："陆务观初娶唐氏，闳之女也，与其母夫人为姑侄，伉俪相得，而弗获于其姑。既出，而未忍绝之，则为别馆，时时往焉。姑知而掩之，虽先知挈去，然事不得隐，竟绝之。亦人伦之变也。唐后改适同郡宗子士程。尝以春日出游，相遇于禹迹寺南之沈氏园。唐以语赵，遣致酒肴。翁怅然久之，为赋《钗头凤》一词，题园壁间。……实绍兴乙亥岁也。"宗子指的是宗室，乙亥是绍兴二十五年，当年放翁应是三十多岁，他到七八十岁仍不忘情。他当年手写的《钗头凤》词如下：

> 红酥手，黄縢酒，满城春色宫墙柳。东风恶，欢情薄，一怀愁绪，几年离索，错、错、错！春如旧，人空瘦，泪痕红浥鲛绡透。桃花落，闲池阁，山盟虽在，锦书难托，莫、莫、莫！

陆放翁诗词皆真率直接，喷薄奔涌的感情，毫不做作。唐氏亲自送来酒菜，送来官家的黄封酒（根据宋朝《耆旧续闻》所考）。会稽城里城外春天的柳树很美。会稽原为古代越国首都，所以有宫殿遗留的墙，而且高宗在决定定都临安前，曾以建康及会稽为行都，所以说是"宫墙柳"。

这首词开端所写的"红酥手"是美的，"黄縢酒"也是美的，"满城春色宫墙柳"更是美的。如果唐琬还是他的妻子，那真是"良辰美景"，该是多么幸福美好。现在空有良辰美景，相爱的人已经被分开了，所以下面就接着说"东风恶"，春风吹落了春花。李后主词说"无奈朝来寒雨晚来风"，春风春雨就代表了摧残。风雨对花的摧残，也象征着人生所受到的很多不幸的摧残，从大自然的春天转到人世。李后主的词"林花谢了春红，太匆匆，无奈朝来寒雨晚来风。　　胭脂泪，相留醉，几时重？自是人生长恨水长东"一首中，上半首写大自然的春天,下面就说到人世。春天被摧残,转到人世被摧残。陆放翁这首词也是如此,"东风恶"还是讲的春天,但下面"欢情薄"讲的就是人世了。"一怀愁绪,几年离索","一怀"就是"满怀",满心的悲哀愁苦,想到分别的这些年有多少离别的情思啊!下面用了三个"错"字强调其无可挽回。古语说"聚六州之铁,铸成大错","错"原系刀名,把九州的铁铸成一把大错刀,比喻犯了大错。放翁当年一定是在对母亲的孝思与对妻子的爱情间几经挣扎,现在回想起来,听了母亲的话与唐琬离异真是大错。下半阕"春如旧,人空瘦",说春天仍如从前那样美丽,但人却因离别以后的悲哀痛苦而消瘦了。这里当是指的唐琬。陆放翁固然悲哀,但当时社会的压力多半施加于女子身上,而且唐琬在这次见面后不久就死了,这里的"瘦",所指该是唐琬。唐琬见到他,流下了眼泪,所以下句说"泪痕红浥鲛绡透"。"红浥"或是形容眼泪和胭脂而下,成了红泪,或是"血泪",悲哀的眼泪,或是眼泪流在红色的绡帕上。古时传说海中有鲛人,善织最美最薄的丝绸——绡,哭泣时眼泪成珍珠,所以"红"字是一字多义的。

下面"桃花落,闲池阁",所写很可能是眼前真实景物,桃花真的被风吹落了,与前面的"东风恶"相呼应。"东风恶"既代表人世的摧残,所以"桃花落"也代表被摧残的人的憔悴。"闲池阁"的"闲"字即写池阁的闲静,也代表池阁之不能同情花之飘落,好像不相干的人。下面说"山盟虽在,锦书难托,莫、莫、莫"表现了非常绝望的悲哀。

看一个人不但要看他对你如何,还要看他对一般的人、物,处理事情的态度如何来判断。陆放翁用情很执着,对前妻唐琬到七八十岁仍未忘情。他曾经写过很多首沈园的诗,有一首说"梦断香消四十年……犹吊遗踪一泫然";又在一首《菊枕》诗说"唤回四十三年梦,灯暗无人说断肠",可见他在距离这事的四十多年以后,已经七十多岁了,对往事还不能忘记。他虽曾第二次结婚,但在他六十年间万首诗之中却没有一首是专写他第二任妻子的,而却有许多怀念唐琬的。

他用情很专一,很执着,对人如此,对国家的感情亦如是。他确有强烈的国家民族观念,有用世之心,直至老年没有改变。上文所说的《示儿》诗说:"死去元知万事空,但悲不见九州同。王师北定中原日,家祭无忘告乃翁。"即表现了这一点。他在诗里这种执着的感情表现得比词里更多。现在就看他的一首词《双头莲》,词前写明此词是"呈范至能"的,范致能即范成大,乃南宋另一有名诗人。他们两人以文字相交,当范成大做到四川制置使时,放翁被聘为参议官。从这首词里写道的"锦里繁华,叹官闲昼永"之句,可推测是在成都作的。因为成都以出锦缎出名,据说所出锦缎若在附近江水漂洗,颜色即特别美丽,所以成都又称锦城、锦里,江水即称锦江。现在来看这首词:

华鬓星星,惊壮志成虚,此身如寄。萧条病骥,向暗里消尽,当年豪气。梦断故国山川,隔重重烟水。身万里,旧社凋零,青门俊游谁记? 尽道锦里繁华,叹官闲昼永,柴荆添睡。清愁自醉,念此际付与、何人心事。纵有楚柁吴樯,知何时东逝? 空怅望,鲙美菰香,秋风又起。

头两句就跟他的诗句"许国虽坚鬓已斑"一样,是一种年华老去而壮志未酬的感情。陆放翁所悲哀的不只是个人壮志成虚,也是未能看到国家北定中原的悲哀。后来南宋是灭亡了，亡在蒙古人的手中。南宋的皇帝因鉴于过去一直受金人压迫，蒙古强大起来了，即想借蒙古人的势力抗金，结果是"前门拒狼，后门进虎"，反为蒙古所灭。才人志士最大的悲哀即未能实现自己的理想。"华鬓星星"是头发刚刚开始花白的时候，全白时就是"鬓丝如雪"了，"星星"是白色一点一点的闪动。古人常用"星星"来形容头发花白了，忽然惊醒了，发现自己统一中原收复失地的壮志成虚，而且为谋生而旅居在外。我们以前讲到他的贫困，如他在诗中所说，"十月霜风吼屋边，布衾未办一铢绵。岂惟饥索邻僧米，真是寒无坐客毡"，所以才出来做官。在世上就像寄居的旅客，在各地漂泊，像一匹憔悴的、为疾病所消磨的瘦马。"骥"是千里马，曹操诗"老骥伏枥，志在千里"，老马已跑不动了，但心里所想的却是千里之外的驰骋。但陆放翁说，自己只不过是一匹病马，憔悴衰老的马。下面说"向暗里消尽，当年豪气"，"暗里"是没有人知道，从未表现过，那么谁知道、谁又相信你有这种志愿呢？所以是"暗里消尽"少年的雄心壮志。他过去只做过通判的小官，根本不得意。

"梦断故国山川"，怀念中原，但相隔有重重烟水，做梦都梦不到。如我们前面所引的放翁的诗"日暮风烟传陇上，秋高刁斗落云间"，以及杜甫诗"瞿塘峡口曲江头，万里风烟接素秋"，都是写风烟隔绝的与中原的距离。"梦断"句讲的是梦，"隔重重烟水"讲的是梦，也是事实。从梦到现实，再一转而到"身万里"，从梦中中原的故国的距离写到现在他与故乡浙江会稽的距离。会稽离南宋都城临安不远，所以他怀念的对象包括了中原故国和今日朝廷以及自己的故乡。

下面"旧社凋零，青门俊游谁记"，"青门"是从前长安城门之名,此处借喻首都的城门。他廿岁左右即自会稽赴临安考试。南宋当时有很多诗社、词社。有人批评词自北宋至南宋的转变时说,北词有很多是"应歌而作",无甚内容,而南词则很多是"应社而作"的,有没有感情都得写。少年时他或曾参加过这些社的活动,可是现在人都老了分散了,社也不存在了,所以说"旧社凋零"。"青门俊游"是说当年在首都与风流才俊交游的往事,如今谁还记得呢?上半阕写的是现在的衰老,回想到他志意未酬而年华老去的悲哀。

下半阕"尽道锦里繁华"写的是他当时在四川的生活。大家都说四川是个好地方,是天府之国,说成都是个繁华之地。"尽道"是指别人这样说,例如韦庄词"人人尽说江南好,游人只合江南老",这里的"尽说"也是讲别人的看法,所以"锦里繁华"只是别人这样想,下面"官闲昼永"是说很清闲没什么事做。一天没事就觉得时间太长了,所以说"昼永",间接表现了他的才能未被重用,壮志成虚。

"柴荆"是木板门,于是关起门来多睡一些时候,所以说"柴荆添睡"。"清愁自醉"也可能有两种提示和联想。"清愁"是清淡的愁,有别于"死生祸福"的大事所引起的浓愁,是平生志愿的落空、一直存在的愁。"清愁自醉"或是说在清愁之中没有人聊天谈话以解忧,于是独酌,像陶渊明所说的"欲言无予和,挥杯劝孤影"。另一种可能是"愁如醉",清愁无法摆脱,人全被愁浸透了,精神思想沉入一种境界就是醉,不一定是饮酒的醉。

"念此际付与、何人心事",是说在这种情况下,又能向谁倾诉、托付自己的心事呢?很想回去,可是虽然四川有船,有锦江,可以经长江顺流而下。"柂""樯"皆指船,"楚柂吴樯"是指向吴楚去的船,向故乡去的船,但是自己什么时候才能往东回到故乡去呢？因为他正是因生活贫困才出来做官的，他只好向着东南吴楚的方向惆怅、瞻望。江苏产鲈鱼，味美，秋天时将其切成片，是为"脍"。西晋张季鹰在洛阳做官，他想到故乡吴地鲈鱼脍、莼菜羹味美，于是马上辞官回乡了。现在也是秋天，但什么时候才能回乡呢？

以上我们讲了一首写儿女之情的词，又讲了一首自伤志意落空的感慨之词，现在时间不够了，我们再简单地看看他的《真珠帘》：

> 山村水馆参差路，感羁游、正似残春风絮。掠地穿帘，知是竟归何处？镜里新霜空自悯，问几时、鸾台鳌署。迟暮，谩凭高怀远，书空独语。　　自古儒冠多误，悔当年、早不扁舟归去。醉下白蘋洲，看夕阳鸥鹭。蓴菜鲈鱼都弃了，只换得、青衫尘土。休顾，早收身江上，一蓑烟雨。

在旅途漂泊时经过山山水水，住在小旅馆内，他觉得自己的漂泊就像春天的柳絮一样。镜里见到头发已白，不禁悲从中来，不知什么时候才能做一番事业。"鸾台"就是门下省，"鳌署"即翰林院，意指能有作为的高位，在这里都表示了他的"许国虽坚鬓已斑"的沉痛心情。

再简单看一首《蝶恋花》：

> 桐叶晨飘蛩夜语，旅思秋光，黯黯长安路。忽记横戈盘马处，散关清渭应如故。　　江海轻舟今已具，一卷兵书，叹息无人付。早信此生终不遇，当年悔草长杨赋。

"长安"指的是南宋都城临安。现在已告老还乡，路经临安十分悲哀，心情黯淡。记得当年"横戈盘马"之地——大散关、清渭水，都应当跟从前一样吧？志愿未实现，是准备"乘桴浮于海"，可惜心里有一卷兵书，可以用兵打仗、收复的谋略和志愿，竟无人可以交付，又还有谁有收复中原的才能和志愿呢？

《长杨赋》是汉时扬雄之作。"长杨"是汉朝宫殿名。汉朝皇帝喜狩猎，浪费了很多钱，而民不聊生。扬雄写此赋，表面上写打猎，实际上是讽刺帝王只图自己享受，不管老百姓死活。陆放翁少时曾作过这种有理想、关心人民生活的文章，他慨叹早知一辈子都会怀才不遇、理想无法实现，又何必写这些文章呢！

陆放翁的词感情真挚，关心家国，气势也很豪健；唯一的缺点是缺乏含蓄蕴藉，不耐寻思，没有余味。

第二章 南宋中期

第一讲　说张元幹与张孝祥词
第二讲　说辛弃疾词之一
第三讲　说辛弃疾词之二
第四讲　说辛弃疾词之三
第五讲　说姜夔词之一
第六讲　说姜夔词之二
第七讲　说姜夔词之三
第八讲　说姜夔词之四

第一讲

说张元幹与张孝祥词

我以前讲课的时候曾经谈到过两个问题:一个是词的美感特质的形成,还有一个是词的风格以及写作方式的演变。我说那都与当时的时代背景有密切的关系。下课后就有同学问我:叶先生,你说一定要反映时代才是好词,但是很多词不一定反映时代,那还是不是好词呢?我说这要把它们分别清楚,我不是说词里边一定要反映时代的世变,我只是说世变与词的美感特质的形成，与词的风格的演变有很密切的关系。比如说我们上次讲五代的词，像韦庄的那几首《菩萨蛮》，说是"红楼别夜堪惆怅，香灯半卷流苏帐。残月出门时，美人和泪辞"，这首词写的只是男女的相思离别，并没有时代的世变。可是，你如果结合作者韦庄的身世以及当时时代的背景来看，就会发现，这五首《菩萨蛮》确实反映了晚唐五代的乱离。又比如他说："惆怅晓莺残月，相别，从此隔音尘。如今俱是异乡人，相见更无因。"为什么他们消息阻隔？因为战乱，是战乱使他们音尘隔绝，成了异乡之人，所以他虽然没有直接写时代的世变，但是造成其词之美感特质的，而且使人联想到的正是时代的世变。

后来，我们又讲到了诗化之词。我说，最早写诗化之词的是李后主，他把乐师歌女的词变成了士大夫的词，而士大夫的词就是抒情言志的诗篇了。为什么？因为李后主经历了国破家亡的变故。我还说，真正有意识地把词加以拓展的是苏东坡，他看到了柳永长调词的弊端。因为写爱情的小词如果你写得短小，你所能掌握的就是爱情里边最重要的本质了，是什么？一个是爱情，另一个是美色，而美与爱这两种最基本的品质具有普遍性，所以写美女和爱情的小词有时可以引起人很深远的联想。可是等到柳永用长调把美色与爱情铺开来写的时候，他就写了很多现实生活中的情事，就显得淫靡了。苏轼的改变不是完全出于时代，他是有意识地把词加以拓展，"一洗绮罗香泽之态，摆脱绸缪宛转之度"，改变了柳词柔靡的作风，写他自己的逸志旷怀，从而把小词诗化了。

虽然苏轼对词的开拓不完全受时代的影响，但开拓出来以后，他的诗化之词中特别好的作品同样与他的身世以及当时的党争有密切关系。只是苏轼这一类的诗化之词在当时并没有被一般的词人所承认和追随，大家认为苏轼这种做法不是词的正途，李清照就曾经批评他，说那些词只是"句读不葺之诗尔"。李清照也经过了破国亡家，但是她不把这些内容写到词里去，那么什么时候大家才警觉，要把这些都写入词中呢？那是靖康之变以后。李清照经过了靖康之变，可她还有保守的观念，没有完全追随上来，然而靖康之变毕竟使诗化之词发扬光大了。我们上次已经看过朱敦儒的一首《相见欢》，他写的就是一种亡国的悲慨。今天我给大家再介绍两个作者：张元幹和张孝祥。他们的时代都比辛弃疾要早，所以辛词之出现绝不是一件偶然的事情，是先有苏轼的开拓，再有靖康之变以后那些南宋早期的词人所写的激昂慷慨的作品作为铺垫的。

我给大家介绍不同的作者，有的要详读，有的要略读。今天我们只简单地说一说张元幹和张孝祥，大家知道，靖康之变、汴京沦陷是1126年，而辛弃疾生在高宗绍兴十年，也就是1140年，他是生在沦陷区的。而张元幹则生于1091年，差不多比辛弃疾年长五十岁，他亲身经历了靖康的变乱和北宋的沦亡。在北宋没有灭亡，还在抗金打仗的时候，张元幹曾经参加过当时的一个抗战派领袖李纲领导的保卫汴京的战争。后来汴京陷落，张元幹来到南方，那时秦桧正做宰相，朝廷中有主战和主和两派，他自然参加了主战的一派。那时有一个人叫胡铨，曾经做过待制这样的官，可是在主和派与主战派的抗争中，他从朝廷中被贬出来，做了福州签判。后来，秦桧他们主和的那一派还是心有不甘，就把胡铨再次从福州贬到广东的新州，这一次就更远了。贬到新州以后，胡铨成了被编管的人，这时，他连签判那样卑微的官职都没有了，而是根本处于被看管的地位。当时张元幹在福州，所以他就在胡铨第二次被贬的临行之际，写了一首《贺新郎》为他送行：

贺新郎·送胡邦衡待制

梦绕神州路。怅秋风、连营画角，故宫离黍。底事昆仑倾砥柱，九地黄流乱注。聚万落、千村狐兔。天意从来高难问，况人情、老易悲如许。更南浦，送君去。　　凉生岸柳催残暑。耿斜河、疏星淡月，断云微度。万里江山知何处？回首对床夜语。雁不到、书成谁与？目尽青天怀今古，肯儿曹、恩怨相尔汝。举大白，听金缕。

"梦绕神州路"：因为张元幹生在北宋哲宗后期，亲身经历了哲宗、徽宗、钦宗等几代皇帝。他在北宋做过官，参加过东京的保卫战，也看到了北宋败亡的整个过程，所以"神州"对他来说已不是一个空洞的名词，而是他当年真正生活过、保卫过的土地。"怅秋风、连营画角，故宫离黍"："离黍"出自《诗经·王风》中的《黍离》一篇："彼黍离离，彼稷之苗，行迈靡靡，中心摇摇……彼黍离离，彼稷之穗。行迈靡靡，中心如醉。"这是慨叹国家败亡的一首诗。又一度秋风吹起了，可是沦陷的故国却在敌人的控制之中，到处都是军营，到处都是战争的号角。"底事昆仑倾砥柱，九地黄流乱注"：古人说黄河远出于昆仑山，河中有中流砥柱，当河水向东流的时候，中间就被砥柱挡住了。可是，当国家衰败下去的时候，有谁能够挽回？难道中流的那个砥柱已经倾倒了，致使黄河之水从昆仑山上一泻千里地流了下去？想当年汴京多么繁华！柳永当时在汴京城，说每当华灯初上，歌楼舞榭中都是歌妓酒女，望之恍若神仙，现在怎么会落得这样的下场？这一切都是什么缘故？"聚万落、千村狐兔。天意从来高难问，况人情、老易悲如许"：现在的神州，千村万落，到处都是狐狸和野兔，到处都是敌人的骚扰和百姓的苦难。屈原曾写过《天问》，欧阳修也说过"泪眼问花花不语"，而今我问天不语，不管你我有多少豪情壮志，有多少理想，转眼就衰老了，这不又是"怅秋风"了吗？"日月忽其不淹兮，春与秋其代序。惟草木之零落兮，恐美人之迟暮"，多么悲哀，多么无可奈何，何况"更南浦，送君去"，连福州你都不能再待下去了。

"凉生岸柳催残暑。耿斜河、疏星淡月，断云微度"，这句再次点明他们送别的季节已是秋天，天气转凉；夏天，真的就消逝了。"耿斜河、疏星淡月，断云微度"：天上耿耿明亮地斜着一条银河，月淡星稀，一缕"断云"轻轻度过。"断云"就是没有依傍的云，如同断鸿零雁一般，就这么孤单的一片云。陶渊明说："万族各有托，孤云独无依。暧暧空中灭，何时见余晖？"植物生在地上，鱼虾生在水中，宇宙万物都有托身之所，只有天上那一缕云是无依无靠的。转眼间它就在空中消逝了，哪一天你才能再见到它？朱自清先生说"桃花谢了，有再开的时候""燕子去了，有再来的时候"，可是天上的云消散了，什么时候再回来？永远不会回来了。"万里江山知何处？回首对床夜语。"几万里的大好河山，现在已经沦陷在敌人手中，再回首，像当年我们两个人相对连床、秉烛长谈的美好往事，都不会再回来了，因为你今天就要离开这里，贬到广东的新州去了。所以"雁不到、书成谁与？"据说广东有一座山峰叫回雁峰，雁飞到这里飞不过去就又回来了。他说，你所去的地方那么遥远，连天上的鸿雁都飞不到，就算我给你写了信，又怎么能够传到你那里去呢？"目尽青天怀今古，肯儿曹、恩怨相尔汝"：我们望断青天，感慨古今的盛衰成败；我们有更伟大的志意、更高洁的操守，怎么肯像一般人一样，去计较人间的恩恩怨怨呢？最后，"举大白，听金缕"："大白"就是大杯酒，"金缕"就是《贺新郎》词，因为这个曲子有一个别名叫《金缕曲》；他说，还是举起酒杯，听我给你唱一首《金缕曲》吧。

好，以上是张元幹的一首词。他写得激昂慷慨，有一种直接的感发力量，这同样是好词，下面我们再看张孝祥。刚才我说，张元幹是生在北宋，经历了靖康之变后才来到南方的，而张孝祥出生的时候就已经是高宗绍兴二年（1132）了，所以他是生在南宋的。今天我们要看他的一首《六州歌头》。"六州"指中国西北边疆的六个州郡，它们分别是伊州、凉州、甘州、石州、渭州和氐州。这个曲调最早属于鼓吹曲，鼓吹曲是军队之中的一种乐曲，所以这个词牌的牌调天生就要写边塞那种豪放雄壮的感情。这首词不太适合讲，而适合念，下面我就给大家念一遍：

> 长淮望断，关塞莽然平。征尘暗，霜风劲，悄边声。黯销凝。追想当年事，殆天数，非人力，洙泗上，弦歌地，亦膻腥。隔水毡乡，落日牛羊下，区脱纵横。看名王宵猎，骑火一川明。笳鼓悲鸣。遣人惊。　　念腰间箭，匣中剑，空埃蠹，竟何成？时易失，心徒壮，岁将零。渺神京。干羽方怀远，静烽燧，且休兵。冠盖使，纷驰骛，若为情。闻道中原遗老，常南望，翠葆霓旌。使行人到此，忠愤气填膺。有泪如倾。

这个牌调在词律上有十六种不同的体式，所以标点符号有时不完全一样。比如"隔水毡乡，落日牛羊下，区脱纵横"一句，我个人以为，应该是"隔水毡乡落日，牛羊下，区脱纵横"。为什么呢？因为在这首词中，凡是最后一个字是平声的句子，都是押韵的句子，这些句子的最后一个平声字都是押韵的韵字；除此之外，其他不押韵的句子每句最后一个字是仄声的。如果这一句在"毡乡"后停顿，"乡"是平声，却不押韵，这样就与整体不谐调了，所以我觉得这一句停在"落日"之后更合适些。

另外，传说这首词有一段本事，说当时还有一个主战派领袖张浚，有一次他设宴，张孝祥参加了，其间就赋了这首《六州歌头》。张浚听罢非常感伤，凄然泪下，于是酒席就停止了。可见这首词是很感动人的。为什么？因为有人考证，这首词写于孝宗隆兴年间，而孝宗是一个有北伐抗战的理想的人，他曾经在采石矶的一次战争中胜利了，可后来又在另一次战争中失败了。失败以后，朝廷中主和的一派马上就气焰嚣张起来。在这种气氛之下，张孝祥写了这首词。

我们看一下它的大意：南宋的对面是淮水，淮水的北边就是沦陷区，边疆上没有打仗，静悄悄的。回想当年，北宋那么繁华富庶，怎么会落到这样的下场？洙水和泗水本是孔子的家乡，也是孔子讲礼乐弦歌的地方，现在居然被异族统治了。隔水看一看敌人那边，已是日暮黄昏，牛羊归来，远处纵横分布着许多用来瞭望的建筑物。他们的名王正在打猎，耀武扬威地点燃了很明亮的火炬。凄凉的笳鼓一声声传来，令人心惊不已。我们都有收复失地的愿望，可腰间的弓箭和匣中的宝剑长期不用，都生锈生尘了，我们一事无成。岁月不居，春秋代序，又是一年将尽了，而我们故国的首都依旧如此邈远。主和派用干羽歌舞来表示怀柔远人，与敌人讲和；使臣来来往往，白白给了人家无数的金钱和丝帛。听说中原沦陷区的遗老们常常向南探望，盼望自己的国家、自己的政府能够收复这一片失去的土地。过路人到了那里，看到这种情景，不由得泪如雨下。

　　这首词同样写得慷慨激昂，也是一首好词。所以，我并没有抹杀这一类作品，说它不美不好，说一定如何如何才行；我只是说，这样的词有直接的感发，它具有诗的美感特质，却不具有词的美感特质。

　　我再给大家举刘过的一首《沁园春》作为第三个例证。刘过生活的时代要比张元幹、张孝祥他们晚，他是南宋后期的一位作者，与辛弃疾约略同时，这首《沁园春》就是他寄给辛弃疾的。它的题目是《寄稼轩承旨》，因为辛弃疾曾经做过承旨这样的官。刘过大半生放浪于江湖之间，写这首词时他正在杭州，而辛弃疾正在浙东做安抚使，两个人离得不远，所以他就写了这首词给辛弃疾：

>　　斗酒彘肩，风雨渡江，岂不快哉。被香山居士，约林和靖，与东坡老，驾勒吾回。坡谓西湖，正如西子，浓抹淡妆临镜台。二公者，皆掉头不顾，只管衔杯。　　白云天竺飞来。图画里、峥嵘楼观开。爱东西双涧，纵横水绕，两峰南北，高下云堆。逋曰不然，暗香浮动，争似孤山先探梅。须晴去，访稼轩未晚，且此徘徊。

　　从表面看起来，这首词写得也很豪放洒脱，可是实际上呢？他说，辛弃疾，你是个豪放词人，我也是豪放词人，如果我们相遇，不会那么文绉绉地用小杯子喝酒，我们要用大斗喝酒，吃大块的猪腿。今天虽然有风雨，但你约我渡江去跟你见面，这也很痛快，只是我没有去成。为什么没有去？下边他就编出一大套故事来。他说，我在去的路上，被香山居士白居易、林和靖，还有苏东坡"驾勒"——被他们拦回来了。怎么样拦回来的？苏东坡就说了：你干吗要去辛弃疾那里呀？西湖如同西子，"浓抹淡妆临镜台"，今天风雨之中在西湖赏景不是很好吗？这里他用了苏东坡的两句诗："欲把西湖比西子，淡妆浓抹总相宜。"苏东坡这么说的时候，白居易与林和靖"掉头不顾"，只管喝他们的酒。等一会儿白居易也开口了，他说："天竺飞来。图画里、峥嵘楼观开。"白居易有一句诗："湖上春来似画图。"说春天的时候，西湖这里花红柳绿，像画图一样美；他还有一句诗："楼殿参差倚夕阳。"说西湖有很多楼殿，参差不齐，映在斜阳之下；白居易接着说："爱东西双涧，纵横水绕，两峰南北，高卜云堆。"这也是用了白居易的诗："东涧水流西涧水，南山云起北山云。"等白居易说完后，林逋也讲话了。他说"不然"，你们俩所说的风景还不够美，最美的莫过于去孤山看那"疏影横斜""暗香浮动"的梅花了，这同样是用了林逋的诗句——"疏影横斜水清浅，暗香浮动月黄昏。"引用了这么多，最后他只是说：现在有风雨，我暂且在西湖欣赏这么美的风景，等到晴天再去访你不迟。

所以，尽管这首诗写得也不能说不美，但是它空洞无物。清朝的词学批评家谢章铤在其《赌棋山庄词话》中说："学稼轩者，胸中须先具一段真气奇气，否则虽纸上奔腾，其中俄空焉，亦萧萧索索如牖下风耳。"他说像辛稼轩这种豪放词不是容易学的。你若没有辛稼轩的情感和才气，没有辛稼轩的理想和志意，乃至于没有和他类似的身世遭际，你要学他就如同风吹窗户上的破纸，虽然哗啦哗啦响得很，但里边什么东西都没有。

我现在只是要说明，从苏东坡的诗化之词发展下来，就有这样一派豪放的词，这些词的美感特质如何呢？像刚才我们讲过的张元幹和张孝祥，他们的词虽没有词的美感特质，却有诗的美感特质，所以同样是好的诗化之作，至于刘过这首《沁园春》，他没有像张元幹张孝祥那样的真正的感情和关怀，只是徒有其表，写得很夸张，口气很狂大，可是你一按下去，"其中俄空焉"——里边没有真正的东西。下一次我们要讲辛弃疾的豪放词，它既有词的美感特质，又有诗的美感特质，希望大家要善于分清这几种具有不同美感特质的作品。

第二讲

说辛弃疾词之一

我从小就特别喜欢稼轩词,那时我在北京老家,我伯父喜欢藏书,他收藏了一套精美的稼轩词,是元朝木刻的版本,我曾把那套书放在书桌前。现在我手边也有一本《稼轩词编年笺注》,作者是北京大学的邓广铭教授,邓教授已经去世了,这本书是他生前送给我的。他是一位历史学家,他以历史的眼光搜集、整理稼轩词,考证每首词大概是在什么时代、什么背景下所写的，然后做了编年笺注。邓教授可能是对稼轩词的研究开始得最早、用力最勤的一个人，一直到将近九十岁高龄的时候，他还做了最后一次校订。我与邓教授是1990年在江西上饶的一次国际词学会议上认识的。上饶是辛弃疾曾经住过的地方，那里有一个带湖，记得我当年念辛弃疾的词，有一首《水调歌头》说"带湖吾甚爱，千丈翠奁开"，当时我就想，带湖该多么美呀，将来我一定要亲自去看看。1990年，我接到辛弃疾词学会议组委会的通知，开会的地址就在江西上饶的带湖附近，我很高兴，决定去参加，但是从加拿大到北京到上海都容易，却怎么可能到上饶呢？我没有办法，就托我的侄子叶言材来办这件事，他交游广泛，认识旅行社的人，说是只能先坐飞机，再坐火车。恰巧，那时有一位在台湾大学教词的林玫仪女士，是20世纪60年代我在台大教过的一个学生，她也接到了邀请信，想去参加这次会议，只是从来没有到过大陆，于是她跟我商量，要和我一起去，所以，我就让我的侄子订了火车票，然后我从温哥华出发，林女士从台湾出发，我侄子与侄媳从日本出发，我们就在上海聚齐了，接着便一齐坐火车去江西上饶，那是一段非常值得纪念的旅程。在火车上，林玫仪就跟我闲谈，她说：叶老师，你平生念了这么多人的诗词，如果在这些诗人词人中找一个人与你做朋友，你愿意找谁？我想了半天，最后说只能是辛弃疾。其实，以诗人来说，我最喜欢李商隐，但李商隐一天到晚愁眉苦脸的，你很难跟他相处，而辛弃疾这个人真的是有眼光、有见解、有才能，而且是懂权变的豪杰之士。我这样说毕竟空口无凭，只要讲他平生的几个故事，大家就明白了。

前面我们说，辛弃疾生在沦陷区的山东，他出生时山东已沦陷十几年了。他的祖父名叫辛赞,在山东沦陷的时候,辛赞因为家里人口多,所以没有能随政府到后方去,这是可以理解的。当年日本侵华,北京沦陷,我的老师和同学有很多人去了后方,而有些人留在了沦陷区,像我的老师顾随先生,他家里有六个小孩,而且全家都靠他一个人教书来维持生活,他没有办法携带家眷到后方去,所以就留了下来。辛赞也是因为家累众多,他不得已留在了沦陷区,可是他内心的忠义奋发之气始终没有改变。在辛弃疾很小的时候,辛赞就常带他到各地去游览,把祖国的大好山河指点给他看。后来辛弃疾到金的首都——大都去考试,辛赞叫他一路上要仔细察看北方的地理形势,以为将来收复失地作准备。所以,辛弃疾那种忠爱的志意是他祖父从小慢慢培养起来的。

1161年,在辛弃疾差不多二十一岁的时候,北方的耿京起义了。耿京本是一个农民,他趁金主完颜亮带兵北伐,后方空虚之际,聚众起义,声势浩大,发展到几十万人之多。当时辛弃疾自己也已聚集了两千义士,而他居然率众投奔了耿京。从前我与四川大学的缪钺教授合写过一本《灵谿词说》,辛弃疾那篇是我负责写的。在文章中我曾提到,辛弃疾到了南方以后,曾给南宋的皇帝上了很多封论政治论军事的奏疏,有所谓的《十论》和《九议》。在他的《十论》中,有论战的一篇文章,他说,一般情况下,农民头脑比较简单,他们很容易就揭竿而起了,可是因为考虑得不够周密,很容易导致失败;士大夫呢?他们考虑得虽然周到,但是缺乏勇气,因此知识分子最好与农民相结合,这样才容易成事。当时我特别提出这一点,大概以前研究辛弃疾的人没有注意到这些,所以那次在辛词会议中,邓广铭先生见到我就说:你这种观点提得很好,这么多年我研究辛弃疾的词，虽然也花了不少精力，但是总觉得不能很透彻地欣赏和分析。所以邓先生在三校稼轩词的时候写了一篇序文，序中引了一大段我对于稼轩词的分析。在这里我是要说，一般的士大夫往往自命不凡，不肯低首下心地去跟农民合作，而辛弃疾真是了不起，他自己也有队伍，却投到农民起义军领袖耿京的麾下。而且他曾对耿京说：你虽然聚集了几十万义军，可是如果与祖国没有联系，就失去了根基，不能够成就真正的大事。耿京同意他的话，于是派辛弃疾等人渡江，去建康见高宗。高宗召见了他们，并且给了他们封赏。从此，后方的起义军就与政府取得了联系，这是一件非常好的事情。所以，我们中国确实出过一些伟大的仁人志士，可是也有很多见利忘义、苟且偷生的小人。就在辛弃疾离开的这一段时间，他们的队伍中出了一个叫张安国的奸细，他杀死耿京后投降了金国。辛弃疾面见高宗回来，一过长江就听说了这个消息，他真是了不起的英雄豪杰！杜甫说："致君尧舜上，再使风俗淳。"杜甫有没有这样的本领还值得考虑，而辛弃疾果然去实践了。他听说张安国叛变后，马上带着几十个人冲到金国几万人的军营中。那时张安国已做了济州知府，他们正在军营中饮酒庆功，辛弃疾等人冲入军营后，如果把张安国杀了，这还容易些，而他竟然活捉了张安国，然后不吃饭不睡觉连夜把他押送到建康正法。像这样的胆识，这样的才能，他当时的信念是什么？他以为自己渡江南来转眼就可以收复失地，转眼就能够回到故乡了。可是几十年过去后，有一次他的一位朋友慷慨地谈起建功立业的事情，他也回想起少年时的壮声英概，写了一首《鹧鸪天》：

壮岁旌旗拥万夫，锦襜突骑渡江初，燕兵夜娖银胡觮,汉箭朝飞金仆姑。　　追往事,叹今吾,春风不染白髭须。却将万字平戎策,换得东家种树书。

先看上片。他说,我年轻的时候曾带领着抗金义士渡江南来,大家骑着健壮的快马,穿着锦绣的蔽膝,那是何等的英雄气概!"燕兵"是北方敌人的军队。晚上,他们在看守着"胡觮","胡觮"指箭室,也就是装箭的袋子,金人的军营就在那边,他们也在提携弓箭严密防守,可是我们"汉箭朝飞金仆姑"。"金仆姑"是古人所说的最好的箭,我们还是冲过去,把叛贼捉住了。再看下片。他说,回想当年的壮举曾使多少人为之感动,可是现在,几十年过去了,到头来也只是一声长叹而已。春天又回来了,但我白了的胡须却永远不会变黑了。我曾写过许多关于军事方面的文章来阐述抗击敌人的策略。我们不是说他渡江南来后写过《十论》《九议》吗?大家真该看一看辛弃疾的全集,他对于政治、军事、经济的方方面面都考虑得如此周全,说得头头是道,却完全没有被朝廷付诸实施;他在南方曾被放废了有二十年之久。他说,现在《十论》《九议》都毫无用处了,倒不如向隔邻人家换来种树的书,做一个老农夫,种种田,种种树,打发余下的时光。

乾道八年(1172),他做了安徽滁州的知府。滁州在哪里?就在安徽省靠近前线的地方,也就是欧阳修所说的"环滁皆山也"的滁州。辛弃疾刚刚到那里的时候,老百姓大多已经流亡到各地去了,到处一片荒凉。于是,辛弃疾减了当地的租税,又安置了旅舍,招抚流亡的人再回来,一年之间,便"看取弓刀陌上,车马如流"——滁州重新繁荣起来了。

后来,他被任命做江西的提点刑狱,在此期间,他平定了茶民赖文政的叛乱。在封建时代，不管你是革命不是革命，凡叛乱的都被称为"盗贼"，在平定了茶民暴动以后，他写了一篇《论盗贼劄子》的奏议。他说："民者，国之根本。"老百姓是国家的根本，为什么他们居然就变成了盗贼？那是"贪浊之吏迫使为盗"，因为政治黑暗，官吏们贪赃枉法，迫使善良的人民走上了盗贼的路。接着又说："欲望陛下深思致盗之由，讲求弭盗之术，无恃其有平盗之兵也。"他说，我希望皇帝你应该好好地反省国家为什么会有盗贼，其由来何在，你要研究一下怎么才能够消灭盗贼，使这样的事根本不发生，而不要只知道依靠武力去镇压他们。后面他又说："臣孤危一身久矣，荷陛下保全，事有可为，杀身不顾。况陛下付臣以按察之权，责臣以澄清之任，封部之内，吏有贪浊，职所当问。"他说，我作为一个渡江南来的北人，本来就是孤独而且不自安的。一般说来，中国幅员辽阔，常常有些人有地区的观念，南方人看不起北方人，北方人不信任南方人，在战乱的时代尤其如此。辛弃疾是从沦陷区过来的，有很多南人歧视他；又因为他主战，主和派当然更是攻击他陷害他，因此他的处境是"孤"而且"危"的。他说，承蒙陛下保全我，我才有今日，所以为国家而奉献出生命，我对此本无所顾惜。况且你现在叫我负的责任就是要澄清这个地方的政治，凡我所统领、部署的地方，如果有贪官污吏，我一定尽职尽责地去处理。

可见，辛弃疾是一个有魄力的人，他治事非常严格，说杀就一定要杀，没有妥协的余地。后来，江西发生了严重的旱灾，他就拿出一部分库存的钱，找了一些能干的人去外地收购粮食。到期以后，那些人用船装着粮食"连樯而至"，相邻州县的人一看就说：我们这里也有饥荒，可以分给我们一部分吗？

当时很多人不肯，在饥荒中我们千辛万苦购来的粮食怎么能轻易给人？辛弃疾就说了："皆王民也。"他们也是人民，也是老百姓呀，所以就分了一部分粮食救济相邻州县的灾民，而且他下了一道命令："闭粜者配，强籴者斩。""闭粜"就是人家要买粮的时候你不肯卖给他，这样的人要发配；"强籴"就是强买强卖。你们有没有看过《林家铺子》这部电影？那个时代我是经过的。那时候国民政府的币值猛跌，当时我在南京，要打一瓶炒菜用的油都要排很长很长的队，有时候好不容易排到了，那卖油的人说："今天没有了。"你就只能空着瓶子回去。你如果租房子，不说多少钱一个月，而说几袋米、几袋面一个月，那钱是不值钱的。在这种情况下，有些人就投机倒把，强买强卖，辛弃疾很严格，如果有人这样做就要被斩首或发配。当然，他是为了拯救老百姓，可是周围嫉恨他的人一个奏折就奏上去了，说他"用钱如泥沙，杀人如草芥"，所以他一下子就被放废家居，过一段时间后朝廷遇到什么难事，又重新起用他。经常是这样，国家什么地方出问题了，就派他到什么地方去；而辛弃疾呢？你不起用我则已，一旦起用我，我就一定要有所作为。

后来，朝廷又派他到湖南去。到湖南后，他一直不忘反攻抗战，亲自组织了一队飞虎营。训练军队就要盖营房，就要征兵发饷，所以他花了很多钱，当时就又有人给他参奏上去了，说辛弃疾造飞虎营用了很多钱如何如何的，于是皇帝下了一道金牌，说这样太浪费了，让他解散军队。你要知道，岳飞当年几乎可以痛饮黄龙府，马上就要胜利了，可皇帝十二道金牌下来，他只能老老实实地回去，结果风波亭父子归天，而辛弃疾呢？你皇帝的金牌不是下来了吗？可飞虎营还没有建好，怎么能停止？于是他就把金牌藏了起来，然后下命令对老百姓说：限你们三天之内把自己屋顶和水沟上的瓦都揭下来送到我这里。三天以后飞虎营建成，他给皇帝上了个奏折说，你的金牌我收到了，而飞虎营也已经盖好了。你看他真的是有胆有识！只是每一次他这样做，人家就参奏他，弹劾他，说他"残酷贪饕，奸赃狼藉"之类的话，所以他几次被放废而赋闲家居。我们不是说他曾到过带湖吗？那次我们去上饶开会，有位先生写了一篇文章，说辛弃疾盖房子是不是他贪污了？你要知道宋朝做官的俸禄是很高的，你看一看宋人笔记上的记载就知道了。笔记上说，有些官宦人家非常富贵，到处都是金玉锦绣的装饰。他们请客的时候在一个大厅中挂上重重帐幕，然后点上香，帐幕一拉开，在香烟缭绕中一队歌儿舞女翩翩而至，歌舞完毕，再拉下帐幕，然后再烧香，就在这香烟缭绕之中，又一开幕，又一队歌儿舞女出现，换上不同的服装，戴上不同的首饰，这是多么奢华的享受！可是，辛弃疾盖房子与别人不同，你看他那首《水调歌头·盟鸥》：

> 带湖吾甚爱，千丈翠奁开。先生杖履无事，一日走千回。凡我同盟鸥鹭，今日既盟之后，来往莫相猜。白鹤在何处？尝试与偕来。　　破青萍，排翠藻，立苍苔。窥鱼笑汝痴计，不解举吾杯。废沼荒丘畴昔，明月清风此夜，人世几欢哀？东岸绿阴少，杨柳更须栽。

这首词的小题目是《盟鸥》，他要与水上的鸥鸟结一个盟，我常常喜欢念他的两句词："一松一竹真朋友，山鸟山花好弟兄。"所以辛弃疾不但对国家民族有感情，他对于大自然中的万事万物都有感情。他要与鸥鸟结盟，于是对它们说："凡我同盟鸥鹭，今日既盟之后，来往莫相猜。"凡是今天跟我定了盟的鸥鸟和鹭鸶，今天定盟之后，就不要再有什么猜忌疑惧的心理了。可是现在虽有你们鸥鸟和鹭鸶了，但还有白鹤呢？它们在哪里？怎么还没有来？你们去把它们也找来吧。于是，这些鸟"破青萍，排翠藻，立苍苔"，它们把青萍和翠藻分开，立在苍苔之上。他说：你们这些鸟，总是站在岸边呆呆地看水里的鱼，真是傻瓜！怎么就不知道跟我喝一杯酒呢？这里当年只是城边一片荒废的土地，只有一个破水池子和一个荒凉的土丘，可现在有了多大的变化！土地有它的幸运也有它的不幸，如果被荒废了，多少年都是被荒废，而今它遇到我，我把它整理成这么美好的一片土地。最后，他忽然间一跳，说"东岸绿阴少，杨柳更须栽"：带湖东岸的绿荫不太浓密，我还要在那里多栽一些杨柳。真是写得极有情趣。

他还写过一首《沁园春》，其中有这么几句："东冈更葺茅斋。好都把轩窗临水开。要小舟行钓，先应种柳；疏篱护竹，莫碍观梅。秋菊堪餐，春兰可佩，留待先生手自栽。沉吟久，怕君恩未许，此意徘徊。"他说，在东边的山冈上，我要再盖几间茅草屋，然后把所有的窗子都面对着水开着。你如果希望将来能坐着小船沿着你门前的流水去钓鱼，最好先在岸边种一些柳树；你要用稀疏的篱笆围护竹子，这样才不会妨碍你观赏梅花。"秋菊"是"堪餐"的，陶渊明说，"汎此忘忧物，远我遗世情"，他可以把菊花放在酒中喝；屈原也说，"夕餐秋菊之落英"，秋天的菊花可以吃，而春天的兰花可以佩在身边，无论秋菊还是春兰，都要等我亲手一棵一棵地种下去。所以我说，跟辛弃疾这样的人生活在一起一定很有意思，他可以来给你设计哪里种竹子，哪里种柳树，他总是把一切都安排得很美很有情趣。

然而不久，他就被调出去了，出去没有几天又被贬回来，这一次他发现了另外一个叫瓢泉的地方，后来他在瓢泉也盖了一处房子，就在此时，他在带湖的居所失火了，所以，他就定居在瓢泉了。在瓢泉时，他也写了几首很有意思的词，其中有一首说："散发披襟处，浮瓜沉李杯。涓涓流水细侵阶。凿个池儿，唤个月儿来。"你看人家写得多么生动活泼！他说，反正我也不做官了，我在这里闲居，有时候披襟散发地坐在门前，看一条细细的流水一直流到我的台阶旁边。我开凿了一个水池，于是天上的月亮就被我唤来，倒映于池中了。

辛弃疾有才能不得施展，只能经营自己的住所了。他为什么叫稼轩？那次在天津大学讲苏轼的词，他之所以叫东坡，是因为他从御史台的监狱里被放出来时没有地方住，于是在东边的山坡上开垦了一片土地，靠自己亲手种田来维持生活。你看东坡这别号似乎很潇洒，其实那是他最艰苦的一段生活。而辛弃疾之所以叫稼轩，则是因为他在住所旁边空出一大片地方来种田，把窗户打开，一眼就可以看到许多庄稼，庄稼临窗而种，故曰"稼轩"。古代盖房子上梁时总要念一些吉庆的上梁文，都是一些祝颂美好的话，念起来像唱歌一样。在盖稼轩时，辛弃疾也写了几句《上梁文》，他说：

抛梁东。坐看朝暾万丈红。直使便为江海客，也应忧国愿年丰。

"抛"是古人的迷信，就是拿着一些果子、花生、红枣之类的东西一边丢一边唱歌。他说，我把果子之类的东西向东边抛，东方是太阳升起的地方，我想将来我的房子盖好了，我坐在窗前，可以看到朝阳的万丈红光。就算我从此终老在江湖，再也没有办法回到朝廷去了，我依旧是关心国家的，我依旧希望我们能有丰收的年景。

他又说：

> 抛梁西。万里江湖路欲迷。家本秦人真将种，不妨卖剑买锄犁。

我的家在哪里？我有家回不去呀！"家本秦人真将种"一句用的是《史记》中飞将军李广的典故，他说，我是北方人，生来是要打仗的，可是现在只能卖掉杀敌的宝剑，买来锄犁去种田了。

我们今天还是在介绍稼轩这个人，现在只能停止在这里，他的词下一次再讲。

第 三 讲

说辛弃疾词之二

我们今天已经是第二次讲辛弃疾了。

从开始时我就曾经说过,中国的词有一种很微妙的美感特质,就是王国维在《人间词话》里所说的:"词之为体,要眇宜修。""要眇"二字最早见于《楚辞·九歌》,形容湘水上的女神仙,她的外表与内心同样美好。我们说词也有一种美感特质,那就是一种要眇的美,也就是说,好词不仅要具备形式上的美感，而且要有一种婉约幽微的品质。它不是一口气就说完了，而是应该有很多不尽的余味和言外的感发。我们已经说过，五代的《花间集》写美女和爱情，可以引起人言外的联想，因为《花间集》的作者都是男子，而他们用女子的形象和口吻来写，就使之具有了双重的性别，也就有了双重的余味；此外，西蜀和南唐的小朝廷安定富庶，这就与大时代、大环境的动乱形成了双重的语境。正是这些因素使小词形成了一种要眇幽微的言外意蕴。后来就有了苏轼的诗化之词，诗是"感物言志"的，"在心为志，发言为诗"，那是一种直接的感发，所以词一诗化，就出现了两种类型的作品：第一种是直接抒情写志之作，它虽然没有词那种幽微要眇的言外之美，却有一种直接感发的诗之美，我们那次所讲的张元幹、张孝祥的两首词，还有苏轼的《江城子·密州出猎》都是这一类的作品。第二种诗化之词是既有诗之美感，又有词之美感者。像苏轼那首《八声甘州·寄参寥子》，写到与好朋友参寥子的分别，他说得这么宛转、这么深微，而他开头的"有情风万里卷潮来，无情送潮归"写得又是这样开阔博大，他在天风海涛的气势之间，有一种"幽咽怨断"的说不出来的悲哀，所以这是苏轼更好的作品。但是，苏轼有时候也写了失败的作品，这样的词既丢掉了诗的美感，也丢掉了词的美感，比如《满庭芳》：

蜗角虚名，蝇头微利，算来着甚干忙？事皆前定，谁弱又谁强？且趁闲身未老，尽放我、些子疏狂。百年里，浑教是醉，三万六千场。　　思量。能几许，忧愁风雨，一半相妨。又何须，抵死说短论长。幸对清风皓月，苔茵展、云幕高张。江南好，千钟美酒，一曲满庭芳。

这就不是很好的词，因为他说得太平直了，它没有直接的感发，也没有言外的意蕴，为什么呢？词其实是很妙的，它之所以与诗不一样，一个原因当然是因为小词最初写的原是以美女和爱情为主的歌辞，这点与诗不同；还有一个原因是它的形式与诗有别。诗一般是五言七言的，平平平仄仄、仄仄仄平平，或者平平仄仄平平仄、仄仄平平仄仄平，这个声调本身就给人一种直接的感发。像苏轼的《江城子·密州出猎》"老夫聊发少年狂"，它可以给人直接的感发，因为这首词的好多句子接近于诗的格律；再比如张孝祥的《六州歌头》"征尘暗，霜风劲，悄边声。黯销凝"，三个字一句，三个字一句，也是它的声音、节奏就能给你一种直接的感发，用这样的词调写出词来就容易有诗的美感。可是《满庭芳》呢？它的很多句子都是像散文一样，四个字一句，四个字一句，这样就容易平铺直叙、流于肤浅了，因为它既没有诗直接感发的美感，也没有词幽微宛曲的姿态。

知道了诗化之词的几种不同的现象，我们就要正式看辛弃疾的词了。我打算先给大家讲他的一首《水龙吟》，因为这首词中有几句话非常能够代表辛词的特色。我不知道大家有没有看过王国维的《人间词话》，王国维喜欢用某词人的一句词来评说这个词人。比如他说"'画屏金鹧鸪'，飞卿语也，其词品似之"，温庭筠的词就像画屏上金色的鹧鸪鸟，就是它的色彩很美丽，可是没有活泼的生命。王国维还说："'弦上黄莺语'，端己语也，其词品亦似之。"他说韦庄的词就像琴弦上弹奏出来的莺啼一样的声音，它是有生命的，而且是活泼自然的。如果我现在模仿王国维，也从辛弃疾的词里边挑出一句话

来总括稼轩词的风格,我该怎么说呢?还是让我们先念一下《水龙吟·过南剑双溪楼》这首词:

举头西北浮云,倚天万里须长剑。人言此地,夜深长见,斗牛光焰。我觉山高,潭空水冷,月明星淡。待燃犀下看,凭栏却怕,风雷怒,鱼龙惨。　　峡束苍江对起,过危楼,欲飞还敛。元龙老矣,不妨高卧,冰壶凉簟。千古兴亡,百年悲笑,一时登览。问何人又卸,片帆沙岸,系斜阳缆。

我要说:"'峡束苍江对起,过危楼,欲飞还敛',稼轩语也,其词品似之。"稼轩词的风格只用这两句就可以概括了。至于为什么,我们等一会再讲。记得第一次我就说过,最伟大的作者,他的人格与其作品的风格是统一的。我还讲到西方的文学批评,说有一种意识批评,就是从作者的意识形态来评论他的作品。不但如此,越是伟大的作者,在他们的作品之中越容易形成一个 pattern,一种主要的意识形态。像屈原所形成的是"高洁好修","其志洁,故其称物芳",因为他的心志是高洁的,所以他所称述的名物也多是芬芳美好的;再比如杜甫,他所形成的是什么?是忠爱缠绵。他说"盖棺事则已,此志常觊豁",又说"葵藿倾太阳,物性固莫夺",天性如此,没有什么外界的力量能够改变他,所以伟大的作者都有他人格的一个中心所在。那么辛弃疾呢?其实,辛词的风格那真是变化多端,南宋的刘克庄就曾赞美辛弃疾的词,说他"大声镗鞳,小声铿鍧",他写"壮岁旌旗拥万夫,锦襜突骑渡江初"这种慷慨豪壮的词写得好,写"涓涓流水细侵阶。凿个池儿,唤个月儿来"这样轻灵细巧的题目也写得好，无论是大题目还是小题目，他都能很好地掌握，而且，"其秾纤绵密者亦不在小晏、秦郎之下"。"秾"是一种浓艳的美丽；"纤"是一种纤柔的美丽；"绵"是缠绵；"密"是细密。也就是说，辛弃疾并非只会写慷慨激昂的作品，他写"秾纤绵密"的儿女柔情，也并不比晏几道、秦少游等人差。

　　我们研究生的班上还在讲小晏的词："彩袖殷勤捧玉钟。当年拼却醉颜红。舞低杨柳楼心月，歌尽桃花扇底风。"又说："梦魂惯得无拘检，又踏杨花过谢桥。"他写那些歌妓舞女的生活写得婉转多情，而像辛弃疾这样的英雄豪杰也能写这样的词吗？我们今天没有选这样的词，但是我可以告诉大家，你们都知道岳飞的《满江红》对不对？人家辛弃疾也写过几首《满江红》，其秾纤绵密亦不在小晏、秦郎之下。有一首说："莫折荼蘼，且留取、一分春色。"还有一首说："敲碎离愁，纱窗外、风摇翠竹。……相思字，空盈幅。相思意，何时足？滴罗襟点点，泪珠盈掬。芳草不迷行客路，垂杨只碍离人目。最苦是、立尽月黄昏，栏干曲。"我们今天来不及讲这些，但是我可以介绍给大家，你们回去应该看一看。另外，我们都认为苏轼的《念奴娇·赤壁怀古》写得开阔博大，"大江东去，浪淘尽，千古风流人物"，人家辛弃疾也写了一首《念奴娇》，第一句说"野棠花落，又匆匆过了，清明时节"，像那两首《满江红》一样的秾纤绵密！所以辛弃疾的风格是多方面的，但是他有一个本体，有一个意识形态。他的本体是什么？一个就是他作为豪杰的那种奋发向上的志意，另一个是他渡江南来后屡屡被贬弃压抑的遭遇，这本身就形成了两股最基本的力量。

　　上次我们介绍他的生平，你看朝廷只要起用他，他就想实现他的理想。他在湖南建了飞虎营，在福建设了备安库，一旦有了机会他就想有所作为，可是只要他一有所为，上边的压抑打击马上就来了。所以，那两股力量始终在盘旋激荡之中。有时候这边的力量强一点，就表现为英雄豪杰的豪放；有时候那边的力量强一点，就表现为低回婉转的压抑。而且，即使在那些不下小晏、秦郎的"秾纤绵密"的作品中，仍然不时地流露出英雄失意的悲慨。以那首《念奴娇·书东流村壁》为例，他说"野棠花落，又匆匆过了，清明时节"，野棠花落的时候，他故地重游，在这里，他与一个女子有过一段美好的遇合，他曾经"曲岸持觞，垂杨系马"，后来二人就分别了。最后他说："料得明朝，尊前重见，镜里花难折。也应惊问，近来多少华发？"料想明天，如果在酒席宴会上再见到你，你已是镜中的花影，我只能看一看你的美丽，因为你已经属于别人了。我想你见到我一定会惊讶地问：为什么几年不见，你都已经满头白发了？

  辛弃疾还写过一首《江城子》，写的也是一个美丽的女子。同样写美女，温庭筠说"照花前后镜，花面交相映"，而辛弃疾又是怎么写的？"宝钗飞凤鬓惊鸾"，只此一句，你看他写得多么生动飞扬！他说那个女子把宝钗插在头上，钗上的凤好像要飞起来一样。可是，"望重欢，水云宽"，现在我们已经分别了，我希望与她再相聚，但隔着重重的烟水，又怎么能见到她呢？"待得来时春尽也，梅结子，笋成竿"，等到再回来和她见面的时候，恐怕梅花已落，满树结了梅子，而竹笋已长成竹竿了。杜牧说"狂风落尽深红色，绿叶成阴子满枝"——一切都已经过去了。"湘筠帘卷泪痕斑"，卷起湘妃竹的竹帘，上面点点滴滴都是泪痕。"佩声闲，玉垂环"，我想象她行动起来，环佩的声音是那么柔美，"个里柔温，容我老其间"。在这里，他为什么不说"温柔"而说"柔温"？一个是因为"温柔"比较庸俗，而"柔温"生疏一些；此外，"柔"与"容"是双声，"温"与"我"是双声，所以"柔温"之后接"容我"，声音上就有一种美感。他说，就算我能跟这个女子生活在一起，"个里柔温，容我老其间"了，可是"却笑将军三羽箭，何日去，定天山"，我真的就甘心在温柔乡里终老了吗？"三羽箭"用的是薛仁贵三箭定天山的典故，薛仁贵跟敌人作战，一箭射死一个敌人，三箭就射死了三个人，结果敌人大惊，马上俯首投降了，正所谓"将军三箭定天山，壮士长歌入汉关"。而现在我也有"三羽箭"，我也有好身手，但是什么时候才能凯旋呢？你看这首词与上一首《念奴娇》，中间包含了多少英雄失路、报国无门的人生悲慨！

辛弃疾的词，有的写自然山水，有的写儿女柔情，然而在这种种不同之中，它所隐藏的底色是什么？比如一幅图画，不管你画的是花鸟、山水还是人物，它总有一种底色；再比如照相，也总有一个背景。我们说辛弃疾的词是一本万殊——从一个根本生出千万种不同的姿态，不管他写的是什么，他的底色都是那种英雄豪杰的志意在被摒弃压抑中所受的挫折，这本身就是要眇幽微、含蕴曲折的。正是因为他的本质是双重的曲折的，所以，尽管他用像诗那样直接言志抒情的表达方式写了很多豪放的词，但他的这些"诗化之词"仍然有词的特美。下面我们就以那首《水龙吟·过南剑双溪楼》作为例证，看一看辛弃疾的这一类词。

这首词的题目是《过南剑双溪楼》，你先要了解，"南剑"在什么地方，"双溪楼"又是怎样的环境。"南剑"就是南剑州，在今天的福建南平，这个地方本来叫剑州，但因为四川也有一个剑州，就改名为南剑州了。南剑州那里有一座楼叫双溪楼，你可以想见，那里有两条溪水，然后汇合在一处，冲下来的地方有一个深潭，名曰"剑潭"。为什么叫剑潭？我先要给大家讲一个故事。在讲魏晋六朝诗歌的时候，我曾提到过三张二陆两潘一左，其中有一个人叫张华，他做过宰相，也是一位诗人。《晋书》是中国的历史书里边最富于神话色彩的，其中讲了很多神话故事。据《晋书·张华传》记载，张华上知天文，下知地理，学识非常渊博，相传《博物志》就是他写的。中国古代讲究天人相应，说天上的星象与地上的人事是相应合的，所以很多人会看天象，比如诸葛亮借东风就曾上观天象，这样的故事有很多。张华也会观天象，有一次他看到一股光气从地面直冲到天上的斗、牛之间，斗、牛是天上的星宿，即北斗星和牵牛星。于是张华找来了他的朋友雷焕，这个人也懂天文。张华说：你看天上有这种现象，那应该是地面上发生了什么事情。雷焕说：这是宝剑之气，上冲于天。张华又问：剑在何处？雷焕说就在豫章丰城一带。张华那时不是宰相吗？所以他听罢就对雷焕说：好，我就叫你到豫章去做丰城县的县令，你一定要帮我找到这把宝剑。雷焕到了丰城后，仔细观察，发现光气是从一个监狱里冲上去的，他就派人到监狱中挖掘，在地下很深的地方果然发现了一对宝剑，这就是我们中国很有名的一对宝剑——龙泉和太阿。宝剑被发掘出土后，雷焕自己留下一把，另外一把送给了张华。后来，晋朝发生了"八王之乱"，皇室的兄弟子侄们互相残杀，张华在这场动乱中被杀死，因为没有得善终，他的宝剑就不知所终了。雷焕是寿终正寝的，所以他的宝剑就传给了他的儿子雷华。有一天，雷华佩戴着那把剑经过福建南平，从水边走过的时候，那宝剑一跳，就从他腰间的剑套里跳了出来，跃入了水中。雷华赶快雇了会水的人去寻找，但那些人都说没有看到什么剑，只看到了两条五彩斑斓的龙转眼间就消逝了。原来,那两条龙就是那两把宝剑化成的。正因为那个水潭中曾有两把宝剑化为龙,所以叫剑潭。李白有一首《梁甫吟》,其中两句说"张公两龙剑,神物合有时",说的正是这段故事。

我们知道,辛弃疾是经过南剑双溪楼时写的这首《水龙吟》,那么他是什么时候经过这里的?大家看辛弃疾身世经历的年表,光宗绍熙三年,也就是1192年春天,辛弃疾被起用为福建提点刑狱,在此之前,他已被放废家居大约有十年之久了。你看他从乾道八年(1172)以后一直辗转各地,在不到十年之内调动了有十一次之多,在此期间,他平定了江西的叛乱,赈济了江西的饥荒,还曾经在湖南建立了飞虎营,并因此被人弹劾。我说过,伟大的作者都是用他的生命来写作他的诗篇,用他的生活来实践他的诗篇的,这是我为什么上次讲了很多有关辛弃疾的生平的缘故。我们只有知道了他的生平,知道他是在什么时候、什么样的心情下写的这首词,才能更好地理解这首词。

到了福建以后,他先后做了福建提点刑狱、知福州兼福建路安抚使,是当地的军政长官。辛弃疾认为,福建前枕大海,海防非常重要,可是,府库内没有什么积蓄,海防线也没有军队防守。所以,他搜集了很多钱财,设立了备安库,为的是一旦有什么变故,可以有应急的准备;而且他还做了一万副盔甲,以加强福建的海防建设。他这样奋发有为,但马上就又遭到了弹劾,有人说他"残酷贪饕":说他"残酷",是因为他的严刑峻法;说他"贪饕",则是因为他搜集钱财,就这样,他又被贬官了。在离开福建的路上,他经过南剑州,登上双溪楼,写下了这首《水龙吟》。

"举头西北浮云,倚天万里须长剑。"他说:我登上双溪楼,抬头向西北看，西北是什么地方？是沦陷的神州，是北宋的大好河山。可是，他没有说这些，他只是说：我看到西北方的天空上的浮云。这句话可以有两层意思：第一层也许说的是大自然真实的景象，在他登上双溪楼的那一刻，他果然看到西北方的一片浮云；第二层可能是象喻，因为西北方是北宋已沦陷的半壁江山，是辛弃疾的家乡所在。辛弃疾生在山东历城，如果从福建来看，那当然是在西北方了。我说这一句可能有象喻的意思，作者也不见得真是这样。不过，如果按照西方的接受美学来说，就在它的文本（text）里边，有一种 potential effect，有这种可能性。此外，这一句还有一种可能性，中国古人作诗填词讲究无一字无来历。曹丕有一首诗说："西北有浮云，亭亭如车盖。"所以辛弃疾这句词在文字上就有了出处。那么"西北有浮云"为什么有象喻的意义？我们接着往下看，他说"倚天万里须长剑"，如果西北有浮云，我就需要用一把长剑把它扫荡了。为什么长剑可以扫荡浮云？这出于《庄子》。《庄子》有《说剑》一篇，用了一个比喻，他说有这么一把了不起的剑，可以"上决浮云，下绝地纪"，"决"是裂开的意思，只要把剑向上一挥，就可以把浮云划开；往下一砍，就可以把地纪砍断。在这句中，辛弃疾不是说"长剑上决浮云"，而是说"倚天万里须长剑"，这把剑顶天立地，有万里之长，可以一直倚立到天边。我们说万事无一字无来历，这同样有一个出处。宋玉在《大人赋》中说"长剑耿耿倚天外"，"耿耿"有两个意思：一是说直，我们常常说某人耿直即是此意；另外，耿字从火，可以代表光明——这么有光彩、这么笔直的一把长剑，当然挺立于天地之间了。辛弃疾说：我正需要这样的一把长剑来扫荡天上的浮云。开头这两句并没有用什么美女和爱情来做一番掩护，而很多层的意思自然就蕴藏在其中了。

像辛弃疾这样的英雄豪杰，本来需要一把宝剑来"上决浮云"，收复西北的神州，那么他有没有得到这样的剑？那天他来到南剑州，登上双溪楼，底下就是剑潭，而剑潭中就有两把化为神龙的宝剑，"人言此地，夜深长见，斗牛光焰"，当地的人说：直到现在，每当深夜，还常常可以看到剑气的光芒直冲牛斗，千百年都没有消灭。现在那两把宝剑是否仍然在剑潭之中？

"我觉山高，潭空水冷，月明星淡。"今天来到这里，我看见了什么？我只看见四周耸立的高山，如此的阻绝，如此的寂寞，而剑潭中的宝剑在哪里？潭是空的，而且那潭水非常寒冷。再向上一看，茫茫的天宇上，只有一片明亮的月光和淡淡的疏星，哪里有剑气的光芒？

但是，辛弃疾不是一个甘心失败的人，不甘心怎么样？他就要找一找，"待燃犀下看，凭栏却怕，风雷怒，鱼龙惨"。"燃犀"的典故还是出自《晋书》，《晋书》这部历史真的很有意思，其中有那么多神奇的传说，宝剑化龙是《晋书》中记载的，燃犀照水同样是《晋书》中记载的。据说温峤平定了一次战乱，回来的时候经过采石矶。采石矶也叫牛渚，李白曾写过《夜泊牛渚怀古》的一首诗，他说："余亦能高咏，斯人不可闻。"这是大家比较熟悉的。温峤经过牛渚时，听当地人说这里的水中有一些神怪之物。温峤好奇，就想找人下去看看，看不见怎么办呢？就要打一个火把，可是一般的火浸到水中肯定会灭，有人说，犀牛角点燃后的火光是不会被水浇灭的。于是，温峤找来犀牛角，照水一看，果然看见很多神奇的动物，有穿红衣服的，还有戴着帽子的，总之有这么一段故事。辛弃疾说，为了找到宝剑,我也点上一个犀牛角,但是我还没有下去,刚刚走到水边的栏杆旁,天上的风雷就震怒了,底下是鱼龙的惨变。事实上也正是如此,他在湖南建立飞虎营,被人说是"用钱如泥沙,杀人如草芥";他在福建制造盔甲,设立备安库,被人说成"残酷贪饕,奸赃狼藉":每当他要有所作为,那些压抑谗毁马上就来了,他现在不是又被免官了吗?上片主要写风景,但是他写得百转千回,包含了多少悲哀、多少感慨!

再看下片:"峡束苍江对起,过危楼,欲飞还敛。"我们不是说剑潭这里有两条溪水吗?东边一条水叫东溪,西边一条水叫西溪,两条水在这里汇合,四面都是高山,高山中间约束起来就是一个峡谷。根据福建的地方志,东溪水从很远的地方流来,汇集了很多条细流,流到南剑州这里,水势已经非常大了。这么滔滔滚滚的两条溪流,经过双溪楼高危的楼下,被高山的峡谷挤压着、约束着,相对着翻腾跳溅;你看那水势奔腾翻滚,真好像要飞起来的样子,但是"欲飞还敛",它永远飞不出去,因为四周都是高山。所以我说:"'峡束苍江对起,过危楼,欲飞还敛',稼轩语也,其词品似之。"如果辛稼轩有一个pattern of consciousness,那就是"欲飞还敛"——他总是要飞,却总也飞不起来,总是被压下去。宝剑没有找到,飞又飞不起来,那么以后怎么办呢?写到这里就出现了一个转折,"元龙老矣,不妨高卧,冰壶凉簟"。"元龙"是谁呢?"元龙"是三国时代有名的豪杰之士陈登,陈登号元龙,他本是一个有抚世济民之志的人,跟陈登对举的还有一个人叫许汜。《三国志》上记载了一个故事,说有一次刘备跟很多人聚会,许汜也来了。见到刘备后,许汜就批评陈元龙是"湖海之士,豪气不除",他说这个人太狂放了。刘备听罢就问:何以见得陈元龙是这样的人?

许汜说：有一天我去拜访陈登，我是客人，他是主人，结果他自己"上大床卧"——找了一张很好的大床睡在上面，让我睡在底下，这简直太没有礼貌了。刘备说：现在天下大乱，英雄豪杰都以天下为己任，你许汜空有豪士之名，可实际上却求田问舍，只顾个人利益，你的志意是自私而且卑微的。你如果到我这里来，我要睡在百尺楼上，"卧君于地"——就让你睡在地上了。

前几天我们那个研究生的班上还讨论到陈维崧与辛弃疾有什么不同，就是说，你失意后怎么样才能做到哀而不伤。有的人总是围着个人的利益打算盘，所以当他的失意损失他个人利益的时候，他就怨而怒，哀且伤了；如果是一个有品格有道德有操守的人，虽然当他的理想不能实现的时候他也悲哀，但他不是为自己私人的利害而悲哀，所以就能够"怨而不怒，哀而不伤"了。一个人，你所追求的是什么？你的理想是什么？很多人的追求就是个人的求田问舍。说到求田问舍，我还想再提一次以前讲过的辛弃疾的另一首《水龙吟》，我们现在所讲的这一首《水龙吟》是辛弃疾历经挫折失意之后的作品，而那一首的写作年代要早一些。

楚天千里清秋，水随天去秋无际。遥岑远目，献愁供恨，玉簪螺髻。落日楼头，断鸿声里，江南游子。把吴钩看了，栏干拍遍，无人会、登临意。　　休说鲈鱼堪脍，尽西风、季鹰归未？求田问舍，怕应羞见，刘郎才气。可惜流年，忧愁风雨，树犹如此！倩何人唤取，红巾翠袖，揾英雄泪？

开始几句写清秋的景物写得很开阔，后面他说，我是从沦陷的北方来到江南的一个游子，我不是没有吴钩那样的宝刀宝剑，但是我用在哪里？谁又能理解我呢？古人说，如果你在朝廷中仕宦不得意，你可以辞官不做了，人家陶渊明不是说，"归去来兮，田园将芜胡不归"，然后就隐居躬耕了吗？我能不能这样做？"休说鲈鱼堪脍"，在这里，他用了晋朝张翰的典故。张翰字季鹰，他本来在首都洛阳做官，当秋风吹起的时候，他想到故乡江南的鲈鱼片和莼菜汤那么好吃，就命驾而归了。可是，辛弃疾离开沦陷的故乡来到江南，当他想念故乡的时候能够回去吗？好，你说我既然回不去，我就在江南安家立业好了，但是，他偏偏不是一个只知求田问舍的人，他是以天下为己任的。他说，我如果像当年的许汜一样去求田问舍，若碰到像刘备那样一个有远大志向的人，他要睡在百尺楼上，让我睡在地下，我一定会感到羞愧的。故乡回不去了，江南我也不甘心终老在这里。杜甫说，"此生那老蜀，不死会归秦"，难道我杜甫就老死在四川了吗？只要我还有一口气，我一定要回到长安去。辛弃疾说，我也想回到故乡去，可岁月不待人，光阴如流水，我平生有多少忧愁！对于植物来说，打击它、摧伤它的当然是风雨，所以李后主在破国亡家之后说，"林花谢了春红，太匆匆，无奈朝来寒雨晚来风"，那风风雨雨都是对花的生命的打击。"树犹如此"又是用一个典故。《世说新语》上说，桓大司马北伐经过金城，看到当年他种的柳树都已经十围了，于是感慨地说："木犹如此，人何以堪！"无情的草木都会衰老，何况我们是有情的人类呢？可惜流年，在忧愁之中，在风雨的摧伤打击之中，我辛弃疾老了，树都老了，何况人呢？那么我怎么办？"倩何人唤取，红巾翠袖，揾英雄泪"，在一切都已经失落之后，我叫什么人替我找来一个红巾翠袖的美人，为我擦干英雄的眼泪呢？我能找到这样的安慰吗？古人说，"英雄若是无儿女，千古江山漫寂寥"，英雄豪杰失意的时候，美人还是可以安慰的。

这首《水龙吟》是辛弃疾渡江南来十几年以后写的，而那首《水龙吟》则是他南渡三十年以后写的。我们在中间穿插讲了这首词，是为了讲刚才那一首。现在你就发现，典故既可以正面用，也可以反面用。刚才我说许汜是求田问舍的，陈登是许汜的一个对比，他是扶世济民的。在这首《水龙吟》中，辛弃疾说我"求田问舍"，却"怕应羞见，刘郎才气"，这是正面用典。可是，在刚才那首《水龙吟·过南剑双溪楼》中，他却说"元龙老矣"，那个不肯求田问舍的陈元龙现在已经老了，他虽有扶世济民的远大志向，但现在他没有什么办法了，所以"不妨高卧，冰壶凉簟"——当你真的不能再上马据鞍、杀敌复国的时候，你何妨找一个地方安安稳稳、自由自在地生活呢？夏天的时候，你可以手持装着冷饮的冰壶，高卧于凉爽的竹席之上，把那扶世济民的志意暂时放下，这就是反面用典了。

然而辛弃疾能放弃吗？"千古兴亡，百年悲笑，一时登览。"俯仰人间千古兴亡，多少朝代兴起了，多少朝代灭亡了，而现在的南宋也慢慢走向危亡了。我辛弃疾一生一世不过百年，我有过多少悲哀？又有过多少欢乐？就在今天，我登上南剑的双溪楼，一时之间，千古兴亡的悲慨、百年悲笑的往事都涌上了我的心头。

"问何人又卸，片帆沙岸，系斜阳缆。"我站在楼上向下一看，是什么人把那一片船帆落下来，把船的缆绳系在了岸边？此时已是日暮黄昏，看来船不会再向前走了。

我们再回到开头，他从"西北浮云"写起，我说那可能是现实的景物，也可能有象喻的意义，而最后这几句同样是如此。一方面，他可以写当时所见，确实有人在夕阳中系缆岸边；此外，这几句也可能有象喻的意思：南宋的国家能够复兴吗？沦陷的土地能够收复吗？我辛弃疾一心想要奋发有为，但国家情势却像那条船一样被系在了岸上，无法再前进了。

所以，他的 pattern of consciousness 是两股力量的冲击：一是他本人奋发向上的意志，一是来自外界的向下的打击压抑。这两股力量盘旋激荡，使他的词低回婉转、百转千回，虽豪放却有一种要眇幽微的双重意蕴。不止如此，他的语言也很妙。你看苏东坡那首《满庭芳》，"蜗角虚名，蝇头微利，算来着甚干忙？事皆前定，谁弱又谁强"，他每一句都是这样明白地直接说出来，而且每一句都是完整的。而辛弃疾不是呀，他从来不直说，他不说我要打到老家去，收复被敌人占领的土地，而是说"倚天万里须长剑"。后边他用了陈元龙的典故，但是他把典故反过来用，说"元龙老矣，不妨高卧，冰壶凉簟"——其实，他何尝心甘情愿地过这种高卧的生活？最后，他用千古兴亡总结整个盛衰兴亡的历史，用百年悲笑总结他自己挫折压抑的一生，说"千古兴亡，百年悲笑，一时登览"。为什么当权者不肯反攻打到北方去？为什么国家逐渐衰落了？为什么我永远不能够前进？他没有说，他只是说："问何人又卸，片帆沙岸，系斜阳缆。"他从各个方面来写，或者写大自然的景象，或者用历史典故的故事，但是都没有直接说出来。因为不直接，所以就不会显得肤浅了。还不止如此，你再看他的句法，"倚天万里"的是什么？是一把长剑。他不说我需要倚天万里的长剑，而是说"倚天万里须长剑"；接着"人言此地"，这是一个停顿，但他的意思完了吗？没有，"人言此地"如何？"夜深长见"，意思还没有完，"长见"什么？"斗牛光焰"。所以，在句法上,他不是一口气就说完了,而是断断续续有很多姿态。像这首《水龙吟》是辛弃疾豪放的词,他写得慷慨激昂,有直接的感发,具有诗的美;同时有幽微曲折的言外之意,具有词的美,这是诗化之词中最高的一种境界。

前面提到刘克庄曾经说辛弃疾的词"大声鞺鞳,小声铿鍧"——他各种风格都写得好,下面我们再看他的一首《摸鱼儿》,属于另一种风格的词。如果说《水龙吟·过南剑双溪楼》是在豪放中有婉约,那么《摸鱼儿》就是婉约中有豪放了。

第四讲

说辛弃疾词之三

我们前几次讲辛弃疾的词时，重点介绍了他的生平。因为与其他的一些作者相比，辛弃疾最大的特点就在于他是用生命来书写他的作品、用生活来实践他的作品的。他不像某些人，只是吟咏春风春鸟、秋月秋蝉，只写外表的风花雪月，偶然看见一个景物，就偶然写了一首诗词。南宋诗人杨万里曾写过一首绝句："雨来细细复疏疏，纵不能多不肯无。似妒诗人山入眼，千山故隔一帘珠。"他说：天下雨了，可是下得很细小很稀疏，纵然不能下大些，但它也不肯停止。为什么要下这样的雨呢？也许是由于嫉妒诗人能看到美丽的远山，所以故意挂起一道珠帘，把千山遮掩住，不让诗人看见。这首小诗写得未始不美，它很美，也很有情致，可它是偶然的。是作者偶然看见雨，偶然看见山，然后偶然有了这种联想。而辛弃疾不是这样，他的悲哀、他的感慨都不是偶然的，我说过，西方前些年流行过一种意识批评，但以前的新批评反对研究作者的意识，认为诗歌的好坏在于它本身的声音、结构、韵律，在于其文本的艺术性，与作者没有关系。可是，同样都是有艺术性的作者，其作品艺术水准的高低一定牵涉作者人格的高下，这是必然的。

前些时候，一个外校的同学跑到我们研究生的班上来听课，他写了一篇论辛弃疾的文章。因为他是学西方哲学的，所以他从康德的实践理性来评价辛弃疾的词。什么是实践理性批判呢？按照康德的哲学，就是人的道德。康德认为，善是人先天本来就有的。这种观点其实跟中国儒家思想有某些暗合之处，孟子说："恻隐之心人皆有之，羞恶之心人皆有之。"就是说人的实践之中本来就有一种道德的本能。康德还说，道德与幸福常常是悖反的。其实，不只康德这样说，我们中国早就有这种论点。孔子说"杀身成仁"，孟子说"舍生取义"，当你的幸福与善的道德发生冲突的时候，你选择的是什么？我们讲过苏东坡，都觉得他的词写得洒脱，人也具有逸气旷怀，其实，苏东坡的性格很复杂，他既有执着的一面，又有超越的一面。有的人故作潇洒，说我什么都放得下，什么都不在乎，我洒脱嘛。这是不问黑白，不关痛痒！人家苏东坡不是，他放开的是私人的祸福，所以当他被下到御史台的监狱，九死一生，出来以后，又被贬到黄州，有位朋友写信慰问他，他对那位朋友说："吾侪虽老且穷，而道理贯心肝，忠义填骨髓，直须谈笑于死生之际。若见仆困穷便相于邑，则与不学道者大不相远矣。"我们这些人既然读了圣贤书，得有"见道"之处。你见道了还是没有见道？孔子说"朝闻道，夕死可矣"，这个"道"是什么？你找到了你人生的立足点了吗？苏东坡说：别说这样的困厄，就是面对生死，我都可以不在乎了。林则徐也说过，"苟利国家生死以，岂因祸福避趋之"，我不会因为私人的祸福而避趋，为了一个理想，我可以生死以之。那么辛弃疾呢？他也持守了一种理念、一种志意，所以不管把他安排在哪里，他同样不因为自己的祸福而避趋之。我们已经讲了他的两首《水龙吟》，大家从中可以看到辛弃疾的理想和志意，下边这首《摸鱼儿》也是这样。

> 淳熙己亥，自湖北漕移湖南，同官王正之置酒小山亭，为赋。
>
> 更能消、几番风雨，匆匆春又归去。惜春长怕花开早，何况落红无数。春且住。见说道、天涯芳草无归路。怨春不语。算只有殷勤，画檐蛛网，尽日惹飞絮。　　长门事，准拟佳期又误。蛾眉曾有人妒。千金纵买相如赋，脉脉此情谁诉？君莫舞。君不见、玉环飞燕皆尘土！闲愁最苦。休去倚危栏，斜阳正在，烟柳断肠处。

辛弃疾在淳熙己亥年从湖北的转运副使移官湖南。"转运副使"是转运什么的？转漕运，就是在水上运输粮食的。本来，辛弃疾一直想做一个比较有实权的官，以实现自己收复失地的理想，但朝廷总是把他东调西调，不到十年，迁转了有十几次之多。这首词写于宋孝宗淳熙六年（1179），那一年，辛弃疾从湖北转移到湖南，临行之前，他的一个叫王正之的同事在小山亭准备了酒席为他饯行，于是他写了这首《摸鱼儿》。

"更能消、几番风雨，匆匆春又归去。"辛弃疾的词所以写得好，他有那么多的感慨，一开头就能够打动你。我前几天在天津大学讲苏轼时说了他一首《水龙吟·咏杨花》的词，那首词用的是他的一位朋友章质夫的《水龙吟》的韵，也是一开头就写得好，"似花还似非花，也无人惜从教坠"。而章质夫怎么写的？"燕忙莺懒芳残，正堤上柳花飘坠。"这不是废话吗？所以你有没有思想，有没有感情，一开口就能看出来：有的人开口就是有，没有的人你再矫揉造作也是没有。你看辛弃疾这首词与苏东坡那首词一样妙，仅此开头一句，就有多少悲哀！李后主说，"林花谢了春红，太匆匆"，那还只是一年一次的打击，可是辛弃疾呢？他平生受了多少打击？他二十岁的时候，"壮岁旌旗拥万夫，锦襜突骑渡江初"，满怀着豪情壮志，他总想有所作为却几次遭到弹劾，被放废家居，尽管他是英雄豪杰，可是一个人，你平生能够经历多少打击？在这句中，他没有说他自己，他只是说春天的风雨，而风雨在辛弃疾的词里边有这种挫折、打击的象喻。"可惜流年，忧愁风雨，树犹如此"，这里的风雨不只是现实的风雨，也代表外界的打击。当然，风雨具有这样的象喻意义还不始于辛弃疾，苏轼不是也有一首词，说"莫听穿林打叶声"吗？在那首词的最后，他说："回首向来萧瑟处，归去，也无风雨也无晴。"苏东坡真是了不起，"谁似东坡老，白首忘机"，经历了这么多挫折苦难，现在他说：回过头来看过去的一切,风雨阴晴都是外在的,只要本身自有光明存在,外在的风雨阴晴都不足道。所以,"风雨"在诗词中一向有象喻的传统。我们讲西方文论,说是某一词汇在一个民族的文化中用得很久了,这个词汇就成了一个文化的语码。"风雨"在中国诗歌中也是一个文化的语码。"更能消、几番风雨,匆匆春又归去":我在湖北做转运副使,难道就不能给我一个实在的可以实现我的理想的机会吗?现在又要调到湖南去,又一次的失落,又一次的落空。很多时候,一篇作品之所以好,虚字的运用起着重要的作用。你看"更能消"的"更"字,"春又归去"的"又"字,都用得非常好:我还能够经历几次风雨,经受多少消磨,春天又匆匆地消逝了。

"惜春长怕花开早,何况落红无数",他真的是多情,你要等到花落了才惋惜,那不算真正地爱花,真爱花的人从花还没有开就为它担心,怕它开得太早,因为早开就会早谢,所以我情愿它慢慢地开,我宁可晚一点看到它的开放。杜甫说,"一片花飞减却春,风飘万点正愁人";从花没有开我就为它惋惜,何况今天已是"乱红无数"了!

"春且住。见说道、天涯芳草无归路。"我希望能够把春天留住,希望春天姑且停下脚步,但是,"见说道、天涯芳草无归路"。这一句有双重意思:一个是说春天回去的时候没有路。黄庭坚有一首词:"春归何处?寂寞无行路。若有人知春去处,唤取归来同住。"他想把春天从归去的路上再唤回来。另一个是说辛弃疾自己没有回头的退路。《楚辞·招隐士》中说"王孙游兮不归,春草生兮萋萋",所以天涯生芳草的时候是游子应该还乡的季节。当年,张季鹰仕宦不得意,于是回到老家去吃莼羹鲈脍,而我的家乡在沦陷区的山东,我能回去吗?如果说回去,我又能回到哪里去呢?

欧阳修说:"泪眼问花花不语,乱红飞过秋千去。"有哪一个多情之人能把春天挽留住?"怨春不语。算只有殷勤,画檐蛛网,尽日惹飞絮。"落花飞絮茫茫,当柳絮飘飞、春天消逝的时候,大家都不珍惜春天,只有那美丽的屋檐下有蜘蛛结的网,想把落花飞絮都网在它上边,希望能把春天留住。什么人关心辛弃疾呢?他不是在前面说"倩何人唤取,红巾翠袖,揾英雄泪"吗?他还有一首《永遇乐》最后说:"凭谁问,廉颇老矣,尚能饭否?"什么人关心我?我有这么多的理想和志意没有完成,有谁来爱惜我、关怀我?

"长门事,准拟佳期又误",这当然用的是汉武帝的陈皇后的故事。陈皇后小名叫阿娇,是汉武帝的姑母的女儿。汉武帝小时候经常和阿娇在一起玩。有一次他姑母就问:"你长大了,我把阿娇嫁给你好不好?"他说:"如果我娶了阿娇做妻子,我要铸金屋藏之。"后来,阿娇真的跟汉武帝结了婚,但失宠后被贬到长门去了,于是陈皇后找来了司马相如,司马相如就给她写了一篇《长门赋》,写她在长门之中如何悲哀,希望能够借此来感动武帝,结果武帝真的感动了。现在辛弃疾说:我像当年的陈阿娇一样被冷落了,我希望离开湖北后能有一个真正实现理想的机会,可是,我不能感动皇帝、感动朝廷,没有人关怀我、爱惜我,我的理想又一次幻灭了。

屈原在《离骚》中说:"众女嫉余之蛾眉兮,谣诼谓余以善淫。"为什么"蛾眉曾有人妒"?因为辛弃疾有才华,有魄力,有理想,所以处处遇到小人的谗害与排挤,每次欲有所作为,却都被小人弹劾而罢免了。"千金纵买相如赋,脉脉此情谁诉?"陈皇后当年用千金求司马相如为她写赋,结果感动了皇帝;现在,纵然我也有千金,但能够找到一个像司马相如那样会写赋的人肯为我说上几句话吗？我有多少难以言说的感情？他怎么能把我这一份情意表达得清楚呢？

然后，他又转回去说："君莫舞。君不见、玉环飞燕皆尘土。""舞"就是展示自己的姿态，他说：你们这些高高在上的人不要得意，你没有看见杨玉环与赵飞燕的下场吗？她们矜夸自己美丽的歌舞，曾经得宠一时，可是最后不都死去化为尘土了吗？

"闲愁最苦。休去倚危栏"，什么是"闲愁"？冯正中有一首词说："谁道闲情抛掷久？每到春来，惆怅还依旧。"这是你说不出来的一种愁。怀着这样的愁绪，你不要靠在高危的栏杆上，为什么？因为一靠在上边，你就会看到"斜阳正在，烟柳断肠处"，这首词的最后两句看起来很简单，但是"斜阳"在中国的诗词里边是一个语码。西方符号学认为：语言是一种符号，当语言符号被很多人用了很久之后，它就会结合本民族的文化传统而形成一种文化语码（cultural code）。很多同学问我：语码与典故是不是一回事？它们有什么不同？这个你一定要弄清楚，语码和典故不同。比如我们上次讲的那首《水龙吟》，他说："夜深长见，斗牛光焰。"张华看到斗牛之间有光气，这是一个典故；还说"待燃犀下看"，温峤在牛渚矶点上犀牛角的火把来照水，这也是一个典故；而"斜阳"只是我们常常用的一个词语，这绝不是典故。在中国的文化传统中，"斜阳"代表的是国家的危亡。我们前些时候在研究生的班上讲韦庄的词，说韦庄有五首《菩萨蛮》，最后一首他说："凝恨对斜晖，忆君君不知。"他写的就是斜阳。清朝初年有一位叫李雯的词人写过一首《风流子》，开头是这样写的："谁教春去也？人间恨，何处问斜阳？"那时明朝已经灭亡，李雯的父亲也在战乱中死去了。在没有亡国以前，李雯与陈子龙、宋徵舆是江苏松江的三个并称一时的才子，他们三个人饮酒赋诗，真是充满豪情，可转眼之间，国破家亡。"谁教春去也？"为什么美丽的春天这么快就消逝了？人世间为什么会有这样的情事？我向谁问一问呢？波斯诗人奥马加音写过一首诗，"搔首苍茫欲问天，天垂日月寂无言"，问天还可以，可你为什么要问斜阳呢？所以中国诗歌里写到斜晖，写到斜阳，往往有一种对朝廷的危亡的忧虑。在"斜阳正在，烟柳断肠处"这一句中，"斜阳"代表了辛弃疾对于南宋朝廷不思进取的忧虑，就在那烟霭迷蒙的垂柳之间，你看到斜阳冉冉地沉下去了。

开始讲辛弃疾时我就说过，他不仅有英雄豪杰的志意，而且很会安排生活。在几次被贬家居的时候，他也经营自己的住所，我引过他写带湖的一首《水调歌头·盟鸥》，还引过他另一首写带湖的《沁园春·带湖新居将成》，很多人把自己的住所布置得金银锦绣、画栋雕梁，而人家辛弃疾呢？他要与白色的鸥鸟结盟，还说："秋菊堪餐，春兰可佩，留待先生手自栽。"屈原说："朝饮木兰之坠露兮，夕餐秋菊之落英。"我早晨饮的是木兰花上滴落的露水，晚上吃的是菊花的花瓣，你不要去考证，说屈原早晨喝的是露水，他不喝牛奶吗？有人说，屈原是吃菊花落下来的花瓣吗？那又干又黄的怎么好吃呢？也有人说落英的落不是落下来的落，在这里，落是刚刚开放的意思。比如一个建筑物盖好了，说是落成，什么是落成？落成不是倒下去了，是始成、刚刚建成的意思。所以秋菊之落英指的就是秋菊之始英——菊花刚刚开放的新鲜的花瓣。我认为，你不用去考证，说屈原是不是真的喝了木兰花的露水，吃了菊花的花瓣，这都不是关键。司马迁说得好，读书就应该像他这样读，他说屈原"其志洁，故其称物芳"，因为屈原的志意是高洁的，所以他称述的万物都是芬芳美好的。你吃的是什么？你喝的又是什么？还不是说你的嘴巴吃的是什么，是你的心灵吃的是什么，你读书都读到哪里去了？苏东坡小时候读书，读到《范滂传》时他说，我将来要做范滂这样忠义的人；读到《庄子》他又说，我从前有见，口未能言，现在看到《庄子》，他说出了我心里想说的话。你读千万卷诗书，到底得到了些什么？你看辛弃疾词，那些典故随手拈来，他可不是把辞书字典什么的放在旁边，一个一个查出来的，是他把这些典故消化后，结合在他的灵魂与感情之中，他想用时自然就跑出来了。我们之所以要读诗，是因为古人的诗词中有这么多美好的东西，而你要能吸收这些东西，必须会读。辛弃疾是很会读书的，"秋菊堪餐，春兰可佩"，他用的是屈原的话，当他这样用的时候，屈原的那种理想、那种精神、那种品格就都来到他的词里边了。"留待先生手自栽"说得也好，是人家种来给你看给你吃吗？杜甫说："种竹交加翠，栽桃烂漫红。"我要亲手种出竹子来，种的竹子要枝叶扶疏，青葱茂盛；我还要亲手栽下桃树，让它开出新鲜烂漫的粉红色的花朵。他的"交加翠"写得好，"烂漫红"也写得好，但是你要知道：人家是自己种的竹，自己栽的桃。辛弃疾说"秋菊堪餐，春兰可佩，留待先生手自栽"，也是他亲手种出来的。同样是经营园林，人家辛弃疾是这样经营的。当然，我现在还不是说这首词，这首词写的是带湖的住所，但是后来带湖的房子失火了，于是他又在铅山的瓢泉盖了一处住所，下面我们就来看他在铅山写的一首词。

沁园春

灵山齐庵赋，时筑偃湖未成。

> 叠嶂西驰，万马回旋，众山欲东。正惊湍直下，跳珠倒溅；小桥横截，缺月初弓。老合投闲，天教多事，检校长身十万松。吾庐小，在龙蛇影外，风雨声中。
>
> 争先见面重重。看爽气、朝来三数峰。似谢家子弟，衣冠磊落；相如庭户，车骑雍容。我觉其间，雄深雅健，如对文章太史公。新堤路，问偃湖何日，烟水蒙蒙？

我说过，辛弃疾这个人是很会安排的。我们上次不是念了他的一首小词，说"涓涓流水细侵阶。凿个池儿，唤个月儿来"吗？这里既然有水，就凿个池子，天上的月亮就倒映在我的水池中了。在带湖新居将成时，他又要种菊，又要种兰，他总是要这样那样的。现在偃湖还没有筑成，他就说了，"叠嶂西驰，万马回旋，众山欲东"，写得好！过去我讲欧阳修的词时，有一个同学就问：欧阳修的文章怎么样呢？其实，评价欧阳修的文章评价得最好的是苏洵的《上欧阳内翰书》，苏洵说欧阳修的文章是"纡余委备"。"纡余"，就是从容不迫的样子；"委备"是说委曲详细，欧阳修是非常有姿态、有情趣的一个人，所以他的文章有"纡余委备"的特色。那么辛弃疾呢？他是英雄豪杰，他不像欧阳修那样"纡余委备"，而是激荡盘旋，欲飞还敛。你看他的豪情壮志！我曾经说过，豪放派的词人往往叫嚣浮夸。如果你只是说：我要打回去收复失地，这样做是一件很好的事，但这样写并不是一首很好的词。词，要有一个委婉曲折的姿态，有些人写豪放词缺乏这种姿态，但辛弃疾是有的。而且，他不是造作出来的姿态，他真的有自己的感情，他本来的生命和生活就是在这种波澜起伏中压抑挣扎的。不但写南剑双溪楼的景物是如此的，他写灵山齐庵的开头几句也是如此的。"叠嶂西驰，万马回旋，众山欲东"，"驰"就是跑，他说，那重重叠叠的山势好像是马在一齐向西跑的样子。忽然间一个转折——"万马回旋"——千万匹马跑到这里，一转就回头往东边去了。

"正惊湍直下，跳珠倒溅；小桥横截，缺月初弓。"这个"跳"字是个平声字，应该读 tiāo。你为什么要在这里筑个偃湖？如果这里是沙漠，你怎么能筑湖呢？因为这里有"惊湍直下"，山上有大片的瀑布直泻下来，溅到底下的水池中，水珠纷纷向上倒溅；"小桥横截"，在水池上他还要搭一座小桥，小桥像什么样子？"缺月初弓"，就像弯弯的月亮和弓一样。

这还不算，后边他说："老合投闲，天教多事，检校长身十万松。""合"是入声字，念 hè，是应该的意思。辛弃疾写这首词时差不多六十岁了，他二十岁渡江南来，辗转江南四十年没有能够实现自己的理想，真是满腹的悲慨！他说：我现在年纪大了，本来早应该过投闲置散的生活，可是"天教多事"，上天给我安排了这么多事情，什么事情？"检校长身十万松"，他的形容词用得真是好，松树当然高大，"长身"，多么英武！你看秦始皇兵马俑中的那些人，身材都很高大，这就是长身；更妙的是，他在"长身"前用了"检校"两个字。什么是"检校"？就是检阅军队。他曾经检阅过真正的千军万马，可现在他被放废投闲，只能"检校"那十万棵高大的松树了。

"吾庐小，在龙蛇影外，风雨声中。"为什么说是"龙蛇"？你如果学过国画，画过松树，就知道松树枝干有腾拏之势，像盘曲的龙蛇一样。特别是黄山上的松树，在强烈的风霜雨雪的摧折之下，它是挣扎着长出来的，所以才有那种盘曲的姿态。

"龙蛇影外"说的是松树的形影,是实实在在的姿态;而"风雨声中"呢?当然,风吹过松树,有阵阵松涛的声音,如同风雨之声,而"风雨"还有另外的意思。苏东坡说:"莫听穿林打叶声,何妨吟啸且徐行。竹杖芒鞋轻胜马。谁怕。一蓑烟雨任平生。"辛弃疾的那首《水龙吟》也说"可惜流年,忧愁风雨",所以"风雨"也是一个语码,象征外界的打击摧残。他在《沁园春》中说:"秋江上,看惊弦雁避,骇浪船回。"我是一只天上飞的雁,也不知道什么时候就有人把我射伤了。在惊涛骇浪之中,我的船不能前进了,我只好回头。在这首词中他又说:我的房子这么渺小,而包围我的是风雨中有腾拿之势的像要下来抓我的松树。

再看下半首,有人写山水总是雕琢刻画那些青山绿水,人家辛弃疾不是这样,他说:"争先见面重重。看爽气、朝来三数峰。""重重"是重重叠叠的山,在雾散云开、天高气爽的早晨,我起来出门向外边一看,觉得每一座山仿佛都在争着跟我打招呼,它们像人一样。

像什么人?"似谢家子弟,衣冠磊落;相如庭户,车骑雍容。"王谢是晋朝高贵的世家,因此谢家子弟的气度自然是"磊落"——站在那里大大方方、磊磊落落,不忸怩、不作态;"相如庭户,车骑雍容"出自《汉书》,据说司马相如当年去临邛拜访卓王孙,临邛县令为了壮大司马相如的声势,就让他带着很多的侍从车马,所以看上去雍容闲雅。

还不只如此,他又说:"我觉其间,雄深雅健,如对文章太史公。"我觉得这些山雄伟深厚、高雅强健,我面对着它们就如同面对着太史公司马迁的文章。这几句话都有来历:"谢家子弟"出自《世说新语》;"相如庭户"出自《汉书》;"雄深雅健"是韩退之赞美柳宗元的话,韩愈说,柳子厚的文章"雄深雅健,似司马子长"。辛弃疾欣赏司马迁的文章,司马迁当然不只文笔好、才气大,他平生也是不得志的。为了替李陵辩护,他受了腐刑,所以他的文章中有一种抑郁不平之气。辛弃疾写过一首《汉宫春》,有几句说:"亭上秋风,记去年袅袅,曾到吾庐。山河举目虽异,风景非殊。功成者去,觉团扇、便与人疏。吹不断、斜阳依旧,茫茫禹迹都无。"最后他说:"谁念我、新凉灯火,一编太史公书。"《史记》有多少感慨?辛弃疾面对着《史记》又有多少感慨?而无限感慨尽在不言中了。当然,他现在形容的是那些山。

"新堤路,问偃湖何日,烟水蒙蒙?"他在河堤上开出一条路来,他说,我要在这里筑一个偃湖,哪一天才能筑成呢?那时候,我就可以欣赏湖中蒙蒙的烟水了。

前面我说辛弃疾是"一本万殊",他的根本即他的志意和理念的基本样式,也就是西方文论中所讲的 pattern of consciousness。一般人没有一个 pattern,所以随波逐流,人云亦云,而辛弃疾有自己的 pattern,并由此变化出很多的风格,不管写什么,他都能写得很好,但是现在我们真的要把辛弃疾结束了。

第 五 讲

说姜夔词之一

今天我们要讲姜白石的词了。前面讲辛弃疾，我说他的词中最基本的感情是那种激昂慷慨的豪情壮志，而贯串于白石词中的最重要的感情则是他的一段爱情的往事。夏承焘先生是当代最有名的词学家了，他曾经对很多词人进行考证，然后编了年谱。对于姜白石，他还考证了白石的爱情本事，写了合肥情遇考。其实，从晚唐五代开始，词主要是写美女和爱情的，但是没有人专门进行考证，说温庭筠的词中写的是什么女子，有什么故事呀，韦庄写的女子又是谁呀，没有人考证这些，因为那都是写给一般的歌妓舞女去唱的歌辞之词。可是，姜白石与他们不同，他的词中有很多地方都可以看到那一段爱情本事的影子。他写过一首《淡黄柳》，在序中说：

客居合肥南城赤阑桥之西，巷陌凄凉，与江左异。唯柳色夹道，依依可怜。因度此阕，以抒客怀。

在另一首《凄凉犯》的序中也说：

合肥巷陌皆种柳，秋风夕起骚骚然。予客居阖户，时闻马嘶。出城四顾，则荒烟野草，不胜凄黯。

他屡屡在词中提到合肥，夏承焘先生说，姜白石之所以对合肥念念不忘，是因为那里有一个女子，我们不知道这个女子的姓名，只能称之为合肥女子。据夏先生考证，姜白石是在二十岁左右遇到的那个女子，在他三十二岁时来到湖州，遇到了萧德藻。萧德藻别号千岩老人，是与杨万里、范成大齐名的一位诗人。书上说姜白石"气貌若不胜衣"，他本是一介书生，诗词写得好，而且精通音律，但是平生没有做过官，一则因为他本来就不热衷于追求仕宦利禄，再则是没有能考取功名。姜白石曾写过一些研究音乐的著作，呈献给当时的皇帝，皇帝看罢认为不错，就给他一个特别的考试机会。当年杜甫也是这样，杜甫向皇帝上了三篇《大礼赋》，也得到了皇帝的欣赏，给他一个特别的机会参加考试。姜白石不仅没有仕宦，他的父亲死得也很早，在他十四岁时，他的父亲就去世了，所以他平生在各地周游流落，过着清贫的生活。萧德藻是一位有名的诗人，家境也很富有，他读了姜白石的诗词，很欣赏他，就"以其兄之女妻之"，大概他自己没有女儿，就把他哥哥的女儿许配给姜白石了。也就是在那一年，姜白石跟合肥女子分离了，他有一首很有名的词《踏莎行》就是写于这一年，他说：

> 燕燕轻盈，莺莺娇软，分明又向华胥见。夜长争得薄情知，春初早被相思染。 别后书辞，别时针线，离魂暗逐郎行远。淮南皓月冷千山，冥冥归去无人管。

这首词的自注云："感梦而作"。可能是他离开合肥女子去湖州结婚的时候，在路上梦见她了。"燕燕轻盈，莺莺娇软"，当然是写这个女孩子体态的轻盈和情态的娇软了。可是根据夏承焘先生的考证，白石在合肥所认识的本是姐妹两个人。白石写过一首《解连环》，其中说："大乔能拨春风，小乔妙移筝。"他用的是三国时的典故。三国时吴国的乔公有两个国色天香的女儿——大乔和小乔，大乔嫁给了孙策，小乔嫁给了周瑜。苏东坡词曰："遥想公瑾当年，小乔初嫁了，雄姿英发。"指的就是这件事。夏承焘先生认为，白石在合肥结识了姐妹两个人，一个善于弹琵琶，另一个善于弹筝，如此说来，这首《踏莎行》中的燕燕和莺莺岂不是两个人？当然这只是一种说法，实际上如何已难以详考了。总之在梦中，他又见到了那个女子，"别后书辞，别时针线，离魂暗逐郎行远"，离别之后两个人还互通音信，离别之时这个女子还给他缝了衣服，现在，她的魂灵追随他一路上来了。"淮南皓月冷千山，冥冥归去无人管"，想她孤零零的一个女孩子，在清冷的月光下，跋涉千山万水，就这么一个人回去了。

姜白石三十几岁与萧德藻的侄女结婚，在他四十岁左右回到过合肥两次，第一次回去，那个女子可能还没有出嫁；第二次回去，她就已经出嫁了。在他的词中，他与合肥女子的这一份情事出现次数最多的一年是辛亥年，也就是在他三十七岁的时候，他最有名的两首词——《暗香》和《疏影》就是写于这一年。你看他的《醉吟商小品》是辛亥年金陵作，《淡黄柳》是辛亥年合肥作，《凄凉犯》也是辛亥年合肥作，另外还有《浣溪沙》《摸鱼儿》《长亭怨慢》，都是这一年写的。下面我们要先看他的一首《鹧鸪天》，是他四十三岁时作的。为什么我把这首词提出来先讲呢？因为这首词开头的两句把他在合肥的这一段情遇比较明白地写出来了，而其他的词里都写得很朦胧，而且那些词多是长调。姜白石写长调有另外一种手法，我们暂且不讲，现在我们讲的是他的小令。小令我们以前也说了，它多半还是用写诗的笔法直接来叙写的，所以带着直接的感发。好，我把这首词先念一遍：

> 肥水东流无尽期。当初不合种相思。梦中未比丹青见，暗里忽惊山鸟啼。　　春未绿，鬓先丝。人间别久不成悲。谁教岁岁红莲夜，两处沉吟各自知。

"肥水东流无尽期"，因为合肥那里有一条河流叫肥水，肥水是向东流的。李后主说"自是人生长恨水长东"，水的东流不断，人的感情也不断，人生的长恨也不断，所以，"肥水东流无尽期"写的是他不尽的长恨。

要早知今日，则"当初不合种相思"。相思是一种树木，相思树结出来的豆子叫红豆，也叫相思子。王维有一首诗："红豆生南国，春来发几枝？劝君多采撷，此物最相思。"我现在要问一问大家，你们见过红豆吗？不是煮汤的红豆，是那种真正的相思子？我今天带来了实物，可以让大家传着看一看。你们看，这最大的一颗是非常端正的一颗心的形状，它颜色纯红，而且非常坚实，不会腐烂，这是真真正正的所谓相思子的红豆；这颗小一些的也是红色，但不是心的形状，而且上面还有一个小黑点，它也叫红豆。我是从哪里得来这些红豆呢？有一次我去新加坡讲学，讲到什么"红豆生南国，春来发几枝"的诗句，那里的学生就送给我一颗红豆，所以这颗心形红豆是南洋一带的，"红豆生南国"指的是这一种。带小黑点的这颗红豆产自台湾，你们看台湾的小说，经常写到相思树林，他们是把相思树林当作防风林的，所以在台湾的乡野之间常常有大片这样的树林，它结的子也叫相思子。姜白石说"当初不合种相思"，男女之间相思相恋，如果不能够结合，没有一个美满的成果，这都是悲剧的爱情。早知如此，则当初就不应该种下相思的种子。冯延巳说："转烛飘蓬一梦归，欲寻陈迹怅人非。天教心愿与身违。"是上天让你内心的感情和愿望与你身体的实际生活相违背的。那么姜白石为什么要离开这个女子？以我个人的猜测，因为姜白石一生没有正式的仕宦，都是在各地漂泊，依人为生。我们说他二十岁左右遇到合肥女子，三十二岁遇到萧德藻，并与萧德藻的侄女结了婚，而萧德藻在吴兴附近有自己的一片庄园田地，所以姜白石结婚以后就住在湖州萧德藻他们家里边。此后一段时间内，他还是没有正当的职业，于是萧德藻就介绍他去见另外一个诗人范成大。范成大家里也有一片庄园，里边种了很多梅花，以后讲到《暗香》和《疏影》时我们再详细介绍。

  前面我说过，姜白石在辛亥年所作的词中屡屡提及合肥情事，那年他三十七岁，他是三十二岁结的婚，所以那时他与合肥女子已经分别了有五年之久了。自从他们相识以来，虽然他不一定常住在那个女孩子的所在，但他们常有往来；自从结婚以后，他就不能与合肥女子常常来往了。可是三十七岁的时候，他有机会重新回到合肥去。这一年正月二十四日，他离开合肥，写了一首《浣溪沙》，上半首是这样的：

钗燕笼云晚不忺，拟将裙带系郎船。别离滋味又今年。

什么是"钗燕"？古代的女子喜欢在头上插一个金钗，钗上镶一只玉燕，所以叫玉燕钗。"钗燕笼云"是说她如云的发髻上插了镶着玉燕的金钗。"忺"是高兴快乐的意思。因为要离别了，这个女孩子心中满是离情别绪，看上去很忧伤。"拟将裙带系郎船"，她说：我想用自己系裙的腰带把你的船系住，希望你不要离开我。"别离滋味又今年"，他们两个人常常是聚散离合，别多会少，现在又要分开了。

在《解连环》一词中，我们知道合肥女子善弹琵琶。姜白石的词里边常常写到琵琶。他有一首自度曲，词牌就是《琵琶仙》。他还有一首看上去很奇怪的《浣溪沙》，也提到了琵琶。我为什么说它奇怪？因为这首词有一段短小的序文，而这段序文与词的内容完全不相干。这首词也是他三十二岁时的作品，序曰"予女须家沔之山阳"，"女须"是姐姐，屈原在《离骚》中说："女媭之婵媛兮，申申其詈予。"就是说我的姐姐责备我。姜白石说，我姐姐住在湖北的山阳。白石约生于高宗绍兴二十五年（1155），约死于宁宗嘉定十四年（1221），小时候跟随他的父亲住在汉阳，十四岁时他父亲去世了，他曾经依他的姐姐住在山阳。他说山阳这里"左白湖,右云梦,春水方生,浸数千里。冬寒沙露,衰草入云",这里左边是白湖,右边是云梦泽。春天水涨的时候,湖面有数千里这么广大;冬天水就浅了,于是水底的沙子就露了出来。湖边是一片连云的荒草。"丙午之秋,予与安甥或荡舟采菱,或举火罝兔,或观鱼簺下,山行野吟,自适其适,凭虚怅望,因赋是阕。"安甥是他的一个外甥,他说,在丙午年的秋天,我与我的外甥出来游玩,有时划着船在湖中采菱角,有时打着火把去抓兔子,有时在渔港中捉鱼,我们在山中行走,在旷野中吟啸,觉得非常快乐。我登高望远,就写了这首小词。那么,词里边写了些什么呢?

著酒行行满袂风,草枯霜鹘落晴空。销魂都在夕阳中。　　恨入四弦人欲老,梦寻千驿意难通。当时何似莫匆匆。

"著酒行行满袂风",我们喝得半醉,带着酒意在山野之间走来走去,袖子里灌满了秋风。"草枯霜鹘落晴空","霜鹘",我们说秋高可以打猎,"鹘"就是高空上的鹰鹘这样的鸟,鹰鹘从高空上飞下来,抓住地上野生的小动物。"销魂都在夕阳中",本来他与他的外甥饮后行猎,这是很快乐的事情,怎么忽然间"销魂"了呢?

我们往下看,"恨入四弦人欲老,梦寻千驿意难通"。"四弦"就是琵琶,因为琵琶只有四根弦。这两句是说,我怀念那个会弹琵琶的女子,可是我不能跟她见面;我想在梦中见到她,然而我的梦魂走过了一个又一个的驿站,走了千驿之遥,却总也见不到她。"当时何似莫匆匆",我真后悔,当初怎么就匆匆草草地离别了?王国维有一首词说:"当时草草西窗,都成别后思量。"当年西窗之下我们相聚，只当是等闲之事，而今才觉悟，我当时真是太不知珍惜了。在这首词中，"四弦"表面上指的是琵琶，而实际上是说那个弹琵琶的女子。据夏承焘先生考证，白石词中凡是提到琵琶、梅花或柳树的，都与他对合肥女子的怀念有密切的关系。我现在只是要解释，为什么我第一首不讲这些词，而是讲"肥水东流无尽期"这一首《鹧鸪天》，就是因为这首《鹧鸪天》是他写合肥情遇写得最明白的一首。你看刚才我念的那首《浣溪沙》，如果我们不先知道他合肥情遇的故事，你根本不会明白他到底说了些什么，你只觉得他的小序与词完全不相符合。

关于白石词的序，有两种情况：一类是序言与词的内容相配合，叙述他作词的缘起；另一类是他在序言中所写的情事，乍看起来与词的内容完全不相干，但也有一点点联系，只是点到为止。像这首《浣溪沙》，他前面写山阳的景物，写他与安甥如何如何游猎，与他要写的内容似乎完全不相干，只有"凭虚怅望"这一句看起来不重要的话，才隐隐透露出一点信息：无论饮酒行吟还是打猎，在这种种的快乐之中，我内心总有一种惆怅的感情，是任何快乐都没有办法填补。这种感情他没有在序中说出来，而他有时也会在序中大概说出自己要说的意思，等我们讲他的长调时，再谈这种情况。现在讲这首词，我只是要说明一点，就是白石的小令尽管也是以作诗的笔法来写的，但他还是没有明说。"恨入四弦人欲老，梦寻千驿意难通"，写的是不是怀念？他怀念谁？这都没有说出来，而真正点明他怀念谁的，就是那首《鹧鸪天》。下面，我们接着来看这首词。

"梦中未比丹青见"，刚才那首"燕燕轻盈，莺莺娇软"的《踏莎行》是"感梦而作"，这首《鹧鸪天》也是说梦。为什么"梦中未比丹青见"?"丹青"就是图画,杜甫说:"画图省识春风面。"如果是一张图画,你可以一直挂在那里,什么时候想看就可以看,但是梦中的那个人呢?韦庄说:"昨夜夜半,枕上分明梦见。语多时,依旧桃花面,频低柳叶眉。　半羞还半喜,欲去又依依。"昨天半夜里,我在梦中分明又见到她了。我们谈了半天话,她还是原来的样子:又害羞,又惊喜。临走时,我们依依不舍,可是结果怎么样?"觉来知是梦,不胜悲",梦中是那么真切,而醒后一切都是虚空。与其如此,还不如面对着一张图画呢!是什么把他的梦惊醒了?"暗里忽惊山鸟啼",唐人诗曰:"打起黄莺儿,莫教枝上啼。啼时惊妾梦,不得到辽西。"是鸟啼声把他的梦惊醒了。

"春未绿,鬓先丝,人间别久不成悲。"这首词的题目是"元夕有所梦",元夕就是正月十五,那时还没有多少春天的气息,草木也没有变得绿起来,而我的双鬓已经有了丝丝的白发。人间的离别,也许乍别时有很强烈的悲哀,然而多少年过去了,那一种悲哀也在时光的流逝中逐渐消磨掉了。"谁教岁岁红莲夜,两处沉吟各自知",可是谁想到,在每年点着红色莲花灯的元宵节之夜,我总是想起她,相信她也会同样想起我,沉吟之际,我们只有彼此心知。

姜白石在宁宗庆元三年(1197)元宵节前后一共写了四首《鹧鸪天》,这几首词对于姜白石来说是一个系列。刚才讲的这一首写于元夕,下面我们再看前面的两首。

鹧鸪天·正月十一日观灯

巷陌风光纵赏时,笼纱未出马先嘶。白头居士无呵殿,只有乘肩小女随。　花满市,月侵衣,少年情事老来悲。沙河塘上春寒浅,看了游人缓缓归。

这首词的题目是"正月十一日观灯",十五才是灯节,但十一日那些灯就都挂出来了。刚才那首《鹧鸪天》写于元夕,元夕他没有出去,可是做了梦。那么十一日晚上他做了什么?他出去观灯了。"巷陌风光纵赏时,笼纱未出马先嘶。"此时姜夔住在杭州,也就是南宋的首都临安。当时的临安,君臣上下都是歌舞享乐,所以有人写诗说:"暖风熏得游人醉,直把杭州作汴州。"每年元夕,达官贵人们都出来赏灯,赏灯时要搭起纱帐,什么纱帐?你看杜甫的《乐游园歌》说"曲江翠幕排银榜",他说在曲江的江边上,仕女如云,都搭起了高大的帐篷,那些帐篷上面都有那些达官贵人的榜号标志,所以说"排银榜"。另外还有一个故事,韦庄不是写过一首《秦妇吟》的长诗吗?他写的是黄巢变乱时一个女子的遭遇。当时他的这首诗很出名,所以有些达官贵人就做了纱帐,然后把《秦妇吟》写在上面,这种帐子也叫秦妇吟帐子。这两句是说:灯节还没有正式开始,灯就已经排好了;赏灯的仕女们还没有正式出来,就有人骑着马先来预赏了。

这一夜,姜白石来到临安的大街上,他说:"白头居士无呵殿,只有乘肩小女随。"他自称为"白头居士",其实他不过四十三岁,你看韩退之的《祭十二郎文》,说"吾年未四十而视茫茫,而发苍苍",我还不到四十岁,就已经眼睛昏花、头发花白了。白石写这首词时可能已经有白发了,又因为他没有在朝廷中做过官,所以自称为"白头居士"。他说,我一介布衣出来赏灯,既没有呵前者,也没有殿后者,"只有乘肩小女随"。"乘肩小女"有两个出处,据《武林旧事》记载:"都城自旧岁孟冬驾回,则已有乘肩小女鼓吹舞绾者数十队。"可见当时的歌舞队有让小女孩站在人家肩膀上的一种杂技表演。吴文英也是南宋词人,他有一首《玉楼春·元夕》说"乘肩争看小腰身",所以,"乘肩小女"的表演是南宋临安的风俗。另外,黄庭坚在其《陈留市隐》一诗的序中曾说:"陈留市上有刀镊工,年四十余,无室家子姓,惟一女年七岁矣。日以刀镊所得钱与女子醉饱,则簪花吹长笛,肩女而归。无一朝之忧,而有终身之乐。"我们说大隐隐于市,小隐才隐于山林呢。他说,陈留市有一个隐者,是做刀子剪子的一个工匠。他只有一个女儿,白天,他带着女儿到市里去做活儿,做完了以后用所得的钱买了酒食与女儿饱餐一顿,然后把女儿扛在肩膀上,簪花吹笛归来,过着自得其乐的生活。现在,姜白石这首词说"只有乘肩小女随"可能有双重的意思:一方面,他说的是正月十五有小女乘肩表演的风俗;另一方面,"乘肩小女"也许指的是他自己的女儿——虽然乘肩表演的那些女子还没有出来,但我现在也有"乘肩小女",那就是我自己的女儿了。

"花满市,月侵衣",正月有灯市和花市,其实不只古代,现在的香港,每年正月的时候,花市都非常兴旺,好多人家都要买各种各样的花回去,来装点他们的节日,这是"花满市";正月十一的月亮已经很亮了,明月照在我的衣服上,这是"月侵衣"。"少年情事老来悲",回想少年时的那一段感情,令人情何以堪?陆放翁年轻时与他第一个妻子唐琬的感情非常好,唐琬死去后,他一直难以忘情。在他七八十岁时,他还写道:"此身行作稽山土,犹吊遗踪一泫然。"纵然我的身体即将化作会稽山下的一抔黄土,当我凭吊当年我们二人相会之地的遗迹时,我仍然会悲哀得流下泪来。因为当年的元夕姜白石曾与那个合肥女子一同去赏灯,现在又到元夕了,虽然街上不乏来来往往的赏灯之人,但是我不能再与她相聚,我们永远分开了,而少年时的快乐徒然使今夜的我倍感凄凉。

"沙河塘上春寒浅,看了游人缓缓归。"正月的时候,沙河滩上春寒料峭,我看了别的游人欢笑地游赏,后来,我也默默地回去了。

这是十一日,他出去了,真正到了灯节那一天,他反而没有出去。

鹧鸪天·元夕不出

忆昨天街预赏时。柳悭梅小未教知。而今正是欢游夕,却怕春寒自掩扉。　　帘寂寂,月低低。旧情惟有绛都词。芙蓉影暗三更后,卧听邻娃笑语归。

"而今正是欢游夕,却怕春寒自掩扉":现在正是应该去看灯的时候,可我害怕春天的寒冷,反而关起门来,不肯出去了。如果他真的怕冷,那正月十一怎么出去了呢?那天就不冷吗?可见,"怕春寒"只是一个托词,他之所以不肯出去,是因为真正到了灯节,他的感伤就更加深重了。李清照写过一首《永遇乐》的词,她说:"中州盛日,闺门多暇,记得偏重三五。铺翠冠儿,捻金雪柳,簇带争济楚。如今憔悴,风鬟霜鬓,怕见夜间出去。不如向、帘儿底下,听人笑语。"李清照生在北宋,南渡后,国破家亡,晚年时一个人孤独地生活,"中州"即当年的北宋。回想当年繁华的汴京城,我还是一个没有出嫁的女孩子,整日在闺房中有多少闲暇。没有结婚的女子就比较闲暇,等到结婚以后,有了家,有了丈夫和儿女,就有忙不完的事。她说:我年轻时最看重三五的元宵节,那一天,我们每个人都要穿戴得整整齐齐、漂漂亮亮,去跟人家比赛,看谁最美丽。可是如今丈夫死了,我也老了,憔悴他乡,两鬓斑白,头发被风吹得散乱不整,此时再有人约我出去赏灯,我真是害怕,我不敢夜间出去了。不然,看到年轻人的快乐,我何以为情?李后主说:"风情渐老见春羞,到处芳魂感旧游。"所以我索性把帘子垂下来,听别人的欢声笑语。

现在姜白石也说:"帘寂寂,月低低,旧情惟有绛都词。""绛都词",丁仙现曾写有咏元宵佳节的《绛都春》一词,所以"绛都词"可以指元宵;另一方面呢,"绛都"是神仙所在之处,而中国古代很多的游仙诗写的往往就是爱情,他们把跟一个女子的遇合当做跟一个仙女的遇合来写。"旧情惟有绛都词",当年我们一起赏灯,我还写了词,如今往事都过去了。"芙蓉影暗三更后,卧听邻娃笑语归","芙蓉"就是莲花灯,正月十五都要点莲花灯。他说,等到夜深人静的时候,那些灯都灭了,我躺在床上,听见邻家那些年轻人谈笑着归来了。

不知大家有没有注意到,我讲辛弃疾的时候,开头讲的是他的理想和志意以及他政治上的经历。可是现在讲姜白石的词,我从一开始就谈他的爱情词。因为那种奋发有为、激昂慷慨的感情和意志是稼轩词的主调。我讲过西方的意识批评,说最伟大的作者,他的感情有一个模式、一种形态。虽然有千万条线放射出去,但那都是从一个中心放出去的。屈原有一个中心,陶渊明有一个中心,杜甫和辛弃疾也各有自己的中心,这个中心就是他平生的人格、志意、理想、信念所合成的一个整体的 pattern。至于姜白石,他谈不到有什么样的理念,他的词主要有两种情感:一种就是爱情,他主要的写得很好的词一般与爱情有关;其次,他的某些词中有一点家国的感慨,因为那时中国北部的半壁江山已经沦陷在敌人之手了,所以他有这种感慨,只是这份感情在他的词中处于次要的地位。好,今天我们主要看了姜白石的几首小令,下一次我们再看他的长调。

第六讲

说姜夔词之二

我说过,一般情况下,小令都是用写诗的笔法直接来写的,你看周邦彦的《浣溪沙》(楼上晴天碧四垂)以及姜白石的《鹧鸪天》(肥水东流无尽期)都是这样。长调就不同了,我曾经特别提到,只有长调里边才有所谓赋化之词,也就是说,它不是直接来写,而是用安排与勾勒的思力来写。白石词中有很多长调,但是他的长调与周邦彦还不一样。周邦彦虽然也勾勒、描绘，但是他的语言没有什么特殊之处，他只是安排叙写的句法比较特殊。那么姜白石呢？他是用字造句常常与别人不一样。为什么不一样？大家都说白石词"清空骚雅"，其实，这种说法最早见于张炎的《词源》，他说白石的《暗香》《疏影》《扬州慢》这些曲子，"不惟清空，又且骚雅，读之使人神观飞越"。什么叫"清空"？什么又叫"骚雅"？有很多人写文章论述过，而我以为，陈衍在《石遗室诗话》中的一段话非常简明扼要地概括了所谓的"骚雅"，他说：

> 词者意内而言外也。意内者骚，言外者雅。苟无悱恻幽隐不能自道之情，感物而发，是谓不骚；发而不有动宕闳约之词，是谓不雅。

"词者意内而言外"并不是陈衍首先提出来的。许慎的《说文解字》中解释"词"这个字时就曾说："词者意内而言外也。"后来，张惠言引用了许慎的说法，认为词首先要注意内在的情意，这是意内；而且，词的语言还要有很多供人想象思索的余地，这是言外。陈衍进一步阐发了这种观点，他说：所谓"意内者"就是"骚"，所谓"言外者"就是"雅"。"骚"字是什么意思？屈原写《离骚》，司马迁解释说："《离骚》者，犹罹忧也。"在古代，离通罹，罹是遭遇的意思；骚是忧伤的意思，而离骚就是罹忧——遭遇忧伤。我在海外有一段时期要用英文来讲授中国古典诗词，"离骚"译成英文就是 encountering sorrow。现在陈衍说，"苟无悱恻幽隐不能自道之情，感物而发，是谓不骚"，什么样才是有"骚"之情呢？太史公说屈原"信而见疑，忠而被谤，故忧愁幽思而作《离骚》"，你是忠贞的，可是人家不相信你的忠；你是诚信的，可是别人猜忌你，不相信你的诚，就这样受委屈被压抑，却又没有办法来表白自己，这样一种没办法说明的感情，陈衍称之为"悱恻幽隐不能自道之情"。张惠言在《词选·序》中也说：词可以表达"贤人君子幽约怨悱不能自言之情"，词里边所要表达的是你内心中最幽深最含蓄的一种哀怨的感情，你"幽约怨悱"却没有办法说出来，这就叫作"骚"。假如你不是一直有这种"幽约怨悱"的感情，而是偶然看见一个外物，有了偶然的触发，像那天我给大家举的杨万里写小雨的那首诗，那只是偶然的感情，不是"骚"的感情。王国维在《人间词话》中曾经批评过龚自珍的一首诗：

  偶赋凌云偶倦飞，偶然闲慕遂初衣。偶逢锦瑟佳人问，便道寻春为汝归。

龚自珍说，我偶然有一种凌云之志，就出去做官了；偶然觉得飞倦了，不愿再做官了，我就回来"遂初衣"，像屈原说的"退将复修吾初服"——我就退身回来，修整我原来没有受过污染的洁净的衣服；偶然碰到一个弹着锦瑟的美丽的女孩子，她问我为什么回来？我便对她说："我就是为你才回来的。"

你看他做什么都是偶然，这只是偶然的感物而发，不管你感的是什么物，是"雨来细细复疏疏"的小雨，还是游春时偶然遇到的女孩子，这都没有一种很深沉的感情在里边，你只是随便写出的，这就是"不骚"。

那么，什么又是"不雅"呢？"发而不有动宕闳约之词，是谓不雅。""动宕"就是跌宕往复、充满活力。"闳约"是什么？本来有人赞美温庭筠的词，说他的词"深美闳约"，王国维就不同意这种说法，说温飞卿的词只是"精艳绝人"，并无"闳约"之意。所谓"闳约"，"闳"是博大，"约"是约束，也就是厚积而薄发——本来有很丰富的内涵，却只表现出那么一点点来，而读者从这一点可以窥见很多的东西。如果做到了"动宕闳约"，这就是"雅"，否则就是"不雅"。

知道了什么是"骚雅"，那么什么是"清空"呢？缪钺先生在其《诗词散论》中有一篇论姜白石的文章。在那篇文章中，缪先生说："白石词……非从实际上写其形态，乃从空灵中摄其神理。"王国维不欣赏姜白石的词，说他的《暗香》《疏影》虽然写的是梅花，格调也很高，然而"无一语道着"，他没有一句话真正能够把梅花切实地写出来。他还说，如果把这两首词与古人写梅花的诗相比较怎么样呢？古人写了什么？"江边一树垂垂发。"你看他写得多么逼真！说是江边的一树梅花这么茂盛地开着，而姜白石写梅花却没有一句让我们切实地感觉到梅花。王国维说，读这样的词"如雾里看花，终隔一层"，就是它不能给你一种直接的感受。王国维论词主张真，他说："能写真景物、真感情者谓之有境界，否则谓之无境界。"像姜白石这样的词，"无一语道着"，"如雾里看花，终隔一层"，所以王国维就不喜欢他的词。可是你要知道，白石的词就是让你"雾里看花"。我说过，欣赏不同美感的词，你要用不同的衡量标准，找到不同的入门途径。白石词为什么如"雾里看花"？为什么"终隔一层"？第一个原因，其实我们讲周邦彦时也提到了，就是因为长调词缺少了诗歌的那种平平仄仄的直接的感发，如果平铺直叙地写，就太直白而没有余味了，而词这种文学体式要有余味才能算好，那么怎样写才有余味？

当然，并不是写得直白就一定没有余味，像杜甫的诗："穷年忧黎元,叹息肠内热。"还有他写给他的好友郑虔的诗:"便与先生成永诀,九重泉路尽交期。"因为安史之乱以后,郑虔被贬到台州去,当杜甫回到首都长安的时候,郑虔已经走了,两个人"阙为面别"——连当面告别的机会都没有就分开了。他说:就算我与你天各一方,今生永远不能再见面了,死后到了九泉路上,我们也会把这一份友情继续下去。你看他说得多么清楚明白!人家杜甫不需要"雾里看花",写出来照样深挚感人,因为他的生命是博大的。如果你不能够像杜甫那样,只是平铺直叙地写下去,就显得没有余味了。

我常常爱举一个例证,就是朱光潜先生在讲到文艺心理与文艺的关系时说过一句话:"写景宜显,写情宜隐。"对于景物,你写得越明显越好;而写感情呢,你写得越含蓄越好。他以温庭筠的那首《梦江南》"梳洗罢,独倚望江楼。过尽千帆皆不是,斜晖脉脉水悠悠"为例,他说,这首词停止在这里就可以了,再加上"肠断白蘋洲",这样说就太明白而没有余味了。朱先生这样说有他的道理,可我认为,所谓的"写情宜隐"还要看是什么样的情。如果你的感情真是博大深挚的,就无须隐藏;是你感情不够的时候才要安排思索、勾勒描绘,写得尽量含蓄一些。对于这种思索安排出来的作品,如果你也用欣赏那些富于直接感发之作的方式来欣赏,自然就觉得如同"雾里看花,终隔一层"了。

除此之外,白石词之所以"如雾里看花,终隔一层",还与它的小序有关。我曾经说过,白石词的小序很值得注意,归纳起来,它的小序可分成几种不同的类型。有时,它的序主要是论乐调的,比如他写过一首《凄凉犯》,序是这样的:

> 合肥巷陌皆种柳，秋风夕起骚骚然。予客居阖户，时闻马嘶。出城四顾，则荒烟野草，不胜凄黯，乃著此解。琴有凄凉调，假以为名。凡曲言犯者，谓以宫犯商、商犯宫之类。如道调宫上字住，双调亦上字住。所住字同，故道调曲中犯双调，或于双调曲中犯道调，其他准此。唐人乐书云：犯有正、旁、偏、侧。宫犯宫为正，宫犯商为旁，宫犯角为偏，宫犯羽为侧。此说非也。十二宫所住字各不同，不容相犯，十二宫特可犯商、角、羽耳。

它的词牌为什么叫"凄凉犯"？词里边有所谓的犯调，我们常常说A调、B调、G调等等。有时候，你需要定音，你怎么样把两个调子合在一起？是G调换B调，还是B调换G调？总之，要最懂音乐的人才能够写犯调，而且犯得越多，难度就越高，我们不是说，周邦彦写《六丑》，犯了六个调子吗？可惜我不懂音乐，不能给大家讲得很清楚。在这首词的序中，他除了开始处写到柳树以外，后边一大段都在论述这首词的牌调，这是白石词的一种类型的序。

　　再有就是他的《暗香》，虽然在序中没有大段论乐调的话，但是他所说的"仙吕宫"就是一个乐调，然后"辛亥之冬"，辛亥年就是南宋光宗绍熙二年（1191）。这一年有什么特别之处？我们已经看了白石的很多首词了，我为什么要让大家看这些词？因为你要明白《暗香》和《疏影》是在什么样的背景下写的。我刚才说，白石在辛亥年写了很多首词。这一年他曾经有几次回到合肥，春天还跟那个女孩子在一起，可是等到秋天再回来，她已经归属于别人了。《暗香》和《疏影》就写于辛亥年的冬天。你只有弄明白它的写作背景，才能够进一步来看它到底写了些什么。在这年秋天，他还写过一首《摸鱼儿》，前面有一篇序言是这样说的：

> 辛亥秋期，予寓合肥。小雨初霁，偃卧窗下，心事悠然。起与赵君猷露坐月饮，戏吟此曲，盖欲一洗钿合金钗之尘。他日野处见之，甚为予击节也。

他说：辛亥年秋天，我住在合肥。有一天，刚刚下过一阵小雨，雨晴的时候，我躺在窗下休息，"心事悠然"。什么是"悠然"呢？隐渊明说："采菊东篱下，悠然见南山。"他所说的悠然是悠闲自在的意思，可白石在这里所说的"悠然"，指的是一种遥远的怀想。本来从前回来，他总可以和那个女子相见，但是这一次回来，就不会再有那样的机会了。当然像这些话他都没有说，他只是说我"偃卧窗下，心事悠然"。接着他就起床了，与赵君猷在月光下露天饮酒，偶然以游戏的笔墨写了这首词。为什么写？"盖欲一洗钿合金钗之尘。"在这段序文的开始，他点明时间是"辛亥秋期"，"秋期"就是七夕，七月七是牛郎织女相见的时候。牛郎织女是两个有情人，但每年只能相见一次。"钿合金钗"出自《长恨歌》，《长恨歌》中说："钗留一股合一扇，钗擘黄金合分钿。但教心似金钿坚，天上人间会相见。"当年唐明皇与杨贵妃在长生殿里盟誓，说什么愿生生世世为夫妇，然后把钗钿掰开，你拿一半我拿一半，作为来日相见时的证物，所以"钿合金钗"代表的是爱情。姜白石说，我想用这支曲子洗掉"钿合金钗之尘"。什么是"尘"呢？佛教有"六根""六尘"之说，"六根"指六种感受的官能，分别是眼、耳、鼻、舌、身、意，它们一一对应着色、声、香、味、触、法，合起来就是"六尘"。因此，像什么"钿合金钗"，山盟海誓，这一切的感情、一切的沾染都属于尘。现在，姜白石说，我要用这首词洗去"钿合金钗"的沾染，忘记这一段感情。"他日野处见之"，后来有一位朋友看到这首词，"甚为予击节也"，"击节"就是打拍子表示欣赏之意，他赞美我说：这首词写得非常好。那么，这首《摸鱼儿》写了些什么呢？我们看一看它的上半首：

> 向秋来、渐疏班扇，雨声时过金井。堂虚已放新凉入，湘竹最宜欹枕。闲记省，又还是、斜河旧约今再整。天风夜冷，自织锦人归，乘槎客去，此意有谁领。

"班扇"用的是班婕妤的典故。班婕妤是汉成帝的妃嫔，失宠后写过一首《怨歌行》：

> 新裂齐纨素，皎洁如霜雪。裁成合欢扇，团团似明月。出入君怀袖，动摇微风发。常恐秋节至，凉飙夺炎热。弃捐箧笥中，恩情中道绝。

齐人新织成的纨素如霜雪一样皎洁，把它裁成合欢扇如明月一样团圞。热的时候，你随时可以把扇子拿出来扇风；秋天来了，凉风吹起，炎热就消逝了。到那时，你抛弃了扇子，把它锁在箱子里边，而当初它总是跟随在你身边，给你送来无数凉爽的风。可是夏天过去了，你把它扔在一边，从此再也不用它了。

你看她写的是扇子，感慨的却是自己的身世。现在，姜白石说："向秋来、渐疏班扇"也有双重的意思：一个是说秋天来了，我当然不用扇子了；另一个是说我与她也是"恩情中道绝"了。接着，"雨声时过金井"：常言说，一场秋雨一场寒，我们听到那潇潇的雨声飘过庭院中的金井。"堂虚已放新凉入，湘竹最宜欹枕"：因为是空堂，所以更觉得寒冷，这个时候最好枕在湘竹做成的枕头上。枕上去怎么样呢？"闲记省，又还是、斜河旧约今再整"：我就慢慢地想起来了，今天不是七月初七牛郎织女相会的日子吗？然而今天晚上，空中只是一片寒冷，"自织锦人归，乘槎客去，此意有谁领"。"织锦人"就是织女，她已经走了。"乘槎客"出自张华的《博物志》，说是天河本来与大海相通，有一个人看到每年八月有浮槎从海上来，他很好奇，就坐上了浮槎，然后被带到天河上去了。在那里，他遇见一个人牵着牛去河边饮水。回来以后，他找到会占卜的严君平，严君平说：某年某月某日，有客星犯了牵牛宿。一计算时间，正是那人到天河的日子。这当然是神话传说了，因为姜白石不是那个合肥女子的丈夫，他只是偶然跟她有一段遇合，所以才说"乘槎客去"——我好像乘着浮槎偶然间来到天河，偶然间有了一段遇合；而现在，她走了，我这个乘槎客也要回去了。"此意有谁领"：这一份情意，有谁能够体会，又有谁能够理解呢？

陆放翁年轻时有一段伤心的感情经历，晚年时他写了一首《菊枕》诗："采得黄花作枕囊，曲屏深幌闷幽香。唤回四十三年梦，灯暗无人说断肠。"他说：记得当年，我的妻子为我采摘菊花做了枕囊。几十年过去了，在那曲折的屏风内，在那幽深的帷幕中，永远封存着菊枕幽微的香气。每当我闻到这样的香气，它总是呼唤回来我四十三年前的往事。四十三年如同一梦，而今在昏暗的灯光下，我这一份令人肠断的回忆，又能跟谁说起呢？你能对你的妻子说吗？能对你的儿女说吗？"此意有谁领"？

所以你看辛亥这一年，真的是姜白石很悲哀的一年。因为在此之前，他虽然结婚了，但还有相当的自由，还可以回来看看那个女子，就在这一年正月，他不是还回来过吗？可是现在，那个女子也已经结婚了，这样一来，他们两个人真的再没有见面的机会了。而他写得很微妙：明明是怀念合肥的女子，他却不直接说出来，他在序中只是交代了作这首词时的一些情景。

另外，他有一首写荷花的《念奴娇》，前面也有一段序文：

予客武陵，湖北宪治在焉。古城野水，乔木参天。予与二三友日荡舟其间，薄荷花而饮。意象幽闲，不类人境。秋水且涸，荷叶出地寻丈，因列坐其下。上不见日，清风徐来，绿云自动。间于疏处窥见游人画船，亦一乐也。揭来吴兴，数得相羊荷花中，又夜泛西湖，光景奇绝。故以此句写之。

后边就是词的正文了：

闹红一舸，记来时、尝与鸳鸯为侣。三十六陂人未到，水佩风裳无数。翠叶吹凉，玉容销酒，更洒菰蒲雨。嫣然摇动，冷香飞上诗句。　　日暮。青盖亭亭，情人不见，争忍凌波去。只恐舞衣寒易落，愁入西风南浦。高柳垂阴，老鱼吹浪，留我花间住。田田多少，几回沙际归路。

像这一类的词序，他是把当时的情景用很优美的散文写出来，与他的词相结合，写得情景相生，这是他又一类的词序。

白石词还有第三类词序，就是情景若不相干。比如我们上次讲的那首《浣溪沙》，从表面上看，他在序中说的都是他与他外甥如何如何地游猎，后边的词中却说："恨入四弦人易老，梦寻千驿意难通。"你如果不了解他的故事，那么看了这个序言，肯定会觉得莫名其妙：打猎打得好好的，怎么忽然就有了怅恨呢？——情景若不相干。但是，他为什么要这样？有时候，情景并不是不相干，而是他故为隐词。有很多人，恰恰因为他有最真实的感情，可他不愿意别人知道他的内心，所以就在词的序言中把它推远一些。这种情形，早在讲北宋晏殊的词时我就已经说过了。本来晚唐五代的词是没有序言的，不但没有序言，连题目都没有，它只有一个词的牌调，而晏殊有一首《山亭柳》的词，他给它加了一个题目——《赠歌者》。既然从唐五代到北宋初年的令词大部分是写给歌女去唱的歌辞，他为什么还要特别注明是"赠歌者"呢？我想这首词说的其实是晏殊自己的悲慨，他不愿把这种悲慨让别人窥见，因此故意推远一步说：我不过是写来送给一个歌者的。所以你要注意，古人的那些诗词或者有题目，或者有序文，但是序又可分为不同的类型：有人在序中果然老老实实地把自己的本事说了；也有人不说，不但不说，还故意推开，白石词中就有这样的作品。

到此为止，我们已经介绍了白石词的三种类型的序：论乐调的、情景相生的以及情景若不相干的。当然，前人对他的词序也曾有过一些说法。周济在《宋四家词选目录序论》中说：

　　白石小序甚可观，苦与词复，若序其缘起，不犯词境，斯为两美矣。

比如《念奴娇》这一类的词，他写了荷花，写了在荷花下饮酒，这已经很美了，然后他再写词，又是说荷花以及泛舟观荷的情景，所以周济认为，这一类词的序与正文的意思有些重复了：他只是先用散文写一遍，然后用韵文再写一遍。因此，周济说：如果在序中只写作词的缘起，不写词的情境，这就可以两全其美了。

另外，陈廷焯在《白雨斋词话》中说：

> 唐五代词皆无题，调即题也。宋人间有命题者，自增入闺情、闺思、四时景等题，自《花庵》《草堂》始，后遂相沿，殊属可厌，失古人无端寄慨之旨矣。

他说，给词加题目或序言等等是宋人才开始有的，本来唐、五代的词只有牌调没有题目。后来，宋人在词中加上了诸如闺情、闺思、四时之景等等的题目，这样一来，就失去了古人无端寄慨的主旨。因为无题目的小词如果写得好，有感发的力量，则它给人的联想更丰富。可是一旦有了序，反而把它限制住了。

好，今天我们就讲到这里，下一次再看他最有名的两首词：《暗香》和《疏影》。

第七讲

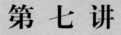

说姜夔词之三

今天我们来看《暗香》和《疏影》。这两首词都是姜白石的自度曲,也就是他自己谱的曲子。在白石的词集中,这些词旁边都附有乐谱,是按照古代的音乐符号记录下来的,近代有一些音乐家把这些古乐谱破译成现代乐谱,就可以歌唱了。像《暗香》《疏影》这两首词,就是可以唱出来的,可是由它们而引起的争议也很多。喜欢白石词的人就说《暗香》《疏影》写得如何如何好；不喜欢白石词的人，像王国维就说，这两首词虽然咏的是梅花，但是"无一语道着"。不但对于它们的好坏有很多争议，就是对于它们的内容，同样有各种各样的猜测。概括起来，大概有两种说法：有人说这两首词是"伤二帝蒙尘"而作，"二帝"就是北宋最后的两个皇帝——徽宗和钦宗，在亡国后被俘虏到北方，当时有众多后妃也一同去了，所以"二帝蒙尘"即二帝受辱之意。夏承焘先生在《姜白石系年》中对姜白石的每一首词究竟是哪年所作都作了考证；此外，他还写了《白石怀人词考》，对白石在合肥的一段爱情本事进行了详细的考证。夏先生认为，既然白石在辛亥年写了很多首词怀念他所爱的合肥女子，那么这两首词也是辛亥年写的，所以也应该归入写合肥情遇的情词。我个人认为，《暗香》和《疏影》应该分别来看待，虽然它们作于同时，但它们的内容不同，从内容上看，《暗香》一词怀念合肥女子的成分比较高，而《疏影》一词感伤"二帝蒙尘"的成分比较高。在具体讲这两首词之前，我们再讲一些与之相关的内容。

我们已经看了白石的几首词，发现他常常要写一段小序。有时候，他本来写的是爱情，却故意在序文中写一些其他的故事。夏承焘先生在《姜白石词编年笺校》的《行实考》中说："白石此类情词有其本事，而题序时时乱以他辞，此见其孤往之怀有不见谅于人而宛转不能自己者。"《花间集》里所写的爱情可以是莫须有的，如黄庭坚所说，那只是"空中语耳"，可是姜白石的爱情是有其本事的，但他不能够直接说出来，这就更可以见到他的"孤往之怀"。什么是"孤往之怀"呢？"孤往"是指人的内心有一个专注的目标，我们常常说，"孤注一掷"，比如你平时专爱一个人，完全把自己的感情投注到他身上，这叫"孤往之怀"。夏先生说，白石这一份"孤往之怀"可能不会得到别人的谅解。得不到谅解你斩断它好了，你可以不写呀，可你又不能斩断，还一定要写，这是"宛转不能自已"的一份感情，它使你内心千回百转而不能断绝，所以夏先生一直认为姜白石的爱情词写得很好。那么什么样的爱情词才是好的？是不是写那些不能得到谅解、不被社会所接受的爱情，才容易写出好词来？我的秘书安易正在写《人间词》的注解，王国维有一句词"弄梅骑竹嬉游日"，用了李白的《长干行》。李白说："郎骑竹马来，绕床弄青梅。同居长干里，两小无嫌猜。"他写的是男孩子与女孩子之间两小无猜的嬉戏。安易问我："像这样的词是不是好词？"我认为这不是王国维很好的词。她说："叶先生，朱彝尊也有一段不能告人的爱情本事，他写那个女孩子小时候'生擒蝴蝶花间'，她跑到花丛中活捉了一只蝴蝶回来，您说他写得很生动，把那个女孩子表现得那么天真无邪，而王国维这首词也是写男孩儿与女孩儿之间的感情，您为什么说它不好呢？"大家要注意，凡是诗词的好坏，不在你写的是什么，而在于你怎么样去写。对于朱彝尊的爱情词，我曾写过很长的一篇文章加以探讨。同样写一种"不见谅于人"的感情，姜白石与朱彝尊有什么不同？

  我认为，姜白石的词是用思力安排写出来的，所以宛转曲折，如雾里看花，其幽隐曲折是因为笔法的曲折；而朱彝尊的爱情词之所以曲折，则是因为他的感情本质就是千回百转的。何以见得？通过比较才能看出来。

  朱彝尊的《静志居琴趣》中有一首《鹊桥仙》，这首词的题序写得非常妙。白石常常把小序推出去说一段别的话，而朱彝尊没有写那么长的序，他只写出写作的月和日，你要知道，一般人写词是不写月日的。而且，它的牌调是《鹊桥仙》，"鹊桥仙"本来说的是七月七牛郎织女相会的故事，按理说，写作日期应是七月七那天才对，可他写的是什么？"十一月八日"。那么，这一天有什么特殊意义？

　　因为朱彝尊所爱的那个女子不是别人，而是他的妻妹。他小时候家里穷，没有钱送女方聘礼，所以被招赘到人家做女婿。他结婚时不过十五六岁，而他的妻妹那时只有十一岁左右。一直到这个女孩子长大以后，朱彝尊教她作诗、写字，但两个人都能做到以礼法自持，从来没有发生过什么事情。我们知道，朱彝尊是经历了明朝灭亡而到清朝的一个人。他不肯参加科考，没有得到一官半职，只靠给人家当私塾先生来维持一家人的生活，所以穷困潦倒。每次回到家里来，妻子儿女交相怨责。可这个妻妹很欣赏他的才华，而且这个女孩子非常聪明，字也写得好，诗也作得好。本来按照中国古代的习惯，姐妹俩同嫁一个丈夫是司空见惯的事情，舜不是就娶了尧的两个女儿——娥皇和女英吗？但她母亲不肯把这个女儿也嫁给朱彝尊——我有一个女儿跟你受穷受苦已经够了，难道还能让另外一个女儿也跟你一起受苦吗？所以这个女孩子就嫁给了别人，结果婚姻很不美满。后来，当她又回到娘家的时候，他们两个人才真正有了爱情的事实。在他们还没有这样的关系之前，有一次，朱彝尊从外边周游回来，正赶上这个女孩子也回到娘家来，而他们家要迁居。根据朱彝尊的年谱，这一天是十一月八日。于是，他写了这首《鹊桥仙》：

　　　　一箱书卷，一盘茶磨，移住早梅花下。全家刚上五湖舟，恰添了、个人如画。　　月弦新直，霜花乍紧,兰桨中流徐打。寒威不到小蓬窗,渐坐近、越罗裙衩。

　　他说:我们家这么穷,我身无长物,只有一箱书和一盘磨茶用的磨。据考证,他家要迁往的地方叫"梅里",那里种了很多梅花,所以是"移住早梅花下"。接着他说:等到全家人都上了船,除去我的妻子儿女以外,又多了一个非常美丽的人——当然是他的妻妹了。"月弦新直,霜花乍紧,兰桨中流徐打":初八的月亮像弓弦一样,正好是一个半圆;十一月的天气,素霜初降,刚刚寒冷,我听到外边的船桨哗啦哗啦拨水的声音。任凭严寒的侵袭,我在船篷里边丝毫觉不到寒冷。为什么?因为我坐在离她很近的地方。此时,她正穿着一身越罗做的衣裙。

　　你看这首词,他不是从思想、笔致上来安排,而是从感情和感觉上来写的,是他的感情本身有难言之隐,不能直接说出来。尽管他写得悱恻幽隐,把感情的本质表现得很好,但跟下边这一首比起来,就有高下之分了。我们再来看他的这首《桂殿秋》:

　　　　思往事,渡江干。青蛾低映越山看。共眠一舸听秋雨,小簟轻衾各自寒。

　　关于这首词还有一段故事。大家知道,晚清时的况周颐是一位词人,也是一位词学批评家。他写过一本词学批评著作《蕙风词话》,其中有这么一段记载,他说,有人问我:"先生,你看我们清朝有这么多词人,哪一个写得最好?"我考虑再三,觉得还是朱彝尊的词最好。那个人接着又问了:"你既然说朱彝尊的词最好，那么他有几百首词，其中哪一首最好呢？"我又考虑了半天，才说："《桂殿秋》最好。"在座的有很多人是我的学生，我常告诉他们如何辨别词的高下。读词切忌望文生义，虽然都是写爱情，也都有难言之隐，但我们不能够一概而论。刚才那首《鹊桥仙》写于十一月八日，这首《桂殿秋》没有写作的月日，所以《鹊桥仙》写的是个别事件，但《桂殿秋》写的则是整个的回忆。

朱彝尊是浙江秀水人，他们那里到处交通来往的都是船，所以他说"思往事，渡江干"，回首往事，我们常常一起坐船渡过江干。虽然坐在同一条船上，我却不能与她随便交谈，只能看一看她青青的蛾眉。也许这个女孩子的眉毛很美丽，他很多地方都写到她的眉毛。"青蛾低映越山看"，远处是起伏的青山，她的蛾眉就像远山一样美丽。如果行程遥远，到了晚上，他们就要在船中过夜，"共眠一舸听秋雨"：我们共同睡在一条船上，听到外边传来潇潇的秋雨声，既然是"听秋雨"，也就是不能成眠了。接着"小簟轻衾各自寒"，他们两个人之间当然要保持距离了。所以，你身下铺着你的小竹席，我身下铺着我的小竹席；你身上盖着你的薄薄的被，我也盖着我的薄薄的被，我们两个人内心都有一种感情，都不能成眠，但是我们不能够在一起，也不能说一句话。你要在小簟轻衾中忍受你的寒冷，我也要在小簟轻衾中忍受我的寒冷。

你看这首词，朱彝尊写感情与姜白石写感情绝对不同——姜白石是笔法、思致上的曲折幽隐，而朱彝尊是感情本质的曲折幽隐。如果拿这首《桂殿秋》与前一首《鹊桥仙》相比较，同样写感情，它们的不同之处在哪里？

王国维说："古今之成大事业大学问者，必经过三种之境界。'昨夜西风凋碧树,独上高楼,望尽天涯路',此第一境也。"王国维所引的这句词出自晏殊的《蝶恋花》,他前面说:"明月不谙离恨苦,斜光到晓穿朱户。"天上的明月不知道我们人间离别的痛苦,月光从窗户斜斜地照进来。我一夜不能成眠,第二天早晨起来,看到"昨夜西风凋碧树",然后"独上高楼,望尽天涯路",他望的明明是自己所思念的那个远人。所以这本是一首相思怀人之词,与"成大事业大学问"有何相干?但王国维很妙,他说这是"成大事业大学问"的第一种境界,而且"此等语皆非大词人不能道",不是真正伟大的词人,不会写出这样的话来。为什么王国维可以从晏殊这首词看到"成大事业大学问"的一种境界?"此等语"是什么语?这其实就是王国维所说的"词以境界为最上",他认为,词要有一种言外的境界,它可以在本身的情事之外引起读者更丰富的联想。这样可不可以呢?

西方近代文学批评从作者转到作品,又从作品转到读者,所以有 aesthetic of reception,即所谓的接受美学。你怎么样接受一部作品?是不是写儿女之间天真烂漫的爱情就都是好词?绝对不是。词的好坏不在它写什么,而在它怎么去写。为此,Walfgang Iser 提出来一个术语,他说:好的文学作品要有一种 potential effect,也就是除了它本身的意思以外,它要具有使读者产生很多言外之联想的可能性。

好,我们现在就可以回来作一个判断了。前面我们说,朱彝尊与姜白石两个人写爱情的方式是不同的。其实,同样是朱彝尊本人,同样写的是一种不可告人的爱情,不同的词之间也是有分别的。比如刚才我们讲的《鹊桥仙》和《桂殿秋》两首词,《鹊桥仙》当然写得很好,它的感情使你感动了,但是它不能给你言外的联想;而《桂殿秋》呢?况周颐说它最好,好在哪里？他并没有告诉我们。中国传统的诗话、词话常常说这首词的气骨好，那首词的风神好，这都是什么？一堆模糊的影像，你根本抓不到。王国维说"此等语皆非大词人不能道"，为什么大词人能够说出这样的话来？道理何在？他并没有告诉你呀。你要知道，无论诗还是词，都是由语言构成的文本，而大诗人的好处就在于其作品的文本能够引起读者言外的感发和联想。从文本表面上看，《桂殿秋》这样一首短小的词，写的就是他跟那个女孩子睡在同一条船上，两个人不能讲话，但他写出了世界上人与人之间的一种共有的悲哀——你与别人，你与你的父母、兄弟、妻子、儿女，生活在同一个屋顶之下，你们彼此果然能够理解吗？——"共眠一舸听秋雨，小簟轻衾各自寒。"同一个教室之内，都是同学，可是你有你的悲哀苦恼，他有他的悲哀苦恼。人与人之间是关联的，但每一个个体同时也是孤独的。当然，朱彝尊并没有这样说，况周颐也没有这样说，我之所以这样说，是因为它使我产生了这样的联想。也许作者未必有此意，可他的这首小词的文本中确实含有这样一种 potential effect。

现在，我们就要讲白石的《暗香》了。很多人认为白石这类词写得清空骚雅，我也曾引用陈衍的话，说所谓的"骚雅"，就是能够用语言传达出一种曲折幽隐的情意。不错，白石词的语言文字很美、很雅，但什么又是"清空"呢？

你要真正了解白石词的清空，先要了解他写词的笔法。从前我与四川大学的缪钺先生合写了《灵谿词说》，缪先生特别欣赏姜白石，他自己的创作就是从白石词入手的。在《灵谿词说》中，论姜白石的这一部分是缪先生写的。他说，姜白石是由江西诗派作诗的方法入门来写词的。提起江西诗派，大家马上会想起黄山谷、陈后山这些人。黄山谷曾经说，作诗要"脱胎换骨"，何谓"脱胎换骨"？"脱胎"就是你情意的本质可以从古人那里来，但是你在外表上要变一个方式来说；"换骨"则是说你外表上跟前人写得差不多，但你变换了里边实质性的东西。你要知道，黄山谷所说的"脱胎换骨"都是尽量在模仿古人之中又要与古人不同。我们有几千年历史文化的积淀，你一生下来就受到了它的感染，没有人能够完全不受前人的影响。可是，如果你完全被笼罩在前人的影响之下，那么你自己到哪里去了？所以一个很重要的问题就是怎样在前人的影响之下来变化出之——我要尽量跟他们不一样。

西方当代文学批评家 Harold Bloom 提出来一个词语，叫 anxiety of influence，即影响的焦虑。我们说什么才能算是创作？就是你的作品要有新鲜感，是世间独一无二的。一个作家总是担心被别人的影响所笼罩，于是有了一种焦虑，这就是 Harold 所说的 anxiety of influence，黄山谷就有一种影响的焦虑，而姜白石作诗是从黄山谷下手的。姜白石也写过诗话，他说："诗之不工，只是不精思耳。不思而作，虽多亦奚为？"你作诗为什么总写不好？就是因为你没有仔细地想过，你不好好地思考，就随便去写，写得再多又有什么用处呢？他又说："人所易言，我寡言之；人所难言，我易言之，自不俗。"别人轻易就说出来的话，我就不要再说了；别人很不容易说出来的话，我一下子说出来了。处处与众不同，当然不俗。他还说："学有余而约以用之……意有余而约以尽之。"你的学问很广博，但是你表现的时候要非常约束有节制，你的意思很丰富，但你也要用简约的方法把它包含在里边。我们说厚积而薄发，你积累得很深厚，说的时候却只是微露端倪就可以了。此外，他还说："难说处一语而尽，易说处莫便放过。僻事实用，熟事虚用。说理要简切，说事要圆活，说景要微妙。"诸如此类，都属于江西诗法的范畴，江西诗派就是有那种影响的焦虑——你们都这样说，我偏偏那样说。

我认为，有这种观念的人，就算他作得再好，也是第二流的作者。人家李后主想过别人说什么了吗？"春花秋月何时了，往事知多少？小楼昨夜又东风，故国不堪回首月明中"，脱口而出，自然就好了。当然，姜白石也说，你要用这样的功夫用得长久了，就会到达一种自然高妙的境界，这是一种最高的境界。像李后主那真是自然高妙，而姜白石他们从江西诗法入门，往往用意太多、思致太多，虽然安排得很好，炼字造句也都很妙，但是缺少了那种自然感发的生命。好，下面我们就具体来看他的这一首《暗香》。

暗香 仙吕宫

辛亥之冬，予载雪诣石湖。止既月，授简索句，且征新声。作此两曲，石湖把玩不已，使工妓隶习之，音节谐婉，乃名之曰《暗香》《疏影》。

旧时月色，算几番照我，梅边吹笛。唤起玉人，不管清寒与攀摘。何逊而今渐老，都忘却、春风词笔。但怪得、竹外疏花，香冷入瑶席。　　江国，正寂寂。叹寄与路遥，夜雪初积。翠尊易泣，红萼无言耿相忆。长记曾携手处，千树压、西湖寒碧。又片片、吹尽也，几时见得？

这首词在音乐上属于"仙吕宫"的宫调，因为白石精通音律，这是他的自度曲，所以他要告诉一般人，我是用的哪个宫调。他说：辛亥年冬天，我冒着雪去拜访范成大，在那里住了一个月。后来，他拿一张纸让我为他填词，而且要我作一支新曲子。于是，我作了两支曲子。他非常高兴，把我的曲稿拿在手中欣赏把玩不已，还叫他家里的乐工歌妓来练习演唱这两支曲子。她们唱出来的音节和谐婉转，我就给它们起了名字：一个叫《暗香》，另一个叫《疏影》。

《暗香》和《疏影》都是咏梅花的，这两个牌调用的是林和靖咏梅花的两句诗："疏影横斜水清浅，暗香浮动月黄昏。"他为什么要咏梅花呢？因为他拜访的是范成大，范成大别号石湖居士，据白石另一首《玉梅令》的小序上说："石湖宅南，隔河有圃曰范村，梅开雪落，竹院深静。"在范石湖家的南边，隔着河有一大片花园，石湖给它起名叫范村。范村里种了很多梅花和竹子。梅花常常和竹子种在一起，我们讲辛弃疾的词，讲他要布置带湖的住宅，不是说"疏篱护竹，莫碍观梅"吗？范村里也是这样，当梅花开放，又下过雪以后，竹院里寂静而幽深。

现在，白石写了这两首词，牌调出自咏梅花的诗句，内容也应该是咏梅花的，可是王国维就说了："白石《暗香》《疏影》格调虽高，然无一语道着。"我们说白石"清空"，清空就是不落头。将来我们要讲到吴文英，吴文英常常抱住主题来写，写得就比较落实，而姜白石总是在旁敲侧击。他不从正面来写梅花，因为他以为这样才"清空"。那么，他为什么要追求"清空"？因为他是从江西诗法变出来的，他故意跟人家不一样——你们写梅花就是梅花，我偏偏不这样写，我只写与梅花有关的一些情事。

"旧时月色，算几番照我，梅边吹笛。"我们说"秦时明月汉时关"，秦朝的明月如此，今天的明月依旧如此。月色还是当年的月色，而当年的我呢？当年的月色曾经有多少次照见我在梅树下吹笛子。白石是个音乐家，他既吹笛，又吹箫。这一句说他吹的是笛，至于吹箫，相传还有另外一段故事。他不是在范成大家住了很长时间吗？而且他给范成大写了这么好听的两首词，所以他临走的时候，范成大就把一个叫小红的侍女送给他，白石曾写诗说：

  自作新词韵最娇，小红低唱我吹箫。曲终过尽松陵路，回首烟波十四桥。

他说我自己作的词，声律特别娇美动听，我叫小红低低地唱，我为她吹箫伴奏。总之有这么一段风流浪漫的故事。此外，据夏承焘先生说，白石写《暗香》《疏影》是在辛亥年的冬天，而这一年秋天，那个合肥女子已经与别人结婚了。所以范石湖把小红送给他，就是为了安慰他那一份离别的哀伤。"旧时月色，算几番照我，梅边吹笛"，也许当年是合肥女子唱他的词，他就在旁边吹笛；而现在，范成大既然把小红给了他，那么就"小红低唱我吹箫"了。

  不但想起"梅边吹笛"的往事，他还记得"唤起玉人，不管清寒与攀摘"，我叫起那个美丽的女子，说不管外面多么寒冷，也要去折下一枝梅花来。古人常写到女子折梅花的情景，蒋捷就说过："折时高折些。说与折花人道，须插向、鬓边斜。"在《红楼梦》中，贾宝玉不是还跑出去，跟妙玉要了一枝红梅抱回来了吗？

  "何逊而今渐老，都忘却、春风词笔。"姜白石不但善于旁敲侧击，他还常常用一些别人的诗词来做点缀。何逊是南朝梁时的一个诗人，曾经写过《咏早梅》的诗："衔霜当路发，映雪拟寒开。……应知早飘落，故逐上春来。"当别的花在寒冷的霜雪中渐次凋零之时，梅花冲寒冒雪而开。为什么梅花那么早就开，不像其他花，要等到阳春三月草长莺飞的时候？因为它知道自己很快就要飘落了，于是赶到春天以前就赶快开放了。何逊写过这样的诗，后来的人说到梅花，常常提到他。杜甫有一句诗"还如何逊在扬州"，就是说何逊在扬州写了咏梅的诗，我也写了咏梅的诗，正如当年的何逊。现在姜白石说：当年跟那个女孩子在一起，我为她写过多少咏梅的诗词！可是现在呢？我就像何逊一样渐渐老去了。"春风词笔"是说笔下如同带着春风一样，能把梅花写得这样美的写词的文笔。他说：而今我年华老大，不能再写出当年那些美丽的词句了。

而今我只觉得什么？"但怪得、竹外疏花，香冷入瑶席"，我只怪竹篱笆外那稀疏的梅花，杂在寒冷的霜雪之中，那寒冷的香气一阵一阵地飘过来，飘到我的座席之中。古人常常有座席，而华美的座席就叫作"瑶席"。因为范成大家里很富有，有大宅院，有花园，当然还有"瑶席"了。

"江国，正寂寂"，"江国"就是南方有江水的地区，他说：江国的冬天寂寞而又寒冷。"叹寄与路遥，夜雪初积"，因为他离开了那个女子，所以要寄给她一枝梅花。古人也有寄梅花的诗，南朝诗人陆凯说："折梅逢驿使，寄与陇头人。江南无所有，聊赠一枝春。"我折了一枝梅花，恰好遇到一个传递邮信的驿使。我们江南也没有什么好东西，姑且把这一枝早开的梅花寄给北方的那个人吧。北宋的秦少游也写过这样的词句："驿寄梅花，鱼传尺素，砌成此恨无重数。""驿寄梅花"就是让驿使一站一站地寄梅花。"鱼传尺素"有一段故事。据说当年陈胜、吴广起义的时候,他们事先在鱼的肚子里边藏了一条丝帛,上面写着"大楚兴,陈胜王"的字迹。古诗上也说:"客从远方来,遗我双鲤鱼。呼童烹鲤鱼,中有尺素书。"有一个客人从远方而来,送给我一对鲤鱼。我让童仆把鱼切开烹煮,却发现鱼肚子里有用一尺见方的素白绸子所写的一封信。在这里,你不要以为那对鲤鱼真的带着信从江南游到江北来了,不是这么回事。因为中国古代没有发明纸张以前,人们把字写在绸子上,然后用一个木头做的鱼状盒子作为信封,把写了信的丝帛装起来。收信的人收到盒子以后把它打开,就发现中间有一封用尺素写成的信,这就是所谓的"鱼传尺素"了。总而言之,古人常常借寄梅花来传递信息,表达自己的感情。姜白石说:我在这里对着寂寞的江天,怀念当年为我折梅的那个女子。于是我也折下一枝想寄给她,可是道路太遥远了。当然,这还不只是说现实的可以道里计的路途之遥,而是因为那个女子已经嫁与别人了,所以他们之间更有了一种无形的阻隔。他说"夜雪初积",此时外边下了很厚重的雪。

"翠尊易泣,红萼无言耿相忆。""翠尊"是翠绿色的酒杯;"红萼"指梅花红色的花萼。他说:我对着饮酒的翠尊,很容易就流下泪来,看到梅花的红萼,我说不出什么话来,只是"耿耿"地相忆。"耿"字从火,本来指的是明亮的灯光。如果你心里有一种感情,像是不消灭的火焰一样,也可以用"耿耿"来形容。我今年写了一首词,就用到了"耿耿"两个字。因为友人给我寄来一册"老油灯"的图影集,其中有一盏灯与我小时候家里点的一盏油灯非常相似,我就想到李商隐有一首《灯》诗,开头两句说:"皎洁终无倦,煎熬亦自求。花时随酒远,雨夜背窗休。"他说灯永远是明亮的，它不知疲倦地燃烧着，因为它命中注定要如此的。古人有时候点灯赏花，"古人秉烛夜游，良有以也"；"只恐夜深花睡去，故烧高烛照红妆"。那些诗朋酒侣们一边吟诗，一边饮酒，一边拿着灯来看花，这是"花时随酒远"；而"雨夜背窗休"则是说，在寒冷的雨夜，窗内那盏灯就熄灭了。看到那盏灯的图形，又回忆起李商隐的这几句诗，我有感而写了一首《鹧鸪天》：

> 皎洁煎熬枉自痴，当年爱诵义山诗。酒边花外曾无分，雨冷窗寒有梦知。　　人老去，愿都迟。蓦看图影起相思。心头一焰凭谁识，耿耿长明永夜时。

"皎洁煎熬枉自痴，当年爱诵义山诗"，我现在已是七八十岁的老人，还在这里一站两个小时来讲课，为什么？有人说这不是太痴了吗？可我当年就非常喜欢李商隐所说的"皎洁终无倦，煎熬亦自求"，这正是我自己所求的。"酒边花外曾无分"，李商隐笔下的灯可以照着人们看花饮酒，但以我个人的生活而言，我是关在大门内长大的，规规矩矩老老实实地闭门读书，所以没有过"酒边花外"的生活；"雨冷窗寒有梦知"，我也经过了很多的挫折患难。"人老去，愿都迟，蓦看图影起相思"，现在我老了，有人说你当年有什么希望什么理想？蓦然间看到那盏熟悉的灯影，我内心无限感慨。"心头一焰凭谁识，耿耿长明永夜时"，我之所以还要不辞辛苦地做下去，就因为我心中还有一点光焰——我喜欢古典诗词，愿意为之奉献我所有的力量。

我没有时间详细地讲我那首词，我只是要告诉大家，"耿耿"是光明的意思。姜白石说"红萼无言耿相忆"——我的相思怀念之情是耿耿不灭的。"长记曾携手处，千树压、西湖寒碧。"我永远记得，我们当年曾经携手去看梅花。"压"是极言梅花的繁密，而把花的繁密说成"压"，也有一个来历。杜甫诗曰："黄四娘家花满蹊，千朵万朵压枝低。"他说我看到江边开着花，千朵万朵把树枝都压低了。姜白石说"千树压、西湖寒碧"，千万树梅花压在冬日西湖寒冷而碧绿的水上。在这一句中，你不要一口咬定"西湖"一定就是杭州的西湖，我们讲欧阳修的十首《采桑子》，他咏的不都是颍州的西湖吗？所以白石所说的西湖究竟是指哪里的西湖，也不能确指。

"又片片、吹尽也，几时见得？"那么好的花，那么美的回忆，可是转眼间又是一年，一片一片的梅花都被风吹落了。而今天的梅花落下去以后，你哪一天才能再见到它？今水非昔水，古今相续流，明年纵然有花开，不是去年枝上朵——落下去的花永远也回不来了。大家注意，"几时见得"这几个字，"几"是第三声，"时"是第二声，"见"是第四声，"得"是入声字，你看，他这四个字包括了平上去入的四声，而这首词是白石的自度曲，你一定要按照他这个平仄的声调才能唱出来，才能唱得好听。所以凡是用《暗香》这个牌调来填词，你最后四个字一定要按照白石的平仄，逐字去填，这是值得注意的一个问题。

好，《暗香》我们就讲到这里。我个人以为，姜白石写了很多首与梅花有关的词，而从这一首词来看，他应该是怀念那一段爱情往事的。

下面我们再看《疏影》：

苔枝缀玉，有翠禽小小，枝上同宿。客里相逢，
篱角黄昏，无言自倚修竹。昭君不惯胡沙远，但暗

忆、江南江北。想佩环、月夜归来，化作此花幽独。

　　　　犹记深宫旧事，那人正睡里，飞近蛾绿。莫似春风，不管盈盈，早与安排金屋。还教一片随波去，又却怨、玉龙哀曲。等恁时、重觅幽香，已入小窗横幅。

"苔枝缀玉"，"苔枝"就是梅树的枝干，为什么要叫它"苔枝"呢？因为梅树有很多种，其中一种的枝干上都是绿苔，所以叫苔梅，苔梅的树枝当然是苔枝了。他说，"苔枝"上点缀了"玉"，"玉"就是白色的梅花。"有翠禽小小，枝上同宿"，有一对小小的绿色的鸟，一同落在梅枝上面栖息。关于"翠禽"也有一个典故。姜白石就是这样，他不写梅花的形象或者自己对现实的梅花的感受，他都是用与梅花有关系的一些事情来旁敲侧击。这一句，就又涉及与梅花有关的一个故事了。旧题柳宗元撰的《龙城录》里有这样一条记载，说是在隋文帝开皇年间有一个名叫赵师雄的人来到罗浮山。罗浮山在广东省，那里的梅花是很有名的。有一天晚上，赵师雄喝了酒，在松林间休息。半醒半醉之际，他看见一个淡妆素服的美人出来相迎，此时残雪未消，月色微明。赵师雄很高兴，与那个女子谈起话来，只觉得她芳香袭人，语言极其清丽。后来，他们一同去酒店饮酒，相与共欢，这时来了一个青衣小童，为他们歌舞助兴。不知不觉间，赵师雄就沉沉入睡了。第二天早晨他醒来一看，哪里有什么酒店和美女，他只是睡在一棵大梅树下，树上"有翠羽啾嘈相须，月落参横，但惆怅而尔"。原来，梦中的美人本是梅花仙子的化身；而青衣小童就是树上的翠鸟了。现在，姜白石正是用了这段与梅花有关的典故，他说："苔枝缀玉，有翠禽小小，枝上同宿。"

那赵师雄不是在旅途中经过罗浮，有这么一段遇合吗？所以是"客里相逢"。今天，白石在范成大家里做客，看到这么美丽的苔梅，也是"客里相逢"。而这些梅树长在哪里？"篱角黄昏，无言自倚修竹。"我们说范成大家里有竹院、梅院，而梅花就开在竹子的旁边。在这句中，他其实用了杜甫的诗。杜甫的《佳人》写的是一个乱离之中与家人生离死别的孤独了，最后两句说："天寒翠袖薄，日暮倚修竹。"因为范成大家的梅与竹相邻，姜白石就把眼前的梅花比作杜甫笔下的佳人——佳人倚竹，梅花也是倚竹。这就是姜白石，他总是不直说梅花如何如何，而是借用一个典故，说它们如佳人一样，"无言自倚修竹"。

"昭君不惯胡沙远，但暗忆、江南江北"，这两句同样有其出处。唐朝的王建有一首《塞上梅》的诗，他说："天山路旁一株梅，年年花发黄云下。昭君已没汉使回，前后征人惟系马。"梅花本来开在山清水秀的江南，可现在王建咏的却是塞外的梅花。他说：在天山的路旁有一株梅树，每一年都要在黄云之下开花。因为塞外都是尘沙，连天上的云彩都是带着黄色的，所以叫"黄云"。这株梅花可能是当年昭君出塞和亲时种的，但昭君已经死了，汉朝的使者也都回去了，过去的一切早已成为陈迹，只有这株梅花还留在那里。古往今来，有多少远行塞外的征人经过树下，停了下来，把他的马匹系在那里。姜白石说，像出塞的昭君一样，梅花不习惯塞外的风沙。它如果有感情、有记忆，一定会暗自忆起江南江北那美好的故乡。

于是，它就回来了，"想佩环、月夜归来，化作此花幽独"。杜甫的《咏怀古迹》中有一首写王昭君的诗，其中两句说："画图省识春风面，环佩空归月夜魂。"相传汉朝的皇帝因为后宫佳丽三千人，他要宠爱哪一个，看都看不过来，因此他就找来画师，把所有的后宫佳丽都画成图画，然后按图临幸。于是，有的女孩子就贿赂画师，让他把自己画得更美一些，但王昭君对自己的相貌很自信，她不肯那样去做，结果被画师有意画得不美丽，皇帝也从来没有临幸过她。昭君郁郁不得志，所以，当匈奴的使者要求派一个人去和亲的时候，她就自告奋勇去和番了。临走前，她来到金殿上与皇帝告别，皇帝这才惊为天人，但已经无可挽回了，昭君就这样去了塞外。杜甫说："画图省识春风面，环佩空归月夜魂。"从画图上还可以依稀见到昭君当年美丽的容颜，而她死在塞外已有多年，只有魂魄在月夜归来，身上还佩戴着玑珞的环佩。现在姜白石说："想佩环、月夜归来，化作此花幽独。"昭君当然已经死去了，但我想象可能她的魂魄在明月下归来，幻化成这样幽静、孤独的一树梅花。

你看姜白石，因为杜甫诗中说有一位佳人，在日暮天寒的时候独倚修竹，他就由开在竹子旁边的梅花联想到佳人，再由佳人联想到王昭君，现在又说昭君的魂魄化作了眼前的梅花，而这首词到底说的是什么呢？

现在我想请大家注意一件事情，就是有关典故和出处的问题。这学期我们从辛弃疾的词讲起，你们可以看到，很多词人喜欢在自己的作品中用典。有的典故包含了一个故事，而这个故事与这首词的情意有相当的关系；还有一种只是他用的某个词语有一个来历，但不见得要牵涉一个历史故事。很多诗人词人习惯于用典，用词也常常有出处，可是你一定要注意到他们不同的地方。比如辛弃疾的那首《水龙吟·过南剑双溪楼》："举头西北浮云，倚天万里须长剑。人言此地，夜深长见，斗牛光焰。我觉山高，潭空水冷，月明星淡。待燃犀下看，凭栏却怕，风雷怒，鱼龙惨。"他说的都是历史上的典故，但是你要注意，稼轩所用的每一个典故都结合了他自己的理想和志意，都带着他自己的感动和兴发，所以这些典故是活泼的、有生命力的。现在我们讲姜白石的词，像他的《暗香》和《疏影》，也用了很多历史上的典故，但情况就完全不同了。有什么不同呢？我们还要从周邦彦谈起。

我说过，周邦彦是用赋笔来写词的。昨天上课时有同学问我，他说柳永的那些长调词，是不是也算是赋化之词呢？现在，我们首先要把这个问题搞清楚。在开始的时候，我们讲到了歌辞之词、诗化之词和赋化之词，其中，歌辞之词与诗化之词的说法古来有之，而赋化之词是由我提出来的。20世纪80年代后期，我去美国参加了一个国际词学会议，与会的都是世界各地研究中国古典文学的专家。在那次会议上，我第一次提出了赋化之词这种说法。当时有一位来自普林斯顿大学的高友工教授，他听我说完以后马上就问：叶先生，以前没有人提出过赋化之词，你是从哪里见到这种说法的？我回答说，这是我自己的说法。为什么这样说？第一，因为周邦彦长于写赋，他不但在宋神宗推行新法的时代写了《汴都赋》，而且他的文集中还有许多其他的赋作。那么，昨天那位同学问我的问题，说是柳永的铺陈算不算是一种赋化？

当然了，铺陈也是一种赋化，但柳永的词只是铺陈。我并不是说柳永的词就是赋化之词，因为赋应该有两层意思，第一层是《诗经》六义中的赋。我们知道，六义包括风、雅、颂和赋、比、兴，风、雅、颂是三种不同的音乐、不同的性质的诗；赋、比、兴则是三种写作的方法。简单地说，兴就是见物起兴，即看到外边的物，引起人的一种兴发感动。比如看到"关关雎鸠，在河之洲"就想到"窈窕淑女，君子好逑"，这是兴。比呢？是以此例彼，即用这个来比那个。比如大家学过的课本常常选的那首《硕鼠》说："硕鼠硕鼠，无食我黍。三岁贯汝，莫我肯顾。誓将去汝，适彼乐土。"这都是在讽刺剥削者，把他们比作大老鼠。那么比与兴有什么区别呢？我也曾给它们下了一个界定。因为从赋、比、兴这三种说法产生以来，大家常常把它们说得很混乱，像什么"比而兴""兴而比"之类的说法，总让我们觉得比较含糊。所以，我曾经用很简单的现代语言对它做了一个归纳。其实，所谓的比和兴，说的都是心与物的关系。不同之处在于，兴是由物及心，你看到成双成对的鸟在快乐地鸣叫，就想到人也应该有这样美好的伴侣；比是由心及物，是你内心先有了一种情志，然后找一个外物来作比。像《硕鼠》那首诗，你先感觉到那个剥削者对你的伤害，所以才用硕鼠来比喻他。什么是赋呢？简单地说，赋就是直陈其事，它没有一个由物到心或由心到物的过程，你直接说就是了。即如"将仲子兮，无逾我里，无折我树杞。岂敢爱之，畏我父母。仲可怀也，父母之言，亦可畏也"，她直接就呼唤了："将——仲子——兮"。"仲子"是那个男子的名字，也许他在家里排行老二，你如果直呼其为"仲子"，这样就显得很生硬，但若前面加一个"将"的发音，后面加一个"兮"的结尾，这就把女子的温柔表现出来了。接着两句"无逾我里，无折我树杞"都是否定，都是拒绝，这不是很伤感情吗？所以下边她马上拉回来说"仲可怀也"，我依旧是爱你的。爱为什么还要拒绝？"父母之言，亦可畏也。"我也是无可奈何呀！你看她就是在直接叙述，但她叙述得有姿态，有节奏，而她内心的感情，这种兴发感动的力量，就在她叙述的口吻传达出来了。像这种情况，我管它叫即物即心，即心即物，这是最基本的赋。

不过，我所说的赋化之词的赋不只具有六义中赋的特点，不只是说六义中的赋，它还兼具文学体式的赋的特点。最早写赋这种文学体式的当然是荀子，这在以前我们就已经说过了。我还说过，诗是感物言志的，重在直接的感发；赋是体物写志的，重在安排与勾勒。从周邦彦开始，才正式出现了以思力安排为主的赋化之词。柳永虽然也写了很多长调，但他只是平铺直叙。比如他的《夜半乐》："冻云黯淡天气，扁舟一叶，乘兴离江渚。渡万壑千岩，越溪深处。"后边还有好多，他说：我从哪里出发，经过了什么地方，看到了什么景色、什么人物，这都是直接从感受来写的，并没有特别用思力来安排。所以柳永的词不能算作我所谓的真正意义上的赋化之词。

周邦彦是赋化之词的开创者，姜白石作词受了周邦彦的影响，讲究思力安排，喜欢用典故。同样是用典，人家辛弃疾用的那些典故不是他拼凑出来的，也不是他为了要做什么题目查找出来的，而是他"读书破万卷"，自然"下笔如有神"，他把大量的历史故事烂熟于心，与他的生命、感情融为一体，随时用，随时出来，而且都带着作者生命的感情和感发的力量。白石的词当然也很好，也有很多人赞赏他，可是，白石是用思力安排写下来的，因此，白石之用典与稼轩之用典当然就不同了。

我们再从头来看《疏影》这首词。他写的是梅花，于是先从罗浮山上一个有关梅花的故事写起，"苔枝缀玉，有翠禽小小，枝上同宿"。然而他此时正在范成大的家里边赏梅，所以是"客里相逢"——赵师雄遇梅花仙子是"客里相逢"，我在别人家里赏梅当然也是"客里相逢"了。就这样，他从上一个典故的故事过渡到现在的客里赏梅。我们知道，范成大家的对岸就是梅花园，园里种了很多梅花和竹子，梅花就在竹子旁边，所以他说："无言自倚修竹。"在这里，他从梅花"倚"竹联想到杜甫《佳人》诗中佳人的倚竹；赵师雄所遇的那个梅仙是女子，杜甫《佳人》诗写的也是一个女子，所以梅花跟女子的形象是重叠的。接着，他又由女子想到昭君出塞，想到王建诗中的塞外梅花，如果梅花生在塞外，它会像当年远嫁胡地的昭君一样怀念自己的故乡，而"昭君不惯胡沙远，但暗忆、江南江北"这一句就引起了很多读者的联想，联想到"二帝蒙尘，诸后妃相从北辕，沦落胡地"的事情。大家看这首词，他不是直接说出来让你知道，从而感动你，而是用思力安排来写，因此，你也要用思力去欣赏、去寻绎，这样你就找到了，说他可能是慨叹北宋的沦亡——那些流落胡地的女子一定怀念故乡，活着的时候不能回来，死后的魂魄也是要回来的。"想佩环、月夜归来"，这里又用了杜甫的诗"环佩空归月夜魂"，归来后如何？"化作此花幽独"。你看他的思力确实很微妙，这是《疏影》的前半首，他用的都是与梅花有关系的一些典故和诗句来写的。

我们接着看下半首。"犹记深宫旧事，那人正睡里，飞近蛾绿"，如果梅花有知，它一定记得从前有这么一段美好的往事。什么往事？《杂五行书》上说："宋武帝女寿阳公主人日卧于含章殿檐下，梅花落公主额上，成五出花，拂之不去。""人日"就是正月初七，在中国古代，都说正月开头的几天，每一天天气的好坏预示了这一年中某种事物的好坏，即一鸡二狗三猪四羊五牛六马七人，所以第七天就是人日。据说这一天，刘宋武帝的寿阳公主睡在含章殿的屋檐下，檐外有一株梅树，风吹花落，有一朵落在她的额上，留下了一朵花的痕迹，就印在她的额上了。宫中的其他女子觉得这样很美，大家争相模仿，你看中国古代的仕女画，凡是在额前点一朵梅花的，都跟这个故事有关。姜白石说：如果梅花有感知的话，它应该还记得当年在含章殿的深宫之中，那位寿阳公主睡卧在殿檐之下，梅花一飞，就飞近了她的蛾眉上。他为什么称蛾眉为"蛾绿"呢？因为中国文学讲到颜色时不是很科学的，尤其是青这个颜色，它可以是蓝色，比如青天；也可以是绿色，比如青草；还可以是黑色，比如青衣。上次我给大家引了朱彝尊的一首《桂殿秋》的小词，他说"青蛾低映越山看"，"青蛾"就是蛾眉的意思。我们说林黛玉的黛字，就是介于青黑二色之间的一种颜色。我在台湾时的一个学生有一次听我讲课讲到青这个颜色，他说："叶先生你讲得对，我祖母就常常对我说起她年轻时头发有多么黑多么亮，她说那时洗完了头发，在太阳底下一照，都有绿光！"所以姜白石所说的"蛾绿"和朱彝尊所说的"青蛾"都是形容蛾眉的黑和亮，似乎都闪着青蓝色的光彩了。

　　梅花终归会零落的，可是它这么美好，你应该保护它才对呀！如果你真正爱花，就"莫似春风"，不要像春风一样。春风怎么样？它"不管盈盈"，"盈盈"可以指美丽的女子，也可以指美丽的花朵。不管开得多么美丽的花朵，春风总会把它吹落的，所以你要"早与安排金屋"，你应该把花或者把那像花一样的女子好好保护起来，不要让她在外边经受风吹雨打。李后主说"无奈朝来寒雨晚来风"，无论什么样的花，又能经得住几番风吹雨打呢？那么怎么样保护？你最好给她盖一间黄金的屋子，把她藏在其中。"金屋"的典故出自《汉武故事》，这在讲辛弃疾时我们已经说过了。在这里，他只是断章取义，姑且不要管后来陈皇后失宠，被打入长门这样的事情，我们只取其"金屋藏娇"的珍视爱惜之意。这一句说的既是花，也是人。

如果你是一个皇帝，就要保护好你的后妃们。为什么马嵬坡下唐玄宗就眼睁睁地看着他所爱的杨贵妃死去了？"如何四纪为天子，不及卢家有莫愁"，你怎么能够牺牲了人家这些女子？是你自己不好好做皇帝，使国家沦亡了，让你的后妃们"相从北辕"，你对得起她们吗？

可是，你毕竟没有保护好她们，所以花就落了。杜甫说"一片花飞减却春"，一片花落春天就已经不完整了，而这一片花落到了哪里？"还教一片随波去"，你就任凭那花瓣随着流水消逝了。"流水落花春去也"，李后主所慨叹的一方面当然是春天的水流花落；而另一方面，何尝不是其"四十年来家国，三千里地山河"的水流花落呢？而北宋的朝廷、沦落胡地的皇帝及后妃们，不也是"流水落花春去也"了吗？

等到花朵零落殆尽之时，你"又却怨、玉龙哀曲"。"玉龙"是古代笛子的别称；"玉龙哀曲"就是笛曲，笛曲中有一支特别有名的曲子叫《梅花落》。李白诗曰"黄鹤楼中吹玉笛，江城五月落梅花"，指的就是这支曲子。现在梅花不是都落了吗？他说，这个时候，你就满怀幽怨地听着玉龙所吹奏出的悲哀的曲子。什么曲子？《梅花落》。

关于《梅花落》，其实还有一个故事。大家知道，宋徽宗是一个很风流浪漫的皇帝，他与李后主一样，喜欢文学、艺术，会写诗，会填词，还擅长绘画和书法，"瘦金书"这种字体就是由他所创的。李后主被宋朝的皇帝俘虏后写了很多首词，宋徽宗被金人带到北方去也写了很多词，王国维曾把这两个皇帝的词做过一番比较。宋徽宗有一首《眼儿媚》，其中有这么几句："春梦绕胡沙。家山何处？忍听羌笛，吹彻梅花。"每到春天，我总要怀念往事。李后主说："多少恨，昨夜梦魂中。还似旧时游上苑,车如流水马如龙。花月正春风。"可那是当年的情景,是他的梦啊!现在春天来了,我还有我的春梦,但我如今在哪里?在风沙障眼的胡地。家山何处?"独自莫凭栏,无限江山",你已是"别时容易见时难"了。此时此刻,你"忍听羌笛,吹彻梅花",诗和词中的"忍",常常是不忍、岂忍的意思;"羌笛"本是胡地的乐器。那天有人说,中国传统的民族乐器像什么琴、瑟、埙、箫等等,都是一个字的名字,凡是加上一个字的,像胡琴啦、羌笛啦,这都是外来的乐器。宋徽宗流落胡地,胡人吹的都是羌笛。他说:听到胡人用羌笛吹奏《梅花落》的曲子,我情何以堪!

最后:"等恁时、重觅幽香,已入小窗横幅。"等到"流水落花春去也"的时候,你再想寻觅梅花的芳香,就再也找不到了。不过花虽然不见了,可有人把它画成了横幅的图画挂在小窗之上。杜甫说:"画图省识春风面,环佩空归月夜魂。"白石的《鹧鸪天》也说过:"梦中未比丹青见,暗里忽惊山鸟啼。"现在只有那"画图""丹青"上还留有梅花的痕迹,无论你对于往事、对于梅花有多少怀恋,也只能寄情于"小窗横幅"上梅花的旧影了。

好,我们看这首词,他用了很多与塞外、帝王等有关的典故,所以郑文焯说:"此盖伤心二帝蒙尘,诸后妃相从北辕,沦落胡地,故以昭君托喻,发言哀断。"可是夏承焘先生不赞成这种观点,我不是说他写过《白石怀人词考》吗?他把重点放在了白石的合肥情遇之上,所以他说:白石在辛亥年写了很多首怀念合肥女子的作品,而《暗香》和《疏影》写于这一年冬天,所以也应该是怀人的情词。再者说来,靖康国变、北宋沦亡是在1127年,白石写这两首词是在光宗绍熙二年,也就是1191年,相隔已有六七十年之久，白石不可能写词来怀念那件事情了。

我认为，郑文焯的观点未必没有道理，何以见得？我说过，白石词主要有两种感情：一种是怀念合肥女子的感情，这当然占主要地位；另一个是怀念故国的感情，这种感情所占的比重虽轻，但一定是有。接下来我们要讲他的一首《扬州慢》，主要就是抒发这种感情的。

第 八 讲

说姜夔词之四

这节课我们就要把白石词结束了。上节课快下课的时候，我说白石词基本上有两种感情：一方面是他对于合肥女子的怀念之情，这在其作品中始终占主要地位；另一方面，他生在南宋，那时中国北方已沦陷于敌手，宋王朝只剩下半壁江山了，作为一个中国人，对于祖国领土的破碎、沦陷总是有一些感慨的，白石当然也不例外。但是，时代确实不同了，你看南宋早期那些作者，像张元幹、张孝祥等人，他们亲身经历了破国亡家之痛，写出来的作品真是激昂慷慨！而姜白石呢？虽然同样有一份故国的悲慨，但悲慨的程度完全不一样了。下面，我们就以《扬州慢》为例，看一看白石这一方面的词。

扬州慢 中吕宫

淳熙丙申至日，予过维扬。夜雪初霁，荠麦弥望。入其城，则四顾萧条，寒水自碧，暮色渐起，戍角悲吟。予怀怆然，感慨今昔，因自度此曲。千岩老人以为有黍离之悲也。

淮左名都，竹西佳处，解鞍少驻初程。过春风十里，尽荠麦青青。自胡马窥江去后，废池乔木，犹厌言兵。渐黄昏、清角吹寒，都在空城。　　杜郎俊赏，算而今、重到须惊。纵豆蔻词工，青楼梦好，难赋深情。二十四桥仍在，波心荡、冷月无声。念桥边、红药年年，知为谁生？

"中吕宫"是它的宫调，这首词是可以歌唱的；"淳熙"是宋孝宗的年号；"至日"就是冬至，杜甫不是写过《至日早朝大明宫》吗？在中国古典文学中，冬至日简称为至日。"维扬"指扬州。他说，宋孝宗淳熙三年（1176）的冬至这一天，我经过扬州。白石大概生于1155年左右，他写这首词时应该只有二十几岁，所以这首《扬州慢》还是他早期的作品。那一天夜里下了雪，第二天早晨雪停了，极目四望，只看到满眼的荠麦。本来扬州从唐朝以来一直属于歌舞繁华之地，唐朝的杜牧之曾经在扬州做过官，写过许多风流浪漫的诗句。可是靖康之难以后，金人占领北方，扬州也在高宗建炎三年（1129）被攻陷。绍兴三十一年（1161），金主完颜亮大举南侵，扬州再度被烧杀抢掠，遭到一次洗劫。白石来到这里，当年的那些歌台舞榭早已不见了，野外到处是弥望的荠麦；那么城中呢？"入其城，则四顾萧条，寒水自碧"，城中也是一派冷落萧条的景象。因为这里是前线，所以远处有戍守的将士吹起了号角，此时天慢慢地黑了下来。"予怀怆然，感慨今昔，因自度此曲"：我心中凄绝，感叹扬州昔日的繁华与此日的荒凉，于是作了这支曲子。"千岩老人以为有黍离之悲也"，"千岩老人"就是他妻子的叔叔萧德藻，这当然是后话了。我刚才说，白石写这首词时只有二十几岁，那时他还没有认识萧德藻，因此这句话是他后来补上去的。他说，萧德藻老先生看到了这首词，认为写得不错，有"黍离"之悲。《黍离》是《诗经·王风》中的一篇："彼黍离离，彼稷之苗。行迈靡靡，中心摇摇。知我者谓我心忧，不知我者谓我何求。悠悠苍天，此何人哉！"我现在只是给大家念一念，可我听过文怀沙先生吟诵这首诗。他吟诵得非常好，那真是一唱三叹！那么《黍离》说的是什么呢？是"周大夫行役至于宗周，过故宗庙宫室，尽为禾黍，闵周室之颠覆，彷徨不忍去而作是诗也"。西周灭亡后，周王室东迁，有过去的大臣经过旧都，写了这首诗，慨叹国家的败亡，所以黍离之悲就是亡国之悲。萧德藻认为白石这首《扬州慢》有黍离之悲，白石所慨叹的自然是北宋的沦亡了。

不只萧德藻，很多人都赞美这首词。陈廷焯在《白雨斋词话》中说："'犹厌言兵'四字，包括无限伤乱语，他人累千百言，亦无此韵味。"他说："犹厌言兵"四个字包括了无限伤离念乱的语言。晚唐的韦庄也是经历过战乱的人，他曾写过这么两句诗："内库烧为锦绣灰，天街踏尽公卿骨。"你看这两句说的是战乱中的焚烧劫掠的场面,他把乱离的景象直接写出来了。而姜白石呢?他不是说"人所易言,我寡言之;人所难言,我易言之"吗?别人写战乱就是从正面来写战乱,我偏偏不这样,我只说"废池乔木,犹厌言兵"——不要说人,就是没有感情的"废池乔木"都不愿意再听到战争了。你看他写得多么含蓄,多么蕴藉!都是写战乱,而白石写得清空骚雅,所以陈廷焯就赞美他,说别人要千万言才说清楚的伤离念乱之语,他只用几个字就包括了。

　　唐圭璋也赞美白石说:"参军芜城之赋似不得专美于前矣。""参军"就是南朝的鲍照,他写过《芜城赋》,感慨经过刘宋战乱,兵火劫余的扬州,最后几句说:"井径灭兮丘陇残,千龄兮万代,共尽兮何言!"一般人写到扬州,常常是感慨战乱的。因为扬州地处南北要冲,是历代兵家必争之地,曾多次经历了战争的烽火。辛弃疾晚年来到建康的北固亭,隔岸与扬州相望,曾慨叹说:"四十三年,望中犹记,烽火扬州路。"不但他们这些人曾写到战乱后的扬州,其后清朝初年的女词人徐灿写过一首《青玉案》,也是感慨扬州的盛衰兴亡之作,她说:"伤心误到芜城路。携血泪、无挥处。"徐灿生于明朝末年,她亲身经历了明朝的败亡。她的丈夫陈之遴本来在明朝做官,后来因事获罪被贬。明清易代后,陈之遴就降清了。他做了清朝的官,然后把徐灿从江南接到当时的京师,也就是现在的北京。在北行的路上,她经过扬州,写了这首词。她说:我怎么就没有注意,居然经过这样一个让我伤心的地方。你要知道,徐灿那个时代的扬州才真是悲惨,当年明朝灭亡,清军入关北伐,扬州是经过屠城的。所以她说:我错误地走上了这条经过扬州的路,此时满脸是泪,不知向何处挥洒。

总之，时代不同，感情不同。辛弃疾写的是记忆中烽火里的扬州；徐灿写的是"携血泪、无挥处"的扬州；现在，姜白石纵然有家国的悲慨，可他毕竟没有身经战乱，那么他是如何写的呢？

"淮左名都，竹西佳处，解鞍少驻初程"：扬州本来是淮水东边的一个有名的都市，我们说"腰缠十万贯，骑鹤上扬州"，中国古人认为这是最志得意满的一件事情。"竹西"是扬州的别名，杜牧曾经在扬州做官，写过一首《题扬州禅智寺》的诗，其中有两句说："谁知竹西路，歌吹是扬州。"他说：我没有想到经过竹西路的时候，远远就听到一片笙箫歌舞的声音，而那里就是扬州了。所以，在没有经过战乱的时候，扬州一向是歌舞繁华之地。姜白石从小念这些诗，对扬州这样美好的城市自然心向往之，恰巧出游时经过扬州，怎么能不进去看看呢？因此"解鞍少驻初程"。"初程"即刚刚上路不久，走得还不是太远的地方。他是在湖北长大的，二十岁左右出来远游，现在经过扬州这样一座有名的城市，于是解鞍下马，稍作停留，进城去看一看扬州昔日的繁华。

"过春风十里，尽荠麦青青"："春风十里"出自杜牧的诗，杜牧曾经写扬州城内一个年轻美丽的女子，说"春风十里扬州路，卷上珠帘总不如"，这首诗姜白石当然读过，所以他脑子里总想着杜牧之笔下"春风十里"的扬州；现在一看，哪里有什么歌台舞榭、画栋珠帘，到处都是荒凉的荠麦。

"自胡马窥江去后，废池乔木，犹厌言兵"：自从胡人的兵马逼近长江攻打我们，也就是说，经过了当年的战争以后，而今不要说人，就是那些残留下来的荒凉的池馆和那些高大古老的树木，都讨厌战争，不愿再听到有关战争的话题了。说到这里我就想到：这个世界总有人在制造战争，古往今来，战争荼毒了多少生灵！连"废池乔木"都讨厌战争，而万物之灵的人类居然自己在制造战争，这是何等愚蠢而又可怕的一件事情！

"渐黄昏、清角吹寒，都在空城"：天慢慢黑了下来，在至日的寒风之中，戍守前线的兵士们吹起了号角，那凄清的声音在空城间回荡。

我第一次回国旅游时曾到过西安，我也作了一首诗，其中有两句是这样说的："诗中见惯古长安，万里来游鄠杜间。"因为我是讲诗词的，所以常常看到什么"不见长安见尘雾""每依北斗望京华"之类的诗句，那都是古人写长安的；现在我真的不远万里，回到自己的国家，在鄠县和杜曲之间游赏，那正是古长安的所在呀！我是"诗中见惯古长安"，而姜白石是"诗中见惯古扬州"，那么真正见到了扬州此日的情景，他又想到了些什么呢？

"杜郎俊赏，算而今、重到须惊"："杜郎"就是杜牧。有一位朋友曾经对我说：诗人是永远不老的，像杜牧之这样的人，你怎么能想象他会老？在诗境之中，他永远年轻，所以一直到现在，人们还称他为"杜郎"。"杜郎俊赏"，像杜牧之那么风流浪漫的人，不管对什么都有一种美的欣赏，而且很懂得如何欣赏美的事物，假如让他再回来看一看今天的扬州，看一看"废池乔木""清角吹寒"的扬州，他该会有怎样的惊叹！

"纵豆蔻词工，青楼梦好，难赋深情。"杜牧在扬州时写过很多首诗，他说一个女孩子"娉娉袅袅十三余，豆蔻梢头二月初"，"娉娉袅袅"是形容这个女子美丽的姿态，她刚刚十三岁多一点，娇艳得如同二月里刚刚开放的豆蔻花的嫩蕊；杜牧还写过这么两句："十年一觉扬州梦，赢得青楼薄倖名。"所以姜白石说：纵然杜牧能写出像"豆蔻梢头二月初"这么工致的诗句，纵然他与扬州城内的青楼女子有过这么多如梦如烟的往事，若来到今日的扬州，他也再不能写出当年那样的情感来了。

"二十四桥仍在，波心荡、冷月无声。""二十四桥"也是出自杜牧的诗句，杜牧说："二十四桥明月夜，玉人何处教吹箫。"现在，二十四桥上已没有往日的笙箫歌舞了，只有寒水的波心寂寞地摇荡着一片昏黄的冷月。

"念桥边、红药年年，知为谁生。"这两句其实是用了杜甫的诗句而变化出之，当属于黄庭坚所说的"脱胎换骨"的方法。杜甫写过一首《哀江头》的诗，他说："少陵野老吞声哭，春日潜行曲江曲。江头宫殿锁千门，细柳新蒲为谁绿？"那时长安已经沦陷了，杜甫本来与家人在奉先县，后来他听说肃宗在灵武即位的消息，马上去投奔肃宗。没想到中途被叛军抓获，带到了长安，那年他就在长安城里挨过了漫长而寒冷的一个冬天。在《对雪》一诗里，他说："战哭多新鬼，愁吟独老翁。"安史之乱中，有的人战死，有的人被焚烧劫掠而死，所以到处都是在战争中死去的新鬼，到处可以听到他们的哭泣。我杜甫这样一个孤独的老翁，离开了家人，现在又被困在长安城里，我因悲愁而哀吟。第二年春天，杜甫来到曲江的江头。安史之乱以前，每年春天，曲江江畔仕女如云，"拂水低回舞袖翻，缘云清切歌声上"，而且江边建有很多宫殿，那都是王公贵人们的别墅；可是现在，国破家亡，长安已被敌人占领，"国破山河在，城春草木深"，草木无知，到了春天，柳树又发芽了，依旧是长条低拂，蒲苇此时也长出了鲜嫩的绿叶，然而它们究竟为谁而绿？在这首词中，姜白石变化运用了杜甫的诗意，他说：在二十四桥的桥边，居然还开放着那么多红色的芍药花，可是它们究竟为谁年年开放呢？

　　从这首词我们可以看出，姜白石果然有一份家国的悲慨。此外，这首词还有一个值得注意的地方，就是结尾处标点的问题。这首词上半首结尾处是"渐黄昏、清角吹寒，都在空城"，它的句法是三—四—四的停顿；而下半首结尾处，有人断成"念桥边红药，年年知为谁生"，这是五—六的停顿，我认为，这样断句就缺少了那种一波三折的姿态，所以应该是"念桥边、红药年年，知为谁生？"我曾经给大家举过一个例证，就是王之涣的《凉州词》："黄河远上白云间，一片孤城万仞山。羌笛何须怨杨柳，春风不度玉门关。"你如果给它点破，不让它七个字一句，看看怎么样？"黄河远上，白云（间）一片，孤城万仞山。羌笛何须怨，杨柳春风，不度玉门关"——句读不同，显然姿态就不同了。有很多人说那新诗写得不通，为什么一句话不直接说下来，而是这行写几个字，然后断开再起一行，一句话干吗总要这么提来提去的呢？其实，他之所以要这样，也是为了要形成一种顿挫、一种姿态，有那种一唱三叹的滋味。

　　好，下面我们再看一首《玲珑四犯》，就把白石结束了。这首词其实很多版本不选它，而我以为这首词写得很不错，我先把它念一遍：

玲珑四犯·越中岁暮闻箫鼓感怀

此曲双调，世别有大石调一曲

　　叠鼓夜寒，垂灯春浅，匆匆时事如许。倦游欢意少，俯仰悲今古。江淹又吟恨赋。记当时，送君南浦。万里乾坤，百年身世，唯有此情苦。　　扬州柳，垂官路。有轻盈换马，端正窥户。酒醒明月下，梦逐潮声去。文章信美知何用，漫赢得，天涯羁旅。教说与，春来要、寻花伴侣。

在这首词的题序中，他说还有一支曲子也叫《玲珑四犯》，但它们所配的音乐调子不同：这个是双调，那个是大石调。此外，他还简单地说了一下这首词的写作缘起，即"越中岁暮闻箫鼓感怀"，当时他在浙江绍兴，岁暮年终的时候，到处是人们吹箫击鼓的声音，他有所感触，写了这首词。这一年白石三十九岁，而这首词与以前的作品相比，确实不同了。前面那些词，或者是为了合肥女子，或者是慨叹扬州今昔的盛衰，总不出某一个地方，某一段情事，而《玲珑四犯》这首词则是白石对于自己整个生平的感慨。我说过，白石平生没有科第功名，总是依人为生，在那些达官贵人的家里做门客，所以他一生都相当贫困。他曾经在他妻子的叔叔萧德藻那里住过很长时间；后来在范石湖那里也住过一段时间；到了晚年，他又依托张镃、张鉴兄弟。张镃字功甫，张鉴字平甫，他们是循王张俊的孙辈。宋朝还有一个叫张浚的人，是主战的忠义之士；而这个循王张俊，说起来大家都认为是很不好的名字。因为他曾经与秦桧合作，陷害过岳飞。张镃兄弟家里很富有，白石曾经为张鉴写过一首《莺声绕红楼》，前面有这样一段序：

平甫与予自越来吴，携家妓观梅于孤山之西村，命国工吹笛，妓皆以柳黄为衣。

他说：张平甫跟我从绍兴来到苏州，他带着他家里的歌妓到孤山的西村观赏梅花,让很好的乐师为她们吹笛伴奏,那些歌妓都穿着非常漂亮的柳黄色的衣服。在宋人的笔记中也记载了张氏兄弟的富有。据说他们有一次请客人来参加牡丹花会,在一个很广阔的大庭上垂下重重的布幔,宴会开始后,音乐奏响,布幔拉开,里边香烟缭绕,弥漫开来。一队女子出来表演一套歌舞,然后退下,不一会儿,又一队女子出来,已换上另外一套服饰了。总之,这些人很富有,姜白石自己没有仕宦,一生都是曳裾于这些人的门下,过着这样的生活。很多人赞美白石,说他如何清高,因为当时秦桧当权,白石不肯附和奸佞,所以才过这样的生活。也许是吧,可是人家陶渊明不是更好吗?他说:我不能为五斗米折腰。怎么样?他就躬耕田园——亲自种起地来了。天下唯一不令人惭愧的就是用自己的劳动来维持自己的生活。因此我认为,对于白石,你一方面可以说他清高,但另一方面,比起陶渊明来,他就差得远了。而对于自己平生曳裾门下的生活,白石何尝没有感慨呢?下面,我们就来看这首《玲珑四犯》。

"叠鼓夜寒,垂灯春浅,匆匆时事如许。"过年的时候,人们喜欢敲锣打鼓,像从前的北京,一过腊月二十三,祭完灶以后,很多店铺就不做买卖了,大家关起门来,在店里敲鼓。因为不是只敲一下,而是一阵一阵地敲,所以是"叠鼓";又因为过旧历年是在冬天,所以是"叠鼓夜寒"。旧历年一过,正月就是灯节,很多花灯挂了出来,迎来第二年的初春。时事匆匆,转瞬即逝。当然,一年过去就过去了,可是在南宋那个时代,是一年不如一年的,所以"匆匆时事如许"——我们收复北方失地的希望一天比一天渺茫了。

"倦游欢意少,俯仰悲今古",这两句是白石对自己平生的一个总结。他从二十岁左右就离开家，到各地依人做客，所以是"倦游欢意少"；"俯仰悲今古"，苏东坡说，"不用思量今古，俯仰昔人非。谁似东坡老，白首忘机"，俯仰之间，多少世事都改变了。

"江淹又吟恨赋。记当时，送君南浦。"江淹写过《别赋》和《恨赋》，《别赋》中有一句话："黯然销魂者，唯别而已矣。"李商隐也说："人世死前唯有别。"人世之间最悲哀的，除了死亡的永别之外，就是生离了。本来，人有生就一定有死，可是有多少人是饮恨吞声而死的？有多少人的理想和愿望是失落的？白石半生漂泊各地，落魄无成，这已经使他感到"倦游欢意少"了，更何况他还有一段爱情的悲剧！"春草碧色，春水绿波，送君南浦，伤如之何"，这不是江淹在《别赋》中说的吗？白石与他所爱的女子离别后，再也没有见面，同样是"送君南浦，伤如之何"，而这样的悲伤，也已成为记忆中的事情了。

"万里乾坤，百年身世，唯有此情苦。"世界以空间来说，这么广大；以历史来说，这么悠久，而我们个人的生命最多不过百年，这在悠久的历史之中不过是一个瞬间而已。陈子昂说："前不见古人，后不见来者。念天地之悠悠，独怆然而涕下。"江淹在《恨赋》中说："自古皆有死，莫不饮恨而吞声。"个人一生留下了多少遗恨呢？所以是"唯有此情苦"。

"扬州柳，垂官路。有轻盈换马，端正窥户。"你看，他又想到扬州了，姜白石这个人，他主要感怀的还是他自己的那一段爱情的往事。一般说起来，同样是好的诗词，白石写得好，稼轩写得也好，但是你一比较就会发现，他们一个是大，一个是小。诗人当然有好的诗人，也有不好的诗人，如果他们的艺术成就都是好的，那么，一定是那个关怀面广的人，他的诗更高一筹。凡是伟大的作家，像托尔斯泰、罗曼·罗兰，他们的关怀面一定是广的。那个爱伦坡，当然也写得很好，但是他永远不能够比美于托尔斯泰或罗曼·罗兰。中国也是，一个小家的诗人、小家的词人，他们也写得很好，可一旦跟大家比起来，高下立见。大家看，白石最怀念的还是那种浪漫的爱情，"春风十里扬州路"嘛！他说"扬州柳，垂官路"，在这里，他所说的还不只是扬州城的美丽，说那里有很多垂柳，轻柔的柳条在官路两侧低垂。敦煌曲子词里不是有一首《忆江南》吗？词曰："莫攀我，攀我太心偏。我是曲江临池柳，这人折了那人攀，恩爱一时间。"我们说"路柳墙花"，一般指的是那些歌妓酒女。这些歌妓酒女怎么样呢？"有轻盈换马，端正窥户。"在中国古代，爱妾可以换马，古人说"声色犬马"，"声色"与"犬马"是并列而言的，她们同属于男人的宠物。所以你如果觉得别人的马更好，就可以用你的爱妾去换。白石说"有轻盈换马"，"轻盈"指的就是美丽的女子，她可以用来"换马"，还有"端正窥户"呢？一般说来，"端正窥户"有两种可能的解释。王沂孙有一首写新月的《眉妩》，他说："试待他、窥户端正。"——现在天上虽然只有一个斜斜的月牙，但是我要等到它变成圆月，端端正正地照到我的门户之间。他说的是月亮"窥户"，所以有人认为，这一句"端正窥户"的也应该是月亮。其实不然，张炎的《探春慢》说："休忘了盈盈，端正窥户。"姚云文的《齐天乐》说："待寻访斜桥，水边窥户。"周邦彦的《瑞龙吟》也说："因念个人痴小，乍窥门户。"在这几句中，"窥户"的都是女子，特别是那些歌楼妓馆的女子，她们站在门口，招邀客人，这也是"窥户"。白石说：扬州路上有这么多风流浪漫的情事，有这么多歌楼妓馆的女子，可是现在呢？"酒醒明月下，梦逐潮声去。"柳永说："归云一去无踪迹，何处是前期？狎兴生疏，酒徒萧索，不似少年时。"你少年时有许多狂朋怪侣，你们在一起饮酒，有过种种的欢乐，而今梦回酒醒，那浪漫的感情永远不会回来了。

"文章信美知何用，漫赢得，天涯羁旅"：就算我姜白石的文章写得再美，又有什么用呢？它只换来我一生的漂泊。

"教说与，春来要、寻花伴侣。"冯正中有一首《采桑子》说："花前失却游春侣，独自寻芳，满目悲凉，纵有笙歌亦断肠。"不是没有花，有花，如果和所爱的人在一起赏花，你会觉得那万紫千红都是快乐的；可是，如果你独自去寻花，那么良辰美景反而会使你触目伤怀，此时纵然有笙歌助兴也是枉然，它只会使人更觉悲凉。所以姜白石说：我要找一个人，告诉他，春天来了，我希望当我寻芳时，能有一个伴侣相陪。

一个人年岁大了，常常会检点平生。李清照晚年不是还写过一首《渔家傲》吗？她说："天接云涛连晓雾，星河欲转千帆舞。仿佛梦魂归帝所，闻天语，殷勤问我归何处。"晚年时回想自己的一生，你都做了些什么？少年时的歌舞繁华、饮酒观花，一例都是空幻；现在一切都过去了。柳永说："狎兴生疏，酒徒萧索，不似少年时。"姜白石也说："酒醒明月下，梦逐潮声去。"你所留下的是什么？这是每个人都应该问一问自己的。

第三章 南宋后期

第一讲 说吴文英词之一
第二讲 说吴文英词之二
第三讲 说吴文英词之三
第四讲 说吴文英词之四
第五讲 说王沂孙词之一
第六讲 说王沂孙词之二

第一讲

说吴文英词之一

今天我们应该开始讲吴文英的词了。提到吴文英,我想起二十二年前,我刚刚回来教书,国内刊登出来我的第一篇论文就是有关吴文英的,那篇文章登在了南开大学的学报上,题目是《拆碎七宝楼台——谈梦窗词之现代观》。我是 1979 年回来的,那时国内讲词的一般是讲豪放派的词,南宋词除了辛弃疾以外,对其他人的词是很少讲的。实际上,吴文英受冷落还不是从那时候起，早在南宋，张炎就曾在其《词源》中否定过吴文英，说："吴梦窗词如七宝楼台，眩人眼目，碎拆下来，不成片段。"他说梦窗词的辞藻很美，好像是七宝楼台，可是每句跟每句都不连贯，整首词根本就不通。到了清末，王国维也不欣赏吴文英的词，他说南宋的词人他只喜欢辛弃疾一人。后来，胡适在《词选》中说，吴文英的词"几乎无一首不是靠古典与套语堆砌起来的"。而胡云翼的《宋词研究》则说："南宋到了吴梦窗，则已经是词的劫运到了。"此外，薛砺若在《宋词通论》中又说："瞿庵先生谓其（吴文英）才情超逸，实在是适得其反。""瞿庵"是夏承焘先生的号，他是很推崇梦窗词的。

其实，这个问题我以前也曾经说过，因为人们欣赏的角度、标准是不同的。过去一般的读者欣赏词，都是从欣赏诗的那个传统继承下来的，都注重直接的感发，可是南宋的词人受了周邦彦的影响，大多是用思力安排来写词，所以用原来那种欣赏途径就找不到南宋词的好处了。而吴文英的词之所以尤其被人所讥评，有一个原因是他的语言晦涩，人家看的时候不一定能看懂。白石词有时也不能直接看懂，但白石所用的语言不是很晦涩，他只是用思力安排，让人一下子看不出来罢了。比如"苔枝缀玉，有翠禽小小，枝上同宿"，这些字句没有什么难以理解的地方，也许每一句你都懂，可是连在一起你就不懂了。那么吴文英呢？他是从语言文字上就让你看不懂。

我在国内发表的第一篇写吴文英的文章是在1979年，但是事实上我讲梦窗词，则是从1960年代中期开始的。前几天有人访谈时我曾经提起自己治学的几个阶段，最初，我也是从直接的感发来欣赏诗词的，可是1960年代后期，我特别写了一篇梦窗词的现代观，为什么呢？因为那时台湾诗坛上掀起了一股现代诗的潮流，于是引起了现代派诗人与传统诗人的一些争论。传统诗人认为，所谓的现代诗句法也不通，结构也不通，其实根本就是那些写作的人不通，是他们故意制造不通的诗，让大家觉得高深莫测。就如同与现代诗同时流行的西方现代派绘画一样，过去的画无论是画人物还是画静物，都是具象的，而现代派的画呢？东一块颜色，西一块颜色，它根本不成一个形象，可它就这样流行起来了。所以，那时我曾写过一篇文章谈梦窗词的现代观，就是说表面上看起来梦窗词好像是不通，实际上它有它的特色。什么特色呢？一个是时空的错综，另一个是感性的修辞。

一般人写作都是按时空顺序写的，"行行重行行，与君生别离。相去万余里，各在天一涯"，它是按时空顺序的；李白说"妾发初覆额，折花门前剧。郎骑竹马来，绕床弄青梅"，这样一直写下去，从小写到大，也是按顺序写的。可是吴文英就不同了，举他的一首词为例：

霜叶飞 黄钟商·重九

断烟离绪。关心事，斜阳红隐霜树。半壶秋水荐黄花，香噀西风雨。纵玉勒、轻飞迅羽。凄凉谁吊荒台古？记醉蹋南屏，彩扇咽、寒蝉倦梦，不知蛮素。

聊对旧节传杯，尘笺蠹管，断阕经岁慵赋。小蟾斜影转东篱，夜冷残蛩语。早白发、缘愁万缕。惊飙从卷乌纱去。漫细将、茱萸看，但约明年，翠微高处。

我们看这首词上片的最后两句："彩扇咽寒蝉倦梦不知蛮素"，

在这里，我没有加标点，因为这首词的标点有问题，有什么问题？我认为它不该是三—四—四的句法，而应该是五—六的句法，即"彩扇咽寒蝉，倦梦不知蛮素"。这一点我要特别说明，就是词里边长句的断句问题。大家知道，词中有句有读，句是一句的结尾，读是句子中间的停顿，究竟停在哪里？每一个词牌都是很讲究的。当然，我说这句应该如何如何停顿，我不是随便讲的。晚清有一位很有名的词人叫朱祖谋，他是精研梦窗词的一位词学家，曾经用了十年以上的时间四次对梦窗词进行详细的校点。朱祖谋也写过一首《霜叶飞》，写于什么时候呢？是光绪二十八年（1902），而光绪二十六年（1900）发生了庚子国变，所以朱祖谋那首《霜叶飞》也是在清朝走下坡路的危亡的时代写的。那时，朱祖谋自礼部侍郎出为广东提学使，他本来在朝廷中做官，后来被外放出去了，他与朋友告别，写了一首《霜叶飞》，在这首词上片的最后几句，他说："怕更倚危楼，海气近黄昏，换尽酒边情愫。"这是五—六的句法，你不能说："海气近、黄昏换尽，酒边情愫。"因为现在不是讲清词，所以对于朱祖谋这首词我也不想多说，我只是告诉大家，吴文英那首《霜叶飞》上片的最后那句也应该是五—六的句法。

刚才我说，"彩扇咽寒蝉，倦梦不知蛮素"一句不是按一般的顺序写的，是一种时空的错综，至于为什么，我们还须先了解一下梦窗词的主要内容。我们讲白石词，说它的主要内容是写自己合肥的情遇，也有一部分像《扬州慢》之类的词是对北宋沦亡的感慨。梦窗词里边的大部分也是写爱情的，这是他们与辛弃疾的不同，辛弃疾所关怀的多是国家的大事。像姜白石、吴文英这样的词人，他们没有过什么仕宦的生涯，都是在达官贵人的家里做门客，这样的身份、地位当然与辛弃疾不同,也就是说,他们平生不曾参与国家的大事,所以也就没有像辛弃疾那样的理想和志意了。

我们讲白石词的时候,曾说《疏影》一词可能有感慨二帝蒙尘的意思,但夏承焘先生认为白石写这首《疏影》时距北宋沦亡已有六七十年之久,他不可能再感慨国事了。所以白石词中感慨国事的作品是比较少的。吴文英虽然平生也没有做过什么高官,但是比较来说,他真的有一种对于国事的感慨。当然,他的感慨不是因为北宋的沦亡,而是出自对于南宋危亡的忧虑。陆秀夫背负帝昺投海、南宋灭亡是1279年,姜白石的生卒年大约是从1155年到1221年,距南宋亡国还有几十年之久;而吴文英的时代大约是1200年到1260年,在他去世的时候,距南宋亡国不过只有十几年了,他亲眼看到了南宋一步步走向危亡的那段经历。我在姜白石和吴文英的生卒年后边各打了一个问号,因为他们两个人没有什么仕宦的经历,所以正史上也就没有他们的传记了。我现在说他生于多少年,死于多少年,根据的是夏承焘先生的考证。夏先生写了《唐宋词人年谱》,通过对这些人物的作品进行考证,约略推断出他们的生卒年,但并不是很确定的。

刚才我说吴文英虽然只是达官贵人的一个幕僚,但他确确实实有一种对于国家危亡的感慨,而且这种悲慨相当强烈,他的词集中这一类的词有不少写得很成功。另外,他也写了很多爱情词,据考证,他有一段爱情本事发生在苏州,另一段发生在杭州,前面提到的那首《霜叶飞》就是他怀念杭州姬妾的作品。我们看他在后边写了"黄钟商重九"几个字:"黄钟商"是音调的名字,"重九"是这首词的题目。他跟那个女子曾经有过一段美好的遇合,后来两个人就分离了。重阳节的时候,他追怀往事，写了这首词。我现在不打算讲整首词，因为说到了吴文英善于运用时空错综的手法，所以我才特别要举这首词的其中两句作为例证。那就是"彩扇咽寒蝉，倦梦不知蛮素"两句。他说，记得当年酒醉时，我与那个女子登上南屏山，她手里拿着一把彩扇。我们常说"舞裙歌扇"，现在的歌星演唱时手里拿着麦克风转来转去的；古代没有麦克风，歌女唱歌时，就拿着一把扇子遮来遮去的。杭州的那个女孩子也曾拿着一把彩扇，但是她已经不在这里了，现在我所见到所听到的是什么？是九月秋风中寒蝉的鸣咽。往事如同一场倦梦，而我所爱的那个女子呢？"倦梦不知蛮素。""蛮素"用的是白居易的典故，白居易曾有樊素和小蛮两个姬妾，他作诗说"樱桃樊素口，杨柳小蛮腰"，所以"蛮素"指的就是姬妾。在这句中，他由眼前寒蝉的鸣咽想到当年的彩扇，这是时空的错综。

除去时空的错综这一特点外，梦窗词的另一个特点是感性的修辞。他有一首《高阳台·丰乐楼》的词，写伤春的感情，其中有一句是"飞红若到西湖底，搅翠澜、总是愁鱼"。他说：春天消逝了，现在所有的花都纷纷地飘落了，如果落花沉到西湖的水底，不但我们人会感到悲哀，就是那碧绿的波澜之中的游鱼，也会因此生愁的。平时我们一提到鱼，总想起它在水中自由自在地游来游去的样子，鱼怎么会发愁呢？而他竟说是"愁鱼"，这完全是人主观上的一种感受。再如，在另一首《夜游宫》中，他写道："窗外捎溪雨响。映窗里、嚼花灯冷。"窗外是雨飘洒在溪水上的声音，与之映衬的，是窗内之人面对着一盏寒冷的孤灯。孤灯就是孤灯，可吴文英就很妙了，他说"嚼花灯冷"，你看到哪盏灯会"嚼花"？所谓"嚼"，只是他主观上的一种感受。因为古人点的是油灯，油灯上有灯捻，灯捻慢慢地燃烧，结成灯花，灯花上光焰闪烁，那灯盏就好像一个人的嘴，把灯花嚼来嚼去的样子。像这些都是感性的修辞，而胡适等人就说，这根本不通，你们看到哪盏灯有牙齿，会嚼灯花呢？所以过去有很多人把吴文英贬得很低下，说他晦涩堆砌，到了"文革"的时候，一些古典文学工作者因为吴文英的思想比较消极，也没有在作品中强烈地表现国家民族的思想，于是有些人就视之为"词匠"，都不讲他的词。

后来我从海外回来，在南开学报上发表了那篇《拆碎七宝楼台——谈梦窗词之现代观》，大家觉得很新鲜。那时我们南开还没有专家楼，我是在外边一个旅馆中住的。我清清楚楚地记得，有一天，一位叫寇梦碧的先生来敲门找我，一见面他就说：你那篇文章写得太好了，这么多年来吴文英一直被压制着，没有人讲他，大家都在骂他。而且他还告诉我，他之所以叫"梦碧"，就是因为他平生最欣赏的两个词人，一个是吴文英，号梦窗，另一个是王沂孙，号碧山，二人各取一字，所以叫"梦碧"。寇先生现在已经去世了，他的词写得非常好。

我说过，我开始的时候并不是很欣赏吴文英的词。考上初中的那一年，母亲给我买了一套《词学小丛书》，里边有王国维的《人间词话》。王国维说，南宋词人除了辛弃疾以外，其他人都是"隔"，只有写得生动真切才是好的境界，才是"不隔"。当时我就受了王国维的影响，认为梦窗词也是隔。后来，我接触到一些台湾的现代诗和西方的荒谬剧，读了艾略特的《荒原》等作品，于是我开始尝试换一个角度来欣赏梦窗词。比如访友，去张家有张家的一条路，去李家有李家的一条路，你要往张家去，却要走通往李家的路，那你当然永远走不到。另外，我还引用了西方接受美学的观点。Hans Robert Jauss 写过一本书，名为 Toward an Aesthetic of Reception，他认为，我们阅读、欣赏一部作品，每人有每人的 horizons of reading，也就是一个阅读的水平、阅读的视野。此外，他还提到了 the change of horizons of reading，就是说，阅读的视野并不是一成不变的，小时候你的视野是一个样子，长大之后又会是另外一个样子，每个人随着年龄的增长、生活体验的丰富、阅读书籍的增多，视野也会不断开阔，所以我们的阅读视野都是在逐渐改变的。与此同时，他提出了阅读的三个层次：第一个是 aesthetically perceptual reading，即美感直觉的阅读。比如你念一首词，"春花秋月何时了"，它声音很好听，形象很优美，你马上就喜欢了，这就是一种直觉美感的作用。第二个层次是 retrospectively interpretive reading，即反省、诠释的阅读，你对于它的美仅仅停留在直觉欣赏的层次还不够，你要有自己的反思，要给它一个解释。当然，这两种阅读都是说你自己要如何如何，而第三种就不同了，阅读的第三个层次是 historical reading，即历史的阅读。就是说，从某一篇作品产生以来，历代的读者是怎样接受怎样诠释的，你应该有一个参考，但参考不是盲从，你可以接受他们的观点，也可以不接受他们的观点。

　　Hans Robert Jauss 的这些理论其实受到了另外一个德国接受美学家 Hans-Georg Gadamer 的影响。Gadamer 提出过 hermeneutic situation，即诠释的环境、境遇、场合，你是在什么样的场合中诠释的。Gadamer 写过一本书 Truth and Method，即《真理与方法》，在这本书中，他讲到诠释应该注意哪些方面，而且提出了 fusing of horizons，这些理论对 Hans 产生了一定的影响。我的研究生本来这学期开始就跟我读过一些西方文学理论的书，他们也学了这些名词，什么 hermeneutics，什么 fusing of horizons 之类的，可是你怎么样才能做到学以致用，把这些理论用到你的批评和欣赏中来？这是一个更关键的问题。

我说过，我对吴文英的词并不是一开始就喜欢的，是我的阅读视野拓展以后，受了西方一些文学理论的启发，逐渐找到了欣赏梦窗词的门径。过去很多人贬低吴文英，因为这些人不能真正懂得他。孔子曾说："可与言而不与之言，失人。不可与言而与之言，失言。知者不失人，亦不失言。"意思是说，这个人本来是一个可以跟你谈话的人，结果你错过了这样的机会，没有跟他谈话，这是失人；但若是你不该跟某人谈话，结果跟他谈了，这是失言；而真正有智慧的人是既不会失人，也不会失言的。阅读作品也是一样，如果作品内涵丰富，你却读不出来东西，这是你对不起作者；而如果作品中本来就没有什么东西，是他作者对不起你；而吴文英的词果然有非常好的东西，只是因为那些人没有理解他，所以就贬低他。像文天祥的《正气歌》："天地有正气，杂然赋流形。下则为河岳，上则为日星。"不管它在美学、诗学上好不好，人家文天祥一身浩然正气，你不敢说它不好。可是吴文英呢？大家认为他在品格方面有缺点，就可以肆无忌惮地贬低他了，这是我要说的另一个原因。

吴文英的品格究竟怎么样？他有什么缺点？在正式讲他的词之前，我们先要弄清一些有争议的问题。陶渊明说："人生归有道，衣食固其端。"不错，每个人都应该有理想，但是你如果不穿衣吃饭，你连生命都没有了，那还谈什么理想呢？"孰是都不营，而以求自安？"你怎么能够对于衣食都不谋求？可是你用什么办法来谋求？社会上有很多男子不肯用自己的辛劳得到所求的东西，于是贪赃枉法，蝇营狗苟，无所不为，很多女子想不劳而获，就出卖人格，出卖自己的身体。人家陶渊明有骨气，他去种田了，他不像王维：我是田园诗人，我就坐在旁边，看人家在田中劳动，而觉得那田园生活真是悠闲。人家"锄禾日当午，汗滴禾下土"，你有什么资格站在旁边，说人家是田家乐？陶渊明自己亲自去下田耕种了，他"晨兴理荒秽，带月荷锄归"，他说，这样虽然"四体诚乃疲"，但"庶无异患干"——我是付出了自己的劳动，而且很疲劳很辛苦，但这样庶几没有其他麻烦找到我头上来。如果你去做官，你说"我不贪污"，可你周围上上下下，左左右右的人都贪污，你连脚步都站不住，你怎么样呢？陶渊明是说走就走了，可是有几个人有陶渊明的骨气？肯付出陶渊明的代价？所以南宋有一批江湖的游士，他们没有仕宦，也不肯亲自去种田，就做了豪门贵族家里的门客，你姜白石曾依靠萧德藻、范成大、张镃张鑑兄弟；吴文英呢？他也依靠了达官贵人，最重要的有两个：一个是吴潜，另一个是嗣荣王。

　　吴潜，字履斋，出身世家，嘉定十年（1217）以榜首登第，关心国事，屡上奏议，主张以和为守。在当时北方强大的敌人的压迫之下，他也知道南宋朝廷不足以抵抗，但是他不甘心像贾似道那样向人家纳币求和，而是"以和为守"，只希望能够表面上求得和平，"守"住既有的国势。此外，他还主张"节用爱民"。开庆元年（1259），元军渡江攻鄂，时吴潜任左丞相兼枢密使，曾上书论致祸之源，历指丁大全、沈炎诸人之误国，丁大全、沈炎等人都是贾似道的同党，吴潜曾上书弹劾过他们。而且，当理宗要立他的一个同母的弟弟嗣荣王的儿子忠王孟启做太子的时候，吴潜曾经密奏皇帝，他说："臣无弥远之才，忠王无陛下之福。"当年，你理宗是被史弥远等人拥立登基的；现在我没有史弥远那样的拥立太子的才干，而忠王孟启也没有你那样可以被拥立做皇帝的福气。理宗听了很不高兴,就"恚怒"了。后来,吴潜被贾似道所嫉恨,贾似道就叫侍御史沈炎弹劾了吴潜,把他贬到循州。循州在很遥远的地方,到了那里以后不久,贾似道就派人把吴潜毒死了。

那么贾似道是什么人呢?他"少落魄,为游博,不事操行",他不是读书人,而是一个游博无赖的浮浪子弟,没有什么操行,只是因为他的姐姐被选入宫,得到理宗的宠爱,于是他靠这种裙带关系得以夤缘入朝,做官做到了宰相。后来度宗即位,还赐给他西湖葛岭的一所宅第,晚年号秋壑,权倾天下。贾似道曾经督师鄂州,他曾经在湖北鄂州带兵,那时元朝的军队攻打鄂州,情况非常紧急。似道密遣使向元人请和,而谎以肃清闻,他献出了很多金银财宝向元人求和,求和以后向皇帝谎报说他打了胜仗,已经把敌人肃清了。接着,他"以少傅、右丞相召入朝"。起初,当贾似道在湖北汉阳的时候,吴潜正在黄州。黄州属于军事要冲之地。贾似道觉得吴潜当时任枢密使,有军权,日后恐怕会妨害自己,所以对吴潜非常怨恨,就派人弹劾他,"贬潜循州,尽逐其党人"。这是贾似道与吴潜之间的一段恩怨。

知道了吴潜与贾似道是怎样的人,我们再看吴文英与这两个人有什么关系。在南宋时,填词结社的风气非常盛行,达官贵人们都要养一些门客。我们以前讲姜白石,说范成大叫他写词,他就写了《暗香》和《疏影》,到了张镃那里,他又写了《莺声绕红楼》。贾似道也是,每年他过生日的时候,全国各地都有人献上诗词来为他歌功颂德。吴文英在这些文学社团中有才名,有词名,人家都写词给贾似道,你写不写呢?我们说人如果没有才学,你认为这不好;有了才学当然好,但是多少有才学的人反为才学所累，所以吴文英平生的一个最值得惋惜的地方就是在他的词集中留下了四首送给贾似道的词。虽然有些人替吴文英辩护，比如夏承焘先生说，尽管吴文英写了四首给贾似道的词，但这几首词没有一点阿谀拍马的词语，都是些普通的应酬之作，因此这都是他在不得已的情形下写的，而吴文英本人毕竟还是有品格的。假如你把全宋词找出来，看一看别人送给贾似道的词，有些人写得真是卑躬屈节！可是我们说，无论如何，吴文英毕竟也写了给贾似道的词。古人说："守身如执玉，积德胜遗金。"你守身如同拿着一块美玉，你不能让它染上一点污秽。可是有几人真正做到了"守身如玉"，又有几人的人格真正是百分之百的完整？人性都免不了软弱。

像正始时代的阮籍，大家都读过他的《咏怀》诗，可是司马氏篡位时那篇劝进的表文是谁写的？就是阮籍，当然他不是心甘情愿写的。司马昭替他的儿子求阮籍的女儿为婚的时候，阮籍故意喝得大醉，而且一醉六十天不醒。你要知道，司马炎就是后来晋朝的第一个皇帝，可见阮籍不是趋炎附势的人，但是到头来他还是写了那篇文章，因为他若坚持拒绝，肯定会招来杀身之祸，与他同时的嵇康不就被司马氏杀害了吗？在那篇表文的结尾部分，他略带讽刺地说：你司马炎有这样高的功业，将来若能够"登箕山而揖许由"，你到箕山之上学那些高隐之士，像许由一样不肯做天子，如果这样，你不是就很伟大了吗？

这就是文人的悲剧：一个是恐惧生命被迫害；一个是有文才而不甘寂寞，吴文英正是这样的一个人物，这也是他之所以被大家肆意讥讽的另一个原因。

第二讲

说吴文英词之二

今天我们正式讲吴文英的词,在讲之前,我还想再提一个与吴文英有关系的问题。有人说,吴文英本来不姓吴而姓翁,后来可能是过继给一家姓吴的,这种说法最早见于杨铁夫的《吴梦窗事迹考》,他的根据是什么呢?因为吴文英的词集中有一首《探春慢》的词,后面写着"忆兄翁石龟"。翁石龟是谁?他本名叫翁逢龙,字际可,号石龟。南宋另外一个词人周密在

《浩然斋雅谈》中说："翁元龙，字时可，号处静，与吴君特为亲伯仲，作词各有所长。"你看吴文英自己的词中说他的哥哥是翁石龟，《浩然斋雅谈》又说翁元龙是他的亲兄弟，而吴文英字君特，号梦窗，又号觉翁，有些人就根据这些资料说他本来是姓翁的。但是也有人不相信，提出了一些反证。近人何林天写了《吴文英考辨》，其中说："吴文英《解语花》词序云：'立春风雨，并饯翁处静江上之役。'"他觉得，如果翁处静是吴文英的兄弟，他就应该说"饯兄处静"或"饯弟处静"，但他没有这样说，可见翁处静不是他的兄弟；再有就是我们刚才提到的《探春慢》这首词，它的另一个题目是"龟翁下世"，他称翁石龟为"龟翁"，并没有称他哥哥，这也证明了他们不是亲兄弟。当然，这个与他的词的好坏没有什么关系，我只是告诉大家，以后如果听人提起来，要知道有这么一种说法就可以了。

好，现在我们就来看吴文英的一首词。

齐天乐_{黄钟宫，俗名正宫}·与冯深居登禹陵

三千年事残鸦外，无言倦凭秋树。逝水移川，高陵变谷，那识当时神禹。幽云怪雨。翠藓湿空梁，夜深飞去。雁起青天，数行书似旧藏处。　　寂寥西窗久坐，故人悭会遇，同剪灯语。积藓残碑，零圭断璧，重拂人间尘土。霜红罢舞。漫山色青青，雾朝烟暮。岸锁春船，画旗喧赛鼓。

白石、梦窗都是懂得音乐的，所以他们在前面都注上了宫调的名称，这首词是黄钟宫，就是俗名所说的正宫。它的题目是"与冯深居登禹陵"，冯深居是何许人？孟子说："颂其诗，

读其书，不知其人，可乎？是以论其世也。"就是说，你要真正了解一篇作品，首先要知道作者是一个怎样的人，知道他的感情、他的身份、他所交往的人是怎么样的。冯深居，名去非，号深居，是淳祐年间的进士，曾经干办淮东转运司，宝祐年召为宗学谕，他本是国家宗学的一个教师。吴文英还写过一首《烛影摇红》的词，题目是"饯冯深居翌日其初度"，"初度"是指一个人的生日，第二天是冯去非的生日，而且他要离开那里了，于是吴文英为他饯行，写了一首词。词中说："……暗凄凉、东风旧事……隔明朝，十载吴宫会……"因为苏州曾经是吴国的国都，有吴宫的宫殿，所以他称苏州为"吴宫"。他说：我们在苏州这里相聚了大约已有十年的时间，而明天你要远行，临别之际，让人回忆起多少过去的事情。可见，吴文英与冯去非是相识已久的老朋友，那么冯去非又是怎样一个人呢？据记载，宝祐四年（1256）的时候，皇帝想任命与贾似道一党的丁大全为左谏议大夫。"三学诸生叩阍言不可"，三学的所有学生聚在朝廷的宫门外向政府请愿，不同意让丁大全这样的奸佞小人做谏议大夫，皇帝当然就"下诏禁戒"，下令镇压了。我们不是说冯去非是当时国立宗学的教师吗？所以就让他在碑上签名，但他"独不肯书名碑之下方"，决不肯这样做，"未几，大全签书枢密院事……去非亦以言罢"，不久以后，丁大全不但做了谏议大夫，而且任职于枢密院。冯去非不肯与这些人同流合污，还常常上奏章反对这些人，结果被罢官了。丁大全是一个什么样的人，何以被这样反对？据记载，他于理宗之世夤缘取宠，谄事内侍，贪纵淫恶之行具见《宋史》。

我说过，一般人之所以敢诋毁吴文英、压低梦窗词，原因之一就是他曾有四首送给贾似道的词。可是，如果你把他的全集拿来看看，就会发现他也有四首送给吴潜的词。吴潜与贾似道，一个比较正义，一个奸邪误国，二人势不两立，关于这些内容，我们已经介绍过了。如果你再仔细看还会发现，吴文英给贾似道写的只是敷衍应酬之作，给吴潜写的则有比较真诚的感情在其中，而现在这首《齐天乐》是写给冯去非的，也写得非常好。我常常说，人非圣贤，孰能无过？人性都有软弱的一面。前天有一位同学跟我谈到康德的实践理性批判时说：道德是先天本有的，而道德的一个最基本的衡量标准就是当道德的标准与私人的利害发生冲突的时候，你是否能舍弃后者。中国古人说：杀身成仁、舍生取义。你自己可以这样要求自己，然而你怎么能这样去要求每一个人？人，也许因为软弱犯了一些错误，但是他心中有没有一点亮光呢？所以我提出了"心焰"，也就是内心的一点光明，你要看他心中那一点亮光是趋向什么的。吴文英不用别人替他辩护，你从他的词里边就有看到那心头的一点亮光，这首《齐天乐》就可以作为一个例证。

我们看它的题目是"与冯深居登禹陵"，他与冯去非一同登上夏禹王的陵墓。我从前去过绍兴，我也登了禹陵，参观了禹王庙，所以现在看这首词觉得很亲切。在中国历代的圣君贤王之中，尧、舜岂不伟大？可是尧、舜距离我们太遥远了，他们留下了什么呢？而我们都知道，夏禹王治平了洪水。辛弃疾有一首《生查子》说得好："悠悠万世功，矻矻当年苦。鱼自入深渊，人自居平土。　　红日又西沉，白浪长东去。不是望金山，我自思量禹。"他说：夏禹王留下了如此伟大悠久的千秋功业，可他当年三过家门而不入，是那么辛苦。因为他治平了洪水，人得平土而居，我们才有了这一片陆地可以耕种可以生活。记得我在四川大学的时候，有一次到都江堰去看李冰父子留下来的两千多年前的水利工程,那真是"太上者立德,其次者立功"!李冰父子生活的时代距现在已有两千多年了,而夏禹王就是在辛弃疾、吴文英的时代,也已经是三四千年之前的往事了。他说,我今天登在长江的北固楼上面,向西看是"红日又西沉",向东看是"白浪长东去"。我不是站在高楼上看长江东面的金山和焦山,而是"我自思量禹",他使人们可以安定地生活,留下了这样的丰功伟业。但是现在,这样的人物在哪里呢?辛弃疾毕竟是辛弃疾!你看他的理想和志意所关怀的是什么?这么短的一首小词,表现了多么丰富的内容。

再看吴文英,刚才我说,不要管别人说他什么,是他自己的作品留给了我们什么,看他的内心究竟有没有那一点光明。"三千年事残鸦外,无言倦凭秋树",就这一句话,那理想、气概真的是高远。夏禹王距离吴文英的时代已有三千年以上之久了,那三千年到哪里去了?你怎么能够追回三千年前的往事?"三千年事"已经在"残鸦"之外了,"残鸦"从天上飞走了,飞到天边你看不见的地方。杜牧说:"长空澹澹孤鸟没,万古销沉向此中。"你看那澹澹的长空,有一只飞鸟消逝在天外。吴文英说"三千年事残鸦外",那残鸦消逝在那么遥远的天边,而三千年的往事更消沉在残鸦的影外。而今,我站在夏禹王的高陵之上看远方的天空,也有"万古销沉向此中"的感慨。生在这样一个危亡的时候,事有可为还可以有所为;若无有可为,你还有什么话好说?只是"无言倦凭秋树"而已。倚在木叶飘零的秋树下,感到的只是一种倦意。在这句中,"倦"有两个意思:一个是说登禹陵要爬到很高的地方,身体会倦;与此同时,也是内心的倦——为国家或者为天下,我们还有什么可做的?

"逝水移川,高陵变谷,那识当时神禹。""逝水移川,高陵变谷"出自《诗经》,《诗经·小雅·十月之交》中说到人世之间的变更,有两句是"高岸为谷,深谷为陵":你看那高高的岸,最终陷落下去变成了深谷;而原来的深谷在地壳的变动之中涌起来,逐渐变成了山陵。"红日又西沉,白浪长东去",黄河改过多少次河道了?夏禹王当年治平洪水时所开的故道,如今在哪里呢?

"幽云怪雨。翠葇湿空梁,夜深飞去。"这句也是别人说他不通的地方,"翠葇湿空梁"是什么意思呀?这个"葇"字连认识都不认识,怎么这样奇怪?其实,这还不是吴文英的问题,是那些人的阅读水平的问题,是他们不真懂吴文英的词。"翠葇湿空梁"中间有一个故事。大家要知道,你写论文时有一些书是很重要的参考材料,那就是地理的方志。我在1960年代写论吴文英的那篇文章的时候,查了很多资料,其中就包括不少的地理方志。《大明一统志·绍兴府志》上说:"禹庙在会稽山禹陵侧。……梅梁,在禹庙。梁时修庙,忽风雨飘一梁至,乃梅梁也。"夏禹王有陵墓,也有一个祭祀他的禹庙。禹庙在会稽山上禹陵的旁边,他不是说"翠葇湿空梁"吗?"梁"当然是指禹庙中的屋梁。禹庙中的梁叫梅梁,据说在南朝梁时修整禹王庙,忽然间风雨大作,飘来一根梁木,这就是梅梁。当然,梅梁并不是梅花树所做的梁,梅树那么脆弱的枝干,怎么能做屋梁呢?《尔雅·释木》上说:"梅,枏。"郝懿行的《尔雅义疏》上说:"《诗正义》引孙炎曰:'荆州曰梅,扬州曰枏。'……盖皆以梅、枏乃大木,非酸果之梅。"所以,梅就是枏,只不过荆州和扬州对这种树有不同的称法,这种树长得粗大,并不是结梅子的梅树。另外,桂馥在《尔雅义证》中又说:"枏,或作楠。"楠木是很粗大的树木,而禹庙的屋梁就是楠木做的。

枏字通楠，所以也应该读成 nán。据《四明图经》上说："鄞县大梅山顶有梅木，伐为会稽禹庙之梁。张僧繇画龙于其上，夜深风雨，飞入镜湖与龙斗。后人见梁上水淋漓，始骇异之。"张僧繇是南朝梁时的人，修禹庙的时候他在屋梁上画了一条龙，半夜偶然间有狂风暴雨，屋梁上的那条龙就破壁飞去，飞到绍兴附近的镜湖，跟湖中的真龙争斗，所以后来有人看到禹庙的梁上有淋漓的水。梁高高在上，怎么会有水呢？大家都很惊骇，觉得太奇怪了。总之，有那么一段神话传说。

好，现在我们再来看吴文英的词，他说："幽云怪雨。翠萍湿空梁，夜深飞去。"因为围绕着禹庙有这么多神怪奇异的故事，《四明图经》上不是说"夜深风雨"吗？你可以想象那幽暗的乌云，狂风卷着神怪的雨，一条龙破壁飞去的样子。而"翠萍湿空梁"，他为什么要用这个"萍"字呢？我们还是再看一看嘉泰《会稽志》中的记载：

> 禹庙在县东南……梁时修庙，唯欠一梁，俄风雨大至，湖中得一木，取以为梁，即梅梁也。夜或大雷雨，梁辄失去，比复归，水草被其上，人以为神，縻以大铁绳，然犹时一失之。

这段记载与《四明图经》中的记载不完全相同，《四明图经》中说的是张僧繇画的龙飞去了，而嘉泰《会稽志》说的是"梁辄失去"——整个屋梁都飞走了，等到它再回来，上面挂着很多水草。人家觉得那根梁太神奇了，就用大铁绳把它捆绑起来，可是它偶尔还是会飞走的。这些都是神话传说，但是不同地志的记载也有所不同，所以你在考察的时候要注意是哪个朝代的版本。因为历代都修了《会稽志》，可有关庙梁化龙飞走的这段记载，只有南宋嘉泰年间修的《会稽志》才有。后来读梦窗词的人没有注意到这一点，就不理解这句的意思了。所以你要注解一首词，你说：我想该是如何如何的，你不能只是想，要有一个根据在那里。当年，我费了好大周折才找到这些方志，为的就是使我的解说有一个确确实实的根据。我们说"蓱"字通"萍"，就是水上的浮萍。《楚辞·天问》也提到许多神怪的故事，其中有一句说"蓱号起雨"，王逸注曰："蓱翳，雨师名。"他说蓱翳是天上掌管下雨的那个雨师的名字，所以"蓱号"就"起雨"。我们常常说某人可以呼风唤雨，雨师蓱翳的呼号就能唤来狂风暴雨。知道了这些，吴文英的这句词不就可以理解了吗？"翠蓱"就是绿色的浮萍，因为禹庙中的那根梁飞到湖里跟龙斗，回来的时候挂了很多水草浮萍之类的东西。吴文英就是四明本地的人，这些乡间的传说他自然是相当熟悉的，而"蓱"字之所以没有写成萍，一是因为"蓱"字可以让人想到雨师蓱翳，这样就更增加了"幽云怪雨"的那种神怪的感觉；这还不说，你登上禹陵，禹庙就在旁边，你自觉不自觉地就会想到那些有关禹庙的神话传说；而且以夏禹王的丰功伟绩，死后有灵，他岂不应该有这样神异的事情发生吗？

  上边几句当然是吴文英登禹陵时的想象，而现在他从想象回到现实，向天上一望，是"雁起青天，数行书似旧藏处"。我今年秋天回到南开大学时写了一首《浣溪沙》，上片说："又到长空过雁时，云天字字写相思。荷花凋尽我来迟。"我说，又到北雁南飞的时候了，都说雁能做字，它们有时排成人字，有时排成一字。我与荷花偏偏有缘，特别喜欢这种花，可是每年我总是秋天来，那时荷花都已经凋零了。

他说"雁起青天，数行书似旧藏处"，鸿雁在天上飞时排成了几行字，这几行"字"飞在禹陵的天空之上，就好像是禹王当年藏书的地方。禹王怎么又藏书了？还是在《大明一统志》的《绍兴府志》中说：有一座山叫石匮山，"匮"就是箱子、盒子之类的东西，在哪里？就在绍兴府城东南十五里，有一座像箱子一样的山，相传夏禹治平了洪水以后，就把他的一些书藏在山里边了。此外，《大明一统志》还引用了《十道志》中的记载说："石匮山，一名宛委，一名玉笥，一名天柱。昔禹得金简玉字于此。"他说夏禹王当年曾经在这里得到一个镶着玉字的金书箱；再有，《大明一统志》又引了《遁甲开山图》中的话，说是禹治水时来到会稽，宛委山的山神"奏玉匮书十二卷"，就把十二卷书盛在玉匮中，送给了他。禹把匣子打开，看到里边有"赤圭如日，碧圭如月"，"圭"是一种玉，玉有不同的形状，圆的是璧，尖的是圭，禹看到匣中有红色的像太阳一样的玉圭和绿色的像月亮一样的玉圭。总之，禹庙附近有一座石匮山，或者说，夏禹王在那里得到了书；或者说，他在那里藏过书。吴文英说，当年夏禹所藏的书我们已经看不见了，但是天上的鸿雁好像把那些字写下来了。到这一句，吴文英一直在写他登上禹陵所见的眼前的景象以及他由眼前所见产生的一些神怪的联想。他感情丰富，感受敏锐，富于幻想，把神话传说、历史遗迹与他诗人的想象都糅合在一起了。

"寂寥西窗坐久，故人悭会遇，同剪灯语。""寂寥西窗坐久"一句，有的版本是"寂寥西窗久坐"，我认为"久坐"不太好。他说"西窗"，后边又说"故人悭会遇，同剪灯语"，这里用的是李商隐的诗，李商隐的《夜雨寄北》中有两句："何当共剪西窗烛，却话巴山夜雨时。"虽然是好朋友，但平时不常见面，今天偶然相遇，偶然登上了禹陵，触发了千古兴亡的悲慨，所以回来以后两个人有很多话要说，于是在西窗之下剪灯共语。

剪灯说些什么？他就想到白天所见之物："积藓残碑，零圭断璧，重拂人间尘土。"他看到禹墓的碑石。禹墓有什么碑石？在这里，他又用了四明当地的故事。杨铁夫在其《梦窗词全集笺释》里边引用《金石萃编》中的话，说禹死后葬在会稽，"取石为窆石"，"窆石"就是下葬时的一块石头，"盖禹葬时下棺之丰碑"。我当年去禹庙，那里还有一块碑石，据说就是当年的那块窆石。《大明一统志·绍兴府志》上说："窆石，在禹陵。……上有古隶，不可读，今以亭覆之。"他说窆石上边写的是古代的隶书，而现在呢？孟浩然有一首《与诸子登岘山》诗：

人事有代谢，往来成古今。江山留胜迹，我辈复登临。水落鱼梁浅，天寒梦泽深。羊公碑尚在，读罢泪沾襟。

碑还在那里，但上面长满了青苔，这是"积藓残碑"，接着是"零圭断璧"，那里还有断裂的玉石的碎块。《大明一统志》中又说："宋绍兴间，庙前一夕忽光焰闪烁，即其处劚之，得古圭璧佩环藏于庙。"他说在南宋绍兴年间，有一天晚上，禹庙前光芒闪烁，我们讲辛弃疾的词，不是说宝剑之气可以上冲于天吗？当地下埋藏着珍宝的时候就会发光，所以当地人就把那里的地面刨开了，得到了一些古代的圭璧，然后把这些圭璧藏在了禹庙之中。记得我去的时候，那些圭璧已经没有了，想必当年吴文英登禹陵时离绍兴年间还不是很久，禹庙中还有一些

"零圭断璧"吧。他说：这些古物是几千年前存留下来的，我把上面的尘土用手轻轻拂去。才能看到它本来的面目。你看他的承接、他的组织、他的结构："寂寥西窗坐久，故人悭会遇，同剪灯语"，这还是窗下还是灯前，而"积藓残碑，零圭断璧，重拂人间尘土"则又回到白天的庙中所见了。当然，他不只是写外面那些"积藓残碑""零圭断璧"等现实的实物，也不只是说用手拂去尘土，重认断壁上的字句，如果把这一句与西窗共语结合起来看，它就有了更丰富的意义。因为就在他们的谈话之中，多少往事、多少陈迹、多少人生的起伏被重新提起，这何尝不是"重拂人间尘土"呢？前几天有人来访谈，让我从小时候的事情说起，我现在已经七十多岁了，回想多少年前已经尘封的往事，那也是"重拂人间尘土"。所以，"积藓残碑，零圭断璧，重拂人间尘土"，他把白天对禹王的怀念以及与朋友之间聚散离合的悲哀都结合在其中了。

　　除此之外，吴文英的词的另外一个好处就是它能够跳出去。他忽然间说"霜红罢舞"。他登禹陵的季节是秋天，树上有经霜而变得红黄的秋叶，秋叶随风飘落，怎么样飘落？冯正中词曰："梅落繁枝千万片。犹自多情，学雪随风转。"就是说我虽然注定要落，但我仍然有未断的余情，所以在飘落的瞬间还要在空中舞出一个姿态来。杜甫说："老去才难尽，秋来兴甚长。"他有一份不能尽的感情。"霜红罢舞"，他的用字、修辞真是细致绵密，他不说"霜红落后"，而是"罢舞"，那经霜的红叶是凋零的、衰老的、将要枯落的，但它还是红色的，而且还要以舞的姿态落下来。等到有一天那红叶都落尽了，"漫山色青青，雾朝烟暮"，对于树而言，春天叶子生长了，秋天叶子黄落了，这都是会改变的，但山是不变的，它徒然留下来那青青的山色，而山色怎么样？山色经历了无数的"雾朝烟暮"，早晨雾霭溟蒙，太阳出来就消散了；傍晚日落西斜的时候，暝烟又飘了起来。宇宙中的事物有短暂无常的一面，"霜红罢舞"是变，"逝水移川，高陵变谷"也是变；可是相对之中似乎也有不变的一面，"漫山色青青"，那青青的山色不变，但不变之中，它也经历了"雾朝烟暮"，经历了一个又一个烟雾溟蒙的清晨和黄昏。

最后两句就更妙了，"岸锁春船，画旗喧赛鼓"，他不是写秋天吗？前面他说"倦凭秋树"，又说"霜红罢舞"，怎么忽然间跳到"岸锁春船"去了？所以有人认为这句错了，应该是"岸锁游船"。其实，不是吴文英写错了，而是他改错了，而这两句正是梦窗的神来之笔。那么"岸锁春船"是从哪里来的？是"霜红罢舞"之后，随着"雾朝烟暮"的转移，日复一日，月复一月，第二年的春天就来了，春天来了怎么样？春天同禹陵有何相干？原来嘉泰《会稽志》上说："三月五日，俗传禹生之日，禹庙游人最盛。无贫富贵贱倾城俱出，士民皆乘画舫，丹垩鲜明……小民尤相矜尚。"

每年三月初五的时候，俗传是夏禹王的生日，因此禹庙这里的游人最多，而且无论贫富贵贱，全城的人都参加这个庙会。那时候，每个村子都要出一个船队去参加祭神的赛会，士民们坐着画舫，上面涂着鲜明的颜色，场面非常热闹。所以在每一年的秋天，有"霜红罢舞"的凋零，有"三千年事残鸦外"的远古的消逝，可是明年的春天，在河的两岸，有多少游春的船只，那些船上有各种花样的旗帜！"画旗喧赛鼓"的"喧"字用得很妙："喧"是喧哗，是声音；"画旗"有颜色，却没有声音；"赛鼓"才是有声音的，他在"画旗"与"赛鼓"之间用了个"喧"字将二者结合起来，使"赛鼓"带上了"画旗"

的招展,"画旗"带上有"赛鼓"的喧哗,这也是吴文英的感性修辞。所以吴文英的词跟姜白石的词不一样:白石是用思致的安排来旁敲侧击地写,而梦窗是"腾天潜渊"。这是前人对他的赞美,说他一下子可以飞到九天之上,一下子又可以沉到渊谷之中——他有飞扬的一面,也有深入的一面。

好,现在时间到了,下一次我们再来看吴文英的另外几首词。

第 三 讲

说吴文英词之三

现在我们继续讲吴文英的词。上次我们已经讲完了他的一首《齐天乐》，在快要结束的时候，我写了"腾天潜渊"四个字：他有时候写得飞扬高远，有时候又写得婉曲幽深。这几个字并不是我提出，是前人对梦窗词的评价。我说过，在中国词学的历史上，有几位毁誉悬殊的作家，毁谤他的人把他批评得很厉害，但欣赏他的人把他抬得很高。像近现代的胡适、胡云翼、薛砺若都贬低吴文英的词,说那是古典和套语堆砌起来的;可是赞美他的人,像周济在《宋四家词选目录序论》中说:"梦窗立意高,取径远,皆非余子所及。"梦窗词确实有非常高远的地方,还不只是它写外在景物的形象写得高远,说什么"三千年事残鸦外",其实它内在的意境也是高远的。

　　我们以前曾讲过一些作者,当然一般说起来,只要是有国家民族思想的人,都有关怀国家的盛衰兴亡这样一种普遍的感情,但是所生的时代不同,个人的性情不同,他们关怀的深浅、大小也是不同的。我们已经讲过了南宋的一些作者,像辛弃疾、张元幹、张孝祥这些词人,他们之中有些人生在从北宋到南宋的转折时期;有些人身经了靖康的国变,比如辛弃疾,他生在沦陷的山东,曾尝受过在敌人的铁蹄之下那种生活的滋味,他们写的词当然是激昂慷慨的。我们也讲了姜白石的词,我说白石词主要的内容有两个方面:一个是他的合肥情遇;另外他也未尝不写一些家国的悲慨,可是他主要感慨的是什么?"十里扬州,三生杜牧",他说:"纵豆蔻词工,青楼梦好,难赋深情。"所以他感慨的重点放在了繁华难再之上,他所怀念的是杜牧之当年的生活。大家读过鲍照的《芜城赋》,历代扬州这里发生过多少次战争?但白石词主要的感慨不在这一方面。我也说过清朝初年的女词人徐灿,同样是经过扬州,她说:"伤心误到芜城路。携血泪、无挥处。"因为徐灿生当明清易代的时候,史可法曾坚守扬州,但后来城破,经过了十日的屠城,她是生在这段惨祸发生之时代的一个人。可见,不同的诗人所关怀的深浅、大小也有很大的差异。

　　到了吴文英,他的词主要的内容也有两个方面,其中一方面也是爱情。一般说来,爱情总是最能够牵动人心的一份感情,"问世间、情为何物?直教生死相许",大家都知道这是金庸小说里边说过的一句话,其实这是元遗山的一句词。吴文英的词里边写得非常深挚动人的一般也是他那些爱情词。但是除此之外,因为吴文英生在南宋危亡的时代,他亲眼看到自己的国家一步步走向衰亡,所以这方面的感慨也是相当深的。像我们上次所讲的那首《齐天乐》,他说:"三千年事残鸦外,无言倦凭秋树。逝水移川,高陵变谷,那识当时神禹。"就算是夏禹王那样的功绩,像稼轩词所说的"鱼自入深渊,人自居平土",他使我们人类可以"平土而居之",这是何等的功业!可是现在,几千年过去了,"逝水移川,高陵变谷"。当初夏禹王的时代,他只知道人类最大的灾难是洪水,觉得我如果把洪水治平了,人间就应该没有灾难了,然而谁又能想到,多少年以后,人类有了比洪水更可怕的各种灾难呢?在艺术手法方面,梦窗词一个显著的特点就是它不是平铺直叙地来写,而是常常有一些非常神奇幽怪的想象。所谓"幽云怪雨,翠萍湿空梁,夜深飞去","雁起青天,数行书似旧藏处",那真是跌宕抑扬、奇幻高渺!这首词前半首写登禹陵的所见与所感,下半首写他与友人冯去非归来剪灯夜话的情景,他说"寂寥西窗坐久,故人悭会遇,同剪灯语",然后忽然间空中转身,忽然间就从"西窗坐久"的故人"剪灯共语"跳到"积藓残碑,零圭断璧,重拂人间尘土"了。这还不说,它的另一个好处是最后能够跳出去。在那首词的结尾,它忽然从秋日的"霜红罢舞"一下子跳到了春天的"岸锁春船",在节序的推移之中隐含了无限的盛衰更迭之感。所以周济在他的《宋四家词选目录序论》中说:"梦窗立意高,取径远,皆非余子所及。"还不只是景象的高远,是他的立意、取径都是非常高远的,你看他的构思、他的结构,绝不是一般人能够赶上的。

当然，词学批评家的眼光、见识也有高低的不同。周济在清代的词学家中是一个非常有眼光的人，常州词派的词学理论在张惠言以后就是因为有了周济才得以推广的。他还说："梦窗奇思壮采，腾天潜渊，返南宋之清泚为北宋之秾挚。"你看他的"幽云怪雨"啦，"霜红罢舞"啦，"夜深飞去"啦，这都是奇思壮采！他飞起来可以有这么高远的境界、这样飞腾的跳接，我们说他"空中转身"，你不见他的脚步，他一转就转过去了，那真是"腾天潜渊"！那么何谓"返南宋之清泚为北宋之秾挚"呢？这个"南宋之清泚"不包括稼轩，稼轩是一个有血性、有热情、有理想、有抱负的人。"清泚"像谁？"清泚"即我们所说的"清空骚雅"，也就是姜白石那一类的词。白石那一类的作者写得非常清空，他不触及本体。你看他的词，除去一些小令写得还比较直接以外，其他的词都是从旁敲侧击来写，他"不着一字"，不从正面去写，而是用思致来安排，这就是"清泚"。所以有人不喜欢白石的词，因为它不能给人以直接的感动。

梦窗也是南宋的词人，他也一样用赋笔来写词，也一样有他的安排、有他的结构，可是他在安排、铺陈之中，既秾丽又沉挚，用周济的话来说，就是"返南宋之清泚为北宋之秾挚"。

我们上次讲了他的《齐天乐》，今天再看他的第二首词：《八声甘州·陪庾幕诸公游灵岩》。所谓"庾幕诸公"，就是当时管粮食的官吏。根据夏承焘先生的《吴梦窗系年》，吴文英曾经于理宗绍定五年（1232）左右在苏州做过仓台幕僚这样一个官职，因此有这一类的词留了下来。他还有一首《木兰花慢》，也是他陪着庾幕诸公同游虎丘时写的一首词，他说：

紫骝嘶冻草，晓云锁、岫眉翠。正蕙雪初销，

> 松腰玉瘦，憔悴真真。轻藜渐穿险磴，步荒苔、犹认癯花痕。千古兴亡旧恨，半丘残日孤云。　　开尊。重吊吴魂。岚翠冷、洗微醺。问几曾夜宿，月明起看，剑水星纹。登临总成去客，更软红、先有探芳人。回首沧波故苑，落梅烟雨黄昏。

因为苏州是当年吴宫的旧址，他说，"千古兴亡旧恨"，现在只剩下"半丘残日孤云"了。吴国很早就在历史上灭亡了，我们今天在吴国的旧地登临，就开樽饮酒，重吊吴魂。而"登临总成去客"，孟浩然说"江山留胜迹，我辈复登临"，吴国败亡，空留下江山的胜迹，千百年后的今天，我们来到故国的山河游览，也终将成为去客，我们又何尝能够久长呢？可是活在世上软红尘里的人，每年春天还是要到这里来游春的。我们今天来到虎丘之上，岂不也是软红尘中的一个去客？可见，吴文英对于盛衰兴亡真的是有一种特别深的感慨，我说过，这与他所生的时代有关。

那么，灵岩山在哪里呢？根据《吴郡志》的记述，灵岩山就是古代的石鼓山，也叫砚石山。《吴越春秋》《吴地记》等书说："阊闾城西，有山号砚石，山高三百六十丈，去人烟三里，在吴县西三十里，上有吴馆娃宫、琴台、响屐廊。"我1977年回国旅游的时候曾到过苏州，我坐在车上透过车窗远远看到一座山，导游说，那就是灵岩山，可惜当时没有时间把车开过去，我也只能是远远地看一看了。灵岩山很高，上面有馆娃宫、琴台、响屐廊等建筑。大家都知道《吴越春秋》中的故事，当年吴国把越国灭了，越王勾践想要复国，于是卧薪尝胆，并把美女西施送给吴王夫差。夫差忽略了越王内心所积存的报仇雪耻的志意，整日耽溺于歌舞享乐之中，后来时机成熟，勾践果然把吴国消灭了。"馆娃宫"相传就是当年西施住过的宫殿，因为江南人称女孩子为娃，所以叫"馆娃宫"；"琴台"是弹琴的地方；"响屧廊"是一个长长的走廊，它的木制地板下面是空的，当年夫差让西施穿着"屧"在廊上一走，就发出响亮的回声。

好，我们已经大概了解了灵岩山，下面就来看这首词：

渺空烟四远，是何年、青天坠长星？幻苍崖云树，名娃金屋，残霸宫城。箭径酸风射眼，腻水染花腥。时靸双鸳响，廊叶秋声。　　宫里吴王沉醉，倩五湖倦客，独钓醒醒。问苍波无语，华发奈山青。水涵空、阑干高处，送乱鸦、斜日落渔汀。连呼酒，上琴台去，秋与云平。

"渺空烟四远，是何年、青天坠长星？"开头一句意象就如此高远！有人认为，一个词人喜欢用什么样的字眼，就可以想象到这个人的气质和品格。比如南宋的史达祖喜欢用偷字，他的品格就可想而知了。那么吴文英呢？他写的当然不是那种很狭小的景物。我们上次也曾经说过，以他的交游来说，吴文英既有给贾似道的词，也有给吴潜的词，可是吴潜是被贾似道害死的，所以有人觉得吴文英在品格上有了污点。我也曾说过，人生在世，每个人都有他软弱的一面，孔子说"躬自厚而薄责于人"，这里的"厚"不是说你个人享受得越多越好，所谓"厚"和"薄"，它的重点在一个"责"字。也就是说：人对于自己应该严格要求，求全责备；对于别人则要谅解宽容。很多人抓住别人的一点小毛病不放，总说别人如何如何不好，看得到别人的小刺，看不到自己眼中的梁木。什么能够使人软弱？一个是生死的考验。人都是乐生而畏死的，在生死的考验面前，你有时不得不敷衍一下；再有就是文人往往不甘寂寞，逞才好名，有才华而不能够善自韬晦，这样不免就留下了污点。像吴文英这样的作者，他虽然不是一个完人，但我们也应该设身处地替他来想一想。上次我也提出了"心焰"二字，就是说你的心是怎么样的，那一点光明有没有消逝？有时候你不见得能达到那个标准，但是你心的向背如何？它有没有向着那个方向？从吴文英的词里，我们可以看到他不是一个在心灵上卑微低下的人，这首《八声甘州》就是一首很好的词。它还不只是高远而已，是那种笼罩古今宇宙的想象，可以把读者引到一个很高远的境界。

昨天我收到南开大学苏谊教授送来的一篇文章。他不是学文学的，也不懂诗词。他研究天文学，曾经在南京的紫金山天文台工作过很久，现在到我们学校，每年开一门天文学概论的课程。全校都可以选修，但入选的人并不多。有些同学被选上了，其中也包括我们中文系的同学。他们每年在学期结束的时候都要写一篇学习报告。有的学生说：自从选修了天文学之后，我的人生完全改观了。怎么样改观？就是认识到了宇宙的博大、宇宙的美妙，那真是一种无可言说的境界！太史公司马迁在他的自序中说："亦欲以究天人之际，通古今之变，成一家之言。"人生，有的时候真是眼光短浅心胸狭窄，《兰亭集序》中说："仰观宇宙之大，俯察品类之盛。"你曾经"仰观宇宙之大"了吗？我很多次对同学们说，如果想提升你的眼光你的作品，一个是你对人世要有博大的关怀，杜甫的诗之所以伟大，就是因为他的关怀是博大的；除了对人世的关怀以外，另一个就是对大自然、宇宙的关怀，这种关怀真的可以提高人的境界。所以，你不仅要"通古今之变"，还要"究天人之际"，这样你的眼光才能开阔起来。

我刚才说吴文英这首词写得开阔高远，究竟如何？先看起句："渺空烟四远，是何年、青天坠长星？"灵岩山从何而来？它远离人寰，登上山顶四望空阔，是一片烟霭迷蒙的荒野。宇宙之中何年有此山？它是宇宙开辟之时，天上的一颗长星落到这里来的吗？

下面就更妙了："幻苍崖云树，名娃金屋，残霸宫城。"宇宙从哪里而来？盛衰又是从哪里而来？他说在遥远的原始时代，是青天上的长星落到此地，成为一座山，而有了山以后，就在山上幻化出了苍翠的山崖、白云缭绕的树木和变幻莫测的人事。在这几句中，他以"幻"作为领字，贯串了下边一排三个四字句——"苍崖云树""名娃金屋""残霸宫城"——不仅幻化出自然，也幻化出人事：所以有了西施那样出名的美丽女子，有了金屋藏娇的馆娃宫这样的建筑。那是什么时候？是吴王夫差称霸的时候。如果从历史上讲起来，在春秋战国时期的霸主中，夫差做霸主的时候已经是战国末期了，而且他称霸的时间也非常短暂，转眼间越王勾践不就灭吴复国了吗？他在"霸"前加上了一个"残"，这个结合得真是妙！所谓"残霸"者，是被人消灭不能长久的霸主，而这里曾经是他的宫城。

在这几句中，"渺空烟四远，是何年、青天坠长星"写的是灵岩山；"幻苍崖云树，名娃金屋，残霸宫城"写的是整个历史的盛衰兴亡，他有这么高远的一个开始，后面就仔细写了。现在千百年之后，当吴文英陪着庾幕诸公来游览灵岩山的时候如何？"箭径酸风射眼，腻水染花腥。""箭径"的径是小路的意思，馆娃宫下有一条小路，一名箭径，又名采香径。根据《吴郡志》的记载："采香径……吴王种香于香山，使美人泛舟于溪以采香。"吴王在香山种了很多芬芳的花草，然后让宫里的美人们去采花，中间经过一条溪水。如果从灵岩山上向下望的话，那条溪水直得像拉开弦的箭一样，所以"箭径"的"径"也可以写成"泾"字，代表溪水之意。另外，《吴郡志》还说："香水溪，在吴故宫中，俗云西施浴处。吴王宫人濯妆于此。"吴王宫里的宫女们都是在这条溪水中梳洗的。我们说登上灵岩山可以看到箭径，但是不只是说他看到了箭径，而且是"箭径酸风射眼"，在这里，他用的又是感性修辞了。

本来，我写过两篇论吴文英的文章：一篇是1960年代写的《拆碎七宝楼台——谈梦窗词之现代观》；另一篇是1980年代以后写的《论吴文英词》。这两篇文章的内容不同，前者注重梦窗词写作的结构、修辞的美感特色；后者则不仅谈到吴文英个人、梦窗词的结构、修辞的美感特质，更谈到了他在中国词学发展史上的地位和影响。我们现在讲梦窗词已经拖了很长时间，但还是不能讲到他的方方面面，大家课下可以看一看那两篇文章，前一篇收在《迦陵论词丛稿》中，后一篇收在《灵谿词说》中。在那两篇文章中，我就曾提到了吴文英的感性修辞。关于这种特色，我也曾经给大家举过一些例子。比如"窗外捎溪雨响。映窗里、嚼花灯冷"——灯花被烧得缩小成一点点，残焰在灯盏的边沿上闪烁跳动，正如一个人的嘴巴在嚼，这真是出人意外又入人意中！他的感觉非常敏锐，而且他掌握得非常正确。在这首《八声甘州》里边，他也用了感性修辞，但是没有他的"嚼花灯冷"那么新鲜。他说"箭径酸风射眼"，风只有冷暖强弱之分，哪里会有酸不酸的滋味？其实，这里用的是西方所说的通感的手法,他是用味觉来形容其他感觉的。但是,这不是吴文英自己的创造。李贺在《金铜仙人辞汉歌》中就曾说过:"东关酸风射眸子。"当初汉武帝为了求长生,做了手托承露盘的金铜仙人,接天上的露水来和药服食。后来汉朝灭亡,魏国人把金铜仙人移走,它们在经过城门时,竟流下了眼泪。李贺说的"酸风",是指风吹到人眼上,让人流泪的那种感觉,好像酸酸的。可见,"酸风"不是吴文英的独创,而"嚼花灯冷"确确实实是吴文英自己的想象、自己的独创。李贺还说过:"画栏桂树悬秋香,三十六宫土花碧。""秋香"即桂花;"土花"即苔藓,但他都没有直说,所以感性修辞是很早就有的,只不过吴文英的感性更锐敏,想象更丰富,写出来也就更真切了。

我们再往下看:"腻水染花腥。"水怎么会是"腻水"呢?我们都说花有花香,他怎么说是"花腥"呢?这些地方同样是感性修辞,然而他也是有来历的。"腻水"出自杜牧的《阿房宫赋》,杜牧说:"绿云扰扰,梳晓鬟也。渭流涨腻,弃脂水也。"当年阿房宫中美女如云,那些后妃宫嫔洗脸的时候把脸上的脂粉洗到水中,然后倒入渭水,使渭水都涨起了一层油腻。在这里你要注意,吴文英独创的感性修辞很好,而他用别人的感性修辞一样用得很好。因为李贺感慨的是汉的败亡,杜牧感慨的是秦的败亡,其中都包含了盛衰兴亡的悲慨,这是他另外一个妙的地方。他说"腻水染花腥",当年的香水溪,西施可以在那里沐浴,宫女们可以在那里梳洗,梳妆的脂粉使溪水变成了腻水。腻水染在水边的花草上,这样岂不应该有芬芳?怎么就腥了?陆游诗曰"雷塘风吹草木腥",他暗示的也是战乱兴亡,所以,吴文英在感性修辞之外,其背后往往有更深厚的意义。

然后呢?"时靸双鸳响,廊叶秋声"。"靸"是说拖着鞋子急而快地走;"双鸳",因为鸳鸯都是一对一对不分开的,而鞋也是一双一双的,所以"双鸳"代表的是女子的鞋。不只在这首词中,吴文英还有一首《风入松》也提到了"双鸳",他说:

> 听风听雨过清明。愁草瘗花铭。楼前绿暗分携路,一丝柳、一寸柔情。料峭春寒中酒,交加晓梦啼莺。　　西园日日扫林亭。依旧赏新晴。黄蜂频扑秋千索,有当时、纤手香凝。惆怅双鸳不到,幽阶一夜苔生。

前面说,根据夏承焘先生的考证,吴文英有两个姬妾:一个在苏州,后来离开他了;另一个在杭州,后来死去了。我们看这首词,他说:风风雨雨送走了美好的春天,也送走了那个可爱的女子。我在孤独寂寞中度过了清明时节。草色连天,欧阳修词有句云"千里万里,二月三月,行色苦愁人",而在吴文英词中,那含愁的草埋葬的是葬花的碑铭。在这座楼前的小路上,我和我所爱的人分别了;现在,楼前又已柳树荫浓,低垂的柳丝飘拂,每一根柳丝的舞动,都呼唤起我对往事的怀念。春寒料峭中,我喝得微醺半醉,外边的莺啼惊醒了我的晓梦。金昌绪诗曰:"打起黄莺儿,莫教枝上啼。啼时惊妾梦,不得到辽西。"醒了以后如何?"西园日日扫林亭。依旧赏新晴。"无论如何,日子总要过下去。西园中当年跟我一同赏花的人虽然不在了,我仍然要把那林亭打扫得干干净净整整齐齐,我依旧要到林亭之中欣赏春日美好的晴天。西园里有一个秋千架,当年那个女子曾在这里荡秋千;现在来到秋千架旁,只看到蜜蜂在秋千的绳索中飞来飞去。为什么?因为那上面有她手上残留下来的脂粉的香泽,然而她再也没有回来。在幽静的台阶上,一夜之间长满了青苔。李白说:"八月蝴蝶黄,双飞西园草。""门前旧行迹,一一生绿苔。"我现在穿插讲了这首《风入松》,只是要证明"双鸳"是吴文英常常用的,它所代表的就是女子的绣鞋。

我们接着看他的《八声甘州》。他说:"时靸双鸳响,廊叶秋声。"这个地方叫响屧廊,它的地板是用坚实的楩木和梓木铺成的,当年西施从上边走过,就发出一种美妙的声音来。今天我们游览灵岩山,来到馆娃宫,好像时时听到地板上的响声,但是有西施在那里走过吗?当然早已没有了。是什么在响?是秋天的落叶在走廊上回旋的声音。我在大学读书时也写过两句诗:"花飞无奈水西东,廊静时闻叶转风。"秋天花都落了,对于落花,你不但不能够保留它,也不能担保它的归宿。在寂静的空廊上,你只是听到叶子被风吹得旋转的声音。

上阕都是写他登灵岩山时的想象,你看他的想象多么丰富,感慨何其深远!下阕就更深一层来写他的感慨了:"宫里吴王沉醉,倩五湖倦客,独钓醒醒。""醒"是韵字,应读平声;"五湖倦客"指的是范蠡。我们知道,范蠡辅佐越王勾践复国以后,他不肯入都城做官,而是泛舟五湖归隐了。他曾经给文种写过一封信,说是从相貌上看,勾践这个人可以共患难,但不可以共安乐。我可以辅佐他让他成功,但是不可以继续在朝中为官,因为担心他会猜忌功臣,所以范蠡就走了。有些人看惯了人间的盛衰兴亡,疲倦于人与人之间钩心斗角的争斗,于是离开了政海波澜,去水边做一个垂钓的渔翁。范蠡对于越王有清醒的认识,他去五湖独钓了;而吴王完全不了解越王卧薪尝胆、雪耻复仇的心意,整日在宫中沉醉于歌舞享乐之中。在这一句里，吴文英表面上说的是当年的吴王，事实上他所慨叹的则是当时南宋的君主，他们整日沉溺于享乐之中，任用奸佞误国的贾似道。贾似道在前方纳重币向敌人求和，然后向朝廷谎称他已经消灭了敌人，而国君居然一点也不知道。吴文英虽然认识到国家的危亡，但是无能为力。这两句写得比较落实，却写出了作者真正的悲慨——既悲慨于朝廷的昏昧无知，又悲慨于个人的回天乏力。

"问苍波无语，华发奈山青。"人在无可奈何的时候常常要呼天而问，屈原不是写过《天问》吗？秦少游说："郴江幸自绕郴山，为谁流下潇湘去？"李商隐也说："人间从到海，天上莫为河。"有一位美国MIT的物理学教授黄克荪先生曾翻译了波斯诗人的一本诗集，我们中国称之为《鲁拜集》。《鲁拜集》中有这么四句诗："搔首苍茫欲问天，天垂日月寂无言。海涛悲涌深蓝色，不答凡夫问太玄。"为什么天上人间留下了这么多无可挽回的事情？上天能给我们一个回答吗？没有，天何言哉！你抬头望天，天上有日月运行；你低头问海，海上有波涛汹涌。天和海都不能给我们这些平常人一个回答，不能告诉我们宇宙人生真正的意义和价值何在。"问苍波无语"，柳永说"惟有长江水，无语东流"，东流的水当然不会跟你说一句话了。好，一切解答都没有了，在你对宇宙人生的重重困惑之中，时间过去了，你现在满头白发，面对着什么？对着那一片青山。一片青山如何？《齐天乐》说的："漫山色青青，雾朝烟暮。"无常的人世，朝如青丝暮成雪的白发，你对着那亘古不变的青山，你无可奈何。青山岂不美？但是青山不能给你任何的解答和安慰。李商隐诗曰："五更疏欲断，一树碧无情。"那一树的碧叶岂不美丽？但是它与将死的蝉又有何相干！所以我是"华发奈山青"，我亲眼看着南宋的朝廷一步一步走向危亡，我吴文英无可奈何。

"水涵空、阑干高处，送乱鸦、斜日落渔汀。"孟浩然说："八月湖水平，涵虚混太清。"地上的水涵容着整个的天空，水中有天光倒映，你登上栏杆的高处向远方一望，一片乱鸦消逝在天边。杜牧说："长空澹澹孤鸟没，万古销沉向此中。"盛衰的消亡正如飞鸟的消逝，何况已是日暮黄昏了。辛弃疾说："问何人又卸，片帆沙岸，系斜阳缆。"我说过，中国诗歌中的斜阳常有一种对于衰亡的悲慨。乱鸦斜日在打鱼的河洲之外，乱鸦也消失了，斜阳也沉没了，它们都已无可挽回；而南宋的危亡终于也是无可挽救了。

既然无可挽救，那么怎样来安慰自己呢？"连呼酒，上琴台去，秋与云平"，我们只好借酒浇愁，连呼"酒来"，然后到高高的琴台上去，向下边一望，天地之间是一片萧索的秋气。杜甫说："玉露凋伤枫树林，巫山巫峡气萧森。江间波浪兼天涌，塞上风云接地阴。"——那片秋气一直绵延到天边。

我们可以看到，吴文英的词里确实有一种忧危念乱的感慨，这种感慨非常深沉，而意境却非常高远，像我们讲过的《齐天乐》，还有这首《八声甘州》，都是他感慨盛衰的很好的作品。

感慨盛衰的词如此，那吴文英写感情的词又怎么样呢？前面我们已经大略地看了看他的《霜叶飞》和《风入松》，那都是他怀念苏、杭姬妾的词，而更有名的一首，则是他的《莺啼序》。

《莺啼序》一共二百四十字，是五代两宋词中最长的牌调。为什么说要截止到南宋呢？因为清朝有些人编造出一些更长的调子来，但是在吴文英生活的时代，《莺啼序》一直是最长的调子。长调因为篇幅长，你要铺陈起来就很容易重复，让人觉得繁复,可吴文英这首《莺啼序》写得很好。因为时间关系,我们只能略读。

残寒正欺病酒,掩沉香绣户。燕来晚、飞入西城,似说春事迟暮。画船载、清明过却,晴烟冉冉吴宫树。念羁情游荡,随风化为轻絮。　十载西湖,傍柳系马,趁娇尘软雾。溯红渐、招入仙溪,锦儿偷寄幽素。倚银屏、春宽梦窄,断红湿、歌纨金缕。暝堤空,轻把斜阳,总还鸥鹭。　幽兰旋老,杜若还生,水乡尚寄旅。别后访、六桥无信,事往花委,瘗玉埋香,几番风雨。长波妒盼,遥山羞黛,渔灯分影春江宿,记当时、短楫桃根渡。青楼仿佛,临分败壁题诗,泪墨惨澹尘土。　危亭望极,草色天涯,叹鬓侵半苎。暗点检、离痕欢唾,尚染鲛绡,亸凤迷归,破鸾慵舞。殷勤待写,书中长恨,蓝霞辽海沉过雁,漫相思、弹入哀筝柱。伤心千里江南,怨曲重招,断魂在否?

这是一首写感情的词,究竟是对哪个女子的感情,后人有很多争论。你看第一段说"晴烟冉冉吴宫树",苏州是吴国的故国,那当然是怀念苏州的姬妾了;可是第二段"十载西湖,傍柳系马",西湖不是在杭州吗?第三段说"事往花委,瘗玉埋香",写的是死别,是杭州的姬妾后来死去了,而且不但西湖是杭州的,六桥也是呀。接下来,"临分败壁题诗",这里写的又是生离,所以我们不能断定他写的是哪一个姬妾。有人说是两个人,有人说根本就是一个人,他们先是生离,后是死别,但究竟如何,一直没有定论，我们只能说有这么回事。以前我们讲姜白石，说他写爱情的词除了那首小令还比较切实以外，其他的词都是凌空去写，旁敲侧击，一笔都不落到实处；可是吴文英写感情就比较落实了。

第一段是个总起，写他现在的生活和心情。"残寒正欺病酒，掩沉香绣户"，这是春天的季节，还有料峭的余寒。人生就是如此，不是生离就是死别，有什么能够久长？什么才是你人生中真正可以掌握的？什么才有价值有意义可以永远跟随着你？什么都不是。有人说是感情，可是感情一定会改变的，必然会改变的。有时候还不是说你变了，也不是说他变了，是本来人生就是一定会改变的。天下哪有不散的筵席？吴文英说，在寂寞中，我关上那沉香木的绣户。春天的燕子又飞回来了，到处是游春的画船。画船载着歌舞，载着游春的欢乐消失了，现在只剩下了什么？只剩下吴宫的那些到春天越来越茂密的树木，缭绕在晴空的烟霭之中。于是，我就想到我自己羁旅他乡。像姜白石、吴文英都是寄身在别人的幕府中的，这种感伤漂泊的感情就是羁情。他说，我的羁情就跟在空中飘飞的柳絮一样。我们前几天还念了张先的几首词，有一首说："中庭月色正清明，无数杨花过无影。"你看他多么造作，说柳絮飞过去没有影子；人家吴文英也写过飞絮，他怎么说的？"杨花点点是春心，替风前、万花吹泪"，你看多么深挚！在这首《莺啼序》中他又说："念羁情游荡，随风化为轻絮。"——多少往事、多少感情，都随风化为轻絮了。

以上是写现在的心情，然后就回忆了。"十载西湖，傍柳系马"，追想过去，我曾经在西湖畔的柳树下系上马。白居易说："妾弄青梅倚短墙，君骑白马傍垂杨。墙头马上遥相顾，一见知君即断肠。"他写的是男女的遇合：男子"骑白马"而"傍垂杨"，女子"弄青梅"而"倚短墙"，"墙头马上"远远地一见，就目成心许了，那也是"傍柳系马"。"趁娇尘软雾"，当我骑马走过的时候，路上都是轻尘薄雾。尘土还有"娇尘"？所谓"娇尘"，是那软红的、多情的尘土，此时烟霭迷蒙。陶渊明说，我沿着桃花林向前走，逐渐就豁然开朗、别有天地了。吴文英也说："溯红渐、招入仙溪。"我随着那流水落花往前走，就来到一个美好的所在。刘晨、阮肇随着桃花流水进入天台山，不就遇到了很多仙子吗？那么吴文英跟这个女子怎么认识的？"锦儿偷寄幽素"，古代谈恋爱往往要找一个丫鬟传书嘛，然后两个人就认识了。"倚银屏、春宽梦窄"，这句也很妙，"春"跟"梦"对比，一个"宽"，一个"窄"，茫茫的春情，无边的春色，而我们的梦却这样短暂。"断红湿、歌纨金缕"，"歌纨"是唱歌时拿的纨扇，"金缕"是跳舞时穿的舞衣。这个人离去了，"暝堤空，轻把斜阳，总还鸥鹭"，黄昏时在西湖的堤上一望，"往事已成空，还如一梦中"，那么把斜阳归向谁呀？人都离去了，黄昏的堤岸一片空旷，只剩下水边的白鸥和鹭鸶。

"幽兰旋老，杜若还生，水乡尚寄旅。"多少次兰花谢了，杜若香草也老了，就在幽兰、杜若的几次衰老、几次重生的时候，我还在苏杭之间漂泊，还是一个羁旅的客人。别后我再回来，到杭州的六桥寻找当年我们的旧游之地，但是"事往花委"，花便是人，人便是花，都凋谢了。"瘗玉埋香，几番风雨"，"玉"和"香"都代表那个美丽的女子，经过了几番风雨，她已被埋葬在泥土之中。既然她死去了，再写就是回忆了，"长波妒盼，遥山羞黛"，当时，杭州西湖那么明亮的水都会忌妒她明亮的双眸，青色的远山见到她的黛眉都觉得羞惭——她的明眸比波光还要潋滟，她的黛眉比远山还要缥缈。"渔灯分影春江宿"，我就是跟这样一个女子一同划着船在春江上游过。"记当时、短楫桃根渡"，记得当时我们来到一个渡口。"桃根"用的是王献之的典故，桃叶、桃根是王献之的两个姬妾的名字。"青楼仿佛，临分败壁题诗"，再回到当年的青楼之中，我看到的是什么？我们分别时曾在墙上题诗，现在是"泪墨惨澹尘土"，陆游诗曰："玉骨久成泉下土，墨痕犹锁壁间尘。"那些诗句已被尘封。

"危亭望极，草色天涯"，如今我回来，已经是"瘗玉埋香，几番风雨"，登上危亭远望，只见芳草连天，秦少游的词："倚危亭，恨如芳草，萋萋刬尽还生。""叹鬓侵半苎"，我的头发一半已变成了白色。"暗点检、离痕欢唾，尚染鲛绡"，检点一下当年这段遇合留下了什么？"离痕"是离别时的泪痕；"欢唾"呢？李后主说："烂嚼红茸，笑向檀郎唾。"也许，当年留下的巾帕上还染着当时离别的泪痕和欢乐的唾痕，但现在是"镚凤迷归，破鸾慵舞"，"凤"是凤钗，那凤钗曾经斜插在她鬌垂的发髻之上，此时它已"迷归"——回不来了；"鸾"是鸾镜，都说鸾镜后面的鸟可以舞，而今只剩下一面破碎的鸾镜，镜后的鸾鸟也不肯再舞动了。"殷勤待写，书中长恨"，我用多么殷勤的心意想写下心中的长恨，如果鸿雁能够传书，我想写一封信，托鸿雁传给远方的人，但"蓝霞辽海沉过雁"。"霞"怎么会是"蓝"的？这是吴文英的修辞之妙，你如果看晚霞，在暮色苍茫之中，那红色逐渐就变成暗紫色暗蓝色了，那就是"蓝霞"；"辽海"是渺茫的烟海。"漫相思、弹入哀筝柱"，雁消逝在蓝霞辽海之中，我也只有把一片相思弹到悲哀的弦柱中了。"伤心千里江南，怨曲重招，断魂在否"，这句用的是《楚辞》的《招魂》："目极千里兮，伤春心。魂兮归来，哀江南。"人不在了，魂却应该在呀，于是我弹奏一支怨曲为她招魂，却又不知她的断魂还在不在，能不能听到。

现在时间已经到了，我只是说，吴文英既有写爱情的词，也有写感慨兴亡的词，不管哪一种，他都能写得深挚高远。戈载在《宋七家词选》中赞美他说：

> 梦窗……运意深远，用笔幽邃，炼字炼句，迥不犹人，貌观之雕缋满眼，而实有灵气行乎其间。细心吟绎，觉味美于回，引人入胜，既不病其晦涩，亦不见其堆垛。……犹之玉谿生之诗，藻采组织，而神韵流转，旨趣永长，未可妄讥其獭祭也。

陈廷焯在《白雨斋词话》中也说：

> 梦窗才情超逸……在超逸之中见沉郁之意。……合观通篇，固多警策，即分摘数语，亦自入妙，何尝"不成片段"耶？

如果不看那些词，这还只是空的评论，而现在我们讲了他的几首词就可以印证，吴文英的词还是有他们所说的这些长处的。

第四讲

说吴文英词之四

我们上次匆匆忙忙地把吴文英那首最长的《莺啼序》讲完,本来今天应该开始讲王沂孙的碧山词了,可是对于吴文英还有一点需要补充的,就是他有几首令词,其中有一首是《唐多令》,你如果看当代的一些选本,从胡适到胡云翼,很多人都欣赏、赞美那首词。究竟怎么样呢?我先把它读一下:

唐多令

何处合成愁？离人心上秋。纵芭蕉、不雨也飕飕。都道晚凉天气好，有明月、怕登楼。　　年事梦中休。花空烟水流。燕辞归、客尚淹留。垂柳不萦裙带住，漫长是、系行舟。

有人说我念词有什么调子，其实真没有什么调子；有人说是不是与戏曲的调子有关，一点也没有，因为我不懂戏，也不懂戏曲的念白。只因词是有音乐性的一种美文，所以你一定要把它声音上那种抑扬顿挫的美感读出来；而且你读的时候，除了客观的声音上的美感以外，你还应该把自己对于这首词的体会和感受结合进去。一般说起来，在声音里边，我们普通话没有入声字，这是一个最应该注意的地方。很多入声字现在已归入平声，这样念起来就不好听了。比如说《唐多令》，第一个"何"是平声，读 hé；第二个"合"我们也念 hé，但是这个字是入声字，我不会读入声的字，因此我尽量把它读成短促的去声。因为这首词写得比较直白，音节也比较流畅，所以很多人容易欣赏它，但是，陈廷焯的《白雨斋词话》中却说："《唐多令》一篇几于油腔滑调，在梦窗集中最属下乘。"也许跟别人比起来它还不错，但是在吴文英的词里边，这是他最低下的作品，因为他写得浅俗，写得油滑。一般说起来，中国人讲究书品、画品，书法和绘画都要求"宁拙勿巧，宁丑勿媚"，如果你的作品油滑浅俗，有一种媚态，其品格自然低下。这首词没有媚态，但是写得浅俗，不算是吴文英好的作品。不过有一点值得注意的，这首词里边有一句："纵芭蕉、不雨也飕飕"，按照《唐多令》的牌调，前三句应该是五、五、七的句法，即"何处合成愁？离人心上秋。纵芭蕉、不雨飕飕"，所以这个"也"字，在这首词里边可以说是一个衬字。一般词里边不加衬字，按照某个牌调，几个字一句就是几个字一句，加衬字是曲里边常常用的。就是有时候，在曲子拍板有空的地方，可以填上一些实字或虚字。像关汉卿那支〔南吕一枝花·不伏老〕，他说："我是个蒸不烂、煮不熟、捶不扁、炒不爆、响当当一粒铜豌豆。"其实就是五个字"一粒铜豌豆"，但他在前面加了很多字。我们说曲子可以增衬，那么什么叫"增字"，什么叫"衬字"，增和衬有何不同之处呢？所谓"增字"，就是说你所增的是实字，而衬字增的是虚字，比如说"纵芭蕉、不雨也飕飕"的这个"也"字，它只是一个表示口气、口吻的虚字，所以是一个衬字。再有，我们以前所读过的词里边没有这种增衬的现象，词中加衬字是从吴文英这首词开始出现的，因此，虽然陈廷焯的《白雨斋词话》认为这首《唐多令》是梦窗词之最下者，但是这种现象已经有了由词向曲过渡的一种趋向，所以还是值得注意的。

今天我要讲的是另一首小令：《玉楼春·和吴见山韵》。这个"和"字念hè，我们常常说唱和，就是别人写了一篇作品，我们来酬应它。和词有很多不同的类型，有的和词只要牌调相同就可以了，比如你写《玉楼春》，我也写《玉楼春》，这是第一类。第二类是韵目相同，你用东冬的韵，我也用东冬的韵。诗的韵比较严格，一东和二冬是分开来用的，但是在词里，东和冬是合起来用的，所以原作与和作都用东冬的韵，即属于同一韵目。第三类更严格，不只是牌调相同，韵目相同，而且韵字也要相同。像苏东坡的《水龙吟·次韵章质夫杨花词》，他说："似花还似非花，也无人惜从教坠。"押的是个"坠"字，那么章质夫的原韵呢？"燕忙莺懒花残，正堤上柳花飘坠"，也是"坠"字。如果我们继续看下去，和作的每一个韵字都与原作的韵字相同，这种和诗称为步韵，就是你一步一步都跟着它的韵字来安排，这是最严格的一种和法。吴文英这首《玉楼春》和的是吴见山的词，吴见山的原作是什么，我们已无从知晓了。

民国初年有一个专门研究吴文英的人叫杨铁夫，杨铁夫是朱祖谋（彊村）的学生，而朱祖谋是对于梦窗词的研究用力最勤的一位词学家，我们说他曾花了很多年的精力四校梦窗词。杨铁夫也致力于梦窗词的研究，下了很多的功夫，他写了一本《梦窗词全集笺释》，前面有初稿、二稿、三稿的三篇序言。在序言中他说，很早以前他就学习填词，把填出来的那些作品给朋友看，朋友说："词也，词也！"——你写的真的是词、真的是词呀！拜朱祖谋为师后，他把他的词拿给朱先生看，朱祖谋一句话都没有赞美他，只是说：你好好地去读吴文英的词吧。他找来吴文英的词一读，如同走入了迷宫一般，根本就读不懂，很久以后，好像懂一点点了，又去见老师，朱先生说：不成，回去再读！这样反复了好几次，当他再去见朱祖谋时，朱祖谋说：你现在好像懂了一点点了，然后才给他讲梦窗词的章法结构——你看从前那些聪明的老师，世尊拈花，迦叶微笑，哪像我现在这样，说那么多废话！同时你还可以见到，他们师徒二人对于吴文英的词确实下了很大的功夫。我现在要说：用力这么勤的朱祖谋、杨铁夫师徒都没有考证出来吴见山是何许人，我们当然也查不到他了，我们不知道吴文英这首《玉楼春》属于前面我们说过的哪种类型的和词。当然和词也有很多种情况：你说你的话，我跟着说你的话，你是什么样的感情、什么样的题目，我也写跟你完全一样的感情和题目，这是一种和法；还有就是我只用你的牌词，你说你的话，我说我的话，这又是一种和法。王国维说，诗词的作者要不为应酬之作，这是起码的诗格、词格。你如果整天跟人唱和应酬，那就把诗词作成了羔雁之具。所谓"羔雁之具"，就是古人送礼，送一只雁、一只羊羔之类的东西，诗词总不能当作应酬的礼物。可是你翻开陶渊明的诗集，他也有很多赠给别人的诗，像什么《和郭主簿》啦，《赠羊长史》啦，有很多这样的赠诗。不过，陶渊明的赠答之诗写得非常妙：我说我自己的话，没有一句是应酬对方的话。那么吴文英这首词呢？因为我们不知道吴见山这个人的原作如何，所以无从比对，但是吴文英这首词写得的确很好。当年苏东坡和章质夫的那首咏杨花的词，大家都说和作胜过了原作，我相信吴文英这首《玉楼春》也是胜过了吴见山的原作的。如果吴见山有很好的作品，怎么一首都没有传下来呢？

  我们刚才说，吴文英的那首《唐多令》，虽然陈廷焯认为它在品格上不是很高，但它有一个特色，就是用了衬字，这是以前没有过的现象。这一首《玉楼春》也有它的特色。《唐多令》和《玉楼春》都属于小令，刘永济在其《微睇室说词》中评吴文英的《风入松》一词时曾有综论其令词的评语，他说：小令虽然很短，但是唯其短小，所以更应该是作者平生积存在心里，积淀了很久的一种感情和感觉。偶然机缘巧合，外界的某一景象或某一情事，甚至于某一个韵字、某一篇作品都能触动他写出作品来。我们以前讲朱彝尊那首"思往事，渡江干"的《桂殿秋》，那是非常短小的一首令词，何以好？就在于他把整个内心蕴藏已久的某种感情表达出来了。小令短小，故可以即兴写出来。我今年秋天回来以后，发现我们马蹄湖的荷花凋落了，心里就有一种感情，可是那时我很忙，要到蓟县去参加讲习班，所以当时没有写什么。后来有一天，在从专家楼往研究所去的路上，我偶然看到天上的鸿雁飞过，于是顺口占了一首词：

浣溪沙·为南开马蹄湖荷花作

又到长空过雁时，云天字字写相思。荷花凋尽我来迟。　　莲实有心应不死，人生易老梦偏痴。千春犹待发华滋。

王国维有一首词说："郎似梅花侬似叶，揭来手抚空枝。可怜开谢不同时。漫言花落早，只是叶生迟。"他感慨的是人的机遇。我很喜欢荷花，可是每年从国外回来，都是荷花凋落的时候。人生的机缘就是如此，所以我说："荷花凋尽我来迟。"你看我快八十岁的人了，站在这里一直讲，本来星期四可以结束了，但我还是不想结束，为什么？就是我对于诗词的这一份感情。我认为宇宙之间有这么好的东西，不把它讲出来任它失落真是非常可惜。而且我还注意到，沈祖棻先生的词写得非常好，她的《宋词赏析》虽然很短，却有许多精到的见解，可是你打开一看就发现，她把姜夔的词选了二十几首，把张炎的词也选了二十几首，但吴文英的词一首都没有选，而吴文英确实有很多好词。因此，虽然上次就应该把吴文英结束了，可现在我还要讲。

有一次我在研究生的班上谈到我这首《浣溪沙》，有一个同学的诗词修养很不错，他说我这首词后边的几句好，前面这两句还算是很平常的。的确，"又到长空过雁时，云天字字写相思"这两句写得比较平常，好像是一般的诗词都常常说的，到"荷花凋尽我来迟"才把眼前当下真切的感受摆出来，可是你要知道，某种感情不能很突然地跑出来，它要有一个引子把它带出来。

在这首词中，我没有特意去安排这个引子，是某种感情早就存在于我的心中，然后在散步的时候偶然看到了长空过雁，所以自然而然地引发了这种感情，是由前两句引出的第三句。

我们再看下半首："莲实有心应不死，人生易老梦偏痴。千春犹待发华滋。"如果说莲子就是莲实，它有一个种子就不会死。我为什么突然这样说？天下的因缘不知道在哪里。很多年前，有一次报纸上登了一则消息，说某地方挖掘古墓时挖出了一个千年的莲子来。挖出来之后，有人把它培养种植，后来居然长叶开花了。我说"莲实有心应不死"，可我毕竟已是八十岁的人了。人生苦短，但我对于诗词的感情不变，我真是不忍心看着这么美好的诗词艺术从我们这个时代凋零、消逝掉。有人说：你这么大年岁还在讲课，南开大学给你很多报酬吧！其实，南开大学没有给过我任何特殊报酬，连我来往二十多年的飞机票都是我自己支付的（自1990年代后期开始，已由南开支付了），因此我不是为了某种物质利益，我是为了诗词本身，所以是"人生易老梦偏痴"。最后一句"千春犹待发华滋"，尽管千年之后的景象我不能看见了，但是，你如果撒下了种子，也许它埋藏在地下有千年之久，说不定哪一天就会被挖掘出来，照样发芽长叶开花了。司马迁在《报任安书》中说他"欲以究天人之际，通古今之变，成一家之言"，"藏之名山，传之其人"，难道我们中华民族的文化传统将来真的会断绝？如果不断绝，将来毕竟有人能够发现和体会我们这个传统诗词的好处。"千春犹待发华滋"，《古诗十九首》中说："庭中有奇树，绿叶发华滋。"有这么美好的东西留在那里，总会有人认识，也总会有人欣赏的。所以对于吴文英的词我还是欲罢不能，还要讲。

下面，我就把那首《玉楼春·和吴见山韵》给大家读一遍：

阑干独倚天涯客，心影暗凋风叶寂。千山秋入雨中青，一雁暮随云去急。　　霜花强弄春颜色，相吊年光浇大白。海烟沉处倒残霞，一杆鲛绡和泪织。

"阑干独倚天涯客"，起句还没有什么特色。像我那首《浣溪沙》的前两句一样，它只是一个引起，不算太好，而下一句"心影暗凋风叶寂"就写得很好了。我认为吴文英的开创不但表现在时空的错综和感性的修辞这两方面，而且，在遥远的南宋时代，他的词就能表现出非常现代化的趋势。我们所说的现代化，比如现代诗和朦胧诗，都是说它有一种超越现实的感发和写作的方式。如果把吴文英和姜白石作一个比较，一般大家都说白石清空梦窗质实，因为姜白石从不落实地去写。像那首《摸鱼儿》，是他在辛亥年秋天写的，那年春天，他与那个合肥女子最后一次相会，他还写了"拟将裙带系郎船"，等到秋天他再到合肥，那个女子已经嫁人了，于是他写了这首《摸鱼儿》。他说："织锦人归，乘槎客去，此意有谁领。"一切都消逝了，可他不直说，而是说织女已经离开了，乘槎客也走了，我跟她的相遇，就如同张华的《博物志》中所说的，海上有客乘槎到天河边上，与织女相逢一面，然后就分别了。现在，我们这一份情意有谁能够体会呢？你看，他都是从客观的典故来写的，并没有钻进去把内心的感发写出来。当然他写得也很好，但是他采取的是一个旁观者的叙述口吻。而吴文英呢？他是钻进去说的。你看他写感情的那首《莺啼序》，真是繁复绵丽、真切细致！还有就是现在这首《玉楼春》，第二句他说："心影暗凋风叶寂。"你看到过自己心里有多少影子吗？你心里曾有多少感情、多少愿望、多少图景、多少影像，当年华老去、事往人非之后，一切都凋零了。就像秋天的树叶一样，都飘尽了。我那天还提到了自己的两句："花飞无奈水西东，廊静时闻叶转风。"那叶子不是还在空廊中飘转，你不是还能听见哗啦哗啦的响声吗？我们也学了吴文英的《八声甘州》，他说："时鞚双鸳响，廊叶秋声。"叶子虽然落了，可毕竟还有叶子在落，还有叶子在响。如果有一天，连叶子都没有了，响声都沉寂了，你还剩下什么呢？在这一句中，他把内心抽象的情思具象化，跟外界的景物结合起来了。而且，他结合得非常好，"心影暗凋风叶寂"，真的一切往事都消逝了。

下一句，他从自己的感情跳到了大自然的景物，"千山秋入雨中青"，你看远方那绵延重叠的青山，在秋天的微雨之中青青一片的山色。我们上次讲他的《齐天乐》，有一句说："漫山色青青，雾朝烟暮。"宇宙间有不变的一面："千山秋入雨中青"，正是在永恒的对比之下，才更显出人生的短暂，所以他接着说："一雁暮随云去急。"黄昏时候，一只鸿雁随着天边的云一齐飞走了、消逝了。你要注意，不只是雁消逝了，云也消逝了。陶渊明说："万族皆有托，孤云独无依。暧暧空中灭，何时见余晖。"天上的那一朵孤云上不着天、下不着地，没有一个依托，就这样暧暧溟蒙地变化，最后消散了。"千山秋入雨中青，一雁暮随云去急"，不变者如此，消逝者如斯，孤雁与流云的消逝就在与雨中青山的对比之中，在这种无常的悲慨之中。

"霜花强弄春颜色"，"强"字有两个读音：坚强的"强"念 qiáng；勉强的"强"一定要念 qiǎng。他说，经霜的花朵转眼就要零落了。那次我们引冯延巳的词，说"梅落繁枝千万片。犹自多情，学雪随风转"，天下岂有不落的梅花？是花一定要落,你一片都留不住。可是尽管它落了,"犹自多情,学雪随风转",这就是有情的人生、有志的人生、有理想的人生!它只要有一丝的生命还存在,就要"强弄"——尽自己最大的力量来表现出它美丽的颜色。"相吊年光浇大白","吊"是慰问、安慰、同情的意思;"大白"是一种酒。吴见山应该是吴文英的一个很不错的朋友,翻开吴文英的词集,里边有好多是跟吴见山互相往来唱和的作品。他说:每个人都有多少往事,每个人的年华都不能留住,在这消逝的无常的悲慨之中,我们只有相对饮酒、互相安慰了。曹孟德说:"对酒当歌,人生几何。譬如朝露,去日苦多。"在这样的时候,你最好"对酒当歌"。

最后两句他再跳出去写:"海烟沉处倒残霞,一杼鲛绡和泪织。"吴文英常常在他写感情写得非常深挚、非常悲哀的时候跳出去:你看那首《齐天乐》,开始他说"三千年事残鸦外,无言倦凭秋树",当他把感情写得很秾挚时,忽然说"岸锁春船,画旗喧赛鼓";《八声甘州》也是,最后他说"连呼酒,上琴台去,秋与云平",在他写得非常沉痛的时候,他一下子跳出去了。"海烟沉处倒残霞","倒"字也有两个读音:我们说"倒下去了"中的"倒"念 dǎo,把"水倒在地上"中的"倒"念 dào。现在的广播电视中,常常有人念错字。还不止如此,我叫安易替我打印这些资料,打完后我说某个字不对,而她是按照《全宋词》打出来的,《全宋词》上这个字本来就错了,看起来尽信书真是不如无书。我常常对学生说:你去找一找那些古老的线装书,看看到底是什么。因为现在印的书往往有错字,我们一定要分辨清楚。"海烟沉处倒残霞",你可以想象,海上是一片烟霭,天上是一片残霞,在海烟越来越深的地方,残霞好像沉到海水中去了。我在台湾时曾写过《郊游野柳偶成》,其中有两句说："自向空滩觅珠贝，一天海气近黄昏。"我是见过这样的景色的。吴文英那首《莺啼序》也说"蓝霞辽海沉过雁"，雁也消逝了，消逝在那海天无际的地方。这句真的很难讲，人家说不可说的才是最好的，你看吴文英的想象和感受！有的人只是感受好，吴文英当然是感受好了，可是他还有想象，他的想象可以称得上是奇情壮采——人家想不到的、不常用的、不这样写的，他都可以把它写出来。这还不说，那溟蒙的海烟是逐渐地消沉了，而残霞也是逐渐地消逝了残余的光影，就在它消逝之前，你看它的颜色多么艳丽、多么丰富！人生是无常的，但无常之中有很多你难以挽留住的美好的情事，这样的景象怎么样？"一杼鲛绡和泪织"。"杼"是织布机，我这里有织布机，我要织出什么来？我这一杼织出来的是"鲛绡"。"鲛绡"是中国古代神话的传说，说海上有鲛人，她可以织出一种最薄的丝织品，但是你很难说那就是丝了，因为鲛人所织的不一定是桑蚕丝，传说中的鲛人是泣泪成珠，她流下来的每一个泪点都会变成一颗晶莹的珍珠。泪是何等悲哀，珠是何等珍美，所以她一杼织出来的是如此悲哀、如此美丽的鲛绡，是与她的泪一同织出来的人生。你是不是用你的心血、用你的悲哀织出来一个美丽的东西呢？也许吴文英留给我们的这三百多首词都是他的"一杼鲛绡和泪织"。我以为吴文英实在是一个非常值得注意的作者。只是我们的时间有限，课堂上只讲这些作品就要结束了。至于其他的内容，大家可以参考我那两篇论吴文英的文章。那两篇文章的侧重点，我已经给大家介绍过了。

　　总之，吴文英是一个值得研究的作者。我在加拿大教书时有一个学生，现在麦吉尔大学任教，叫 Grace Fong，她的中文名字叫方秀洁。Grace Fong 本来在多伦多念的硕士，后来到温哥华跟我念博士，她的博士论文就是论吴文英的词。她曾对我说：叶先生，一听您讲吴文英，我就想，一定要写这个作者。我觉得她之所以喜欢吴文英，是因为她的个性与吴文英有相近之处，所以她对梦窗词的感受也更深刻一些。而且，加拿大是讲英语和法语的，那些学生的论文不是用英文写，就是用法文写，绝对不可以用中文写。我所有的学生都是研究古典诗词的，在论文中，他们要把中国的诗词翻译成英文，翻译得最好的，也是我这个学生。其实，方秀洁从多伦多转过来的时间比较晚，她的根底并不比其他学生深，但她的感觉很敏锐。吴文英的词不好译，而她翻译得非常好。我现在只是顺便讲到这些话，好，这一次讲吴文英就结束了，我们下节课再来看王沂孙的词。

第五讲

说王沂孙词之一

今天，我们来讲王沂孙。据《绝妙好词笺》上记载："沂孙，字圣与，号碧山，又号中仙，会稽人，有《碧山乐府》二卷，又名《花外集》。"同姜白石、吴文英一样，王沂孙在正史上也没有传记。中国历史上有传记的人，其传记常常只是记载这些人的生平，说他什么时候考中了进士，什么时候做过什么官，哪一年又换了什么官，等等，总之都是这一套。所以，没有科第功名的人，在正史上也就没有传了。

王沂孙的姓名也不见于史传，而且比较起来，他的生平经历比姜白石、吴文英更难以考证。因为姜白石虽然没有做过什么官，但是他所依傍的人，不管是萧德藻、范成大，还是张镃、张鉴兄弟，都是当时的权贵名流。吴文英做过一段苏州仓台的幕僚，有一段短暂的仕宦经历，但是这点经历不足以进入正史。不过，他赠词的人，像贾似道、吴潜等人都是当时的将相一级的权贵。所以你考证姜白石和吴文英的生平，还可以找到一些依据。而王沂孙身世沦微，与达官贵人又没有什么交往，因此我们所知道的，也只是《绝妙好词笺》上那一点记载了。

另外，还有一段记载，说王沂孙在元世祖至元中曾担任过庆元路的学正。"学正"就是地方学校的学官，像周邦彦不是曾经从太学生一下子被擢为太学正吗？他那是在太学中做学官。周邦彦做太学正是有确切记载的，而王沂孙究竟有没有做过庆元路的学正，历来就有许多争议。有些人喜欢王沂孙的词，推崇王沂孙这个人，于是想提高他的品格，而在中国人的传统中，总认为你如果是宋朝人，宋朝灭亡了，你做了元朝的官，你就成了变节的二臣，你的品格上就有了污点，所以有些人就为王沂孙辩护，说他并没有仕元。

当然，关于王沂孙仕元这件事情，只说是见于《延祐四明志》，但《延祐四明志》里真的有这样的记载吗？大家都没有见过。我当年写吴文英、王沂孙这些人的时候，因为正史上没有他们的传记，所以很多材料要从地方的方志中去寻找。比如写吴文英时，我就是在哈佛大学的燕京图书馆里找到了嘉泰年间的《会稽县志》的；可是写王沂孙时，找《延祐四明志》却颇费了一番周折。我先是在台湾的图书馆里查找，结果没有找到；我又去了哈佛的燕京图书馆，还是没有找到；直到有一次从中国回加拿大的时候经过日本，我到东京的帝国图书馆里，居然找到了这本《延祐四明志》。果然，其中记载着说：王沂孙确实做过元朝地方的学官。"延祐"是元仁宗的年号，是元朝编的地方志上才有关于王沂孙做过学正的记载，你找以前的那些方志，当然找不到了。现在就要牵涉一个问题了，就是王沂孙以南宋遗民的身份而做了元朝的学官，这算不算变节？算不算二臣？

关于这个问题，我也找了一些材料。我常常说：读诗词，最重要的是对其中的生命感情有一种敏锐的感受力。如果你只是自己读诗，那么你有兴发感动就好了；可是你如果要研究，要写论文，光靠直觉的感受还不够，你一定要有理性、有材料、有思辨。比如对于王沂孙仕元这件事情，你先是要找材料证明他确实做过庆元路的学正，然后再衡量一下他这样做对于他的品格有什么影响，我们究竟应该用什么尺寸来衡量他的品格。

关于这个问题，我也去找了一些材料来证明。清代全祖望的《宋王尚书画像记》里边有这么一段话："山长非命官，无所屈也。箕子且应武王之访，而况山长乎？"他说：山长只是学官，而学官不能算朝廷命官，所以这样做不算是品节受到屈辱，像商朝的箕子，在商朝灭亡以后，他还应了武王对他的访问，何况只是做一个山长呢？孙克宽先生本来是台湾东海大学的一位教授，也是教古典诗词的。他写过一篇名为《元初南宋遗民初述》的文章，发表在《东海学报》的第十五期，是台湾1974年出版的。我认识孙克宽先生，他曾经把他自己的论文拿给我看，在那篇文章中他说："学官不列为变节之例。"又说："乡学或书院教授，不在此限。"也就是说，乡学或书院的学官不能算作变节。

戴表元的《剡源戴先生文集·送屠存博之婺州教序》中

说："古之君子可以仕乎？曰可以仕而可以不仕者也。今之君子不可以仕乎？曰不可以仕而不可以不仕者也。"他说：古代的那些士大夫，当他的国家灭亡以后，他可以出仕，同时，他也可以不仕；可是今之君子——南宋灭亡以后到元朝去的那些人，也许不应该出来做官，可是有时候，他们又不能不出来做官。戴表元接着说："以为不仕而为民，则其身将不免于累也。"你如果不出来做官，做一个普通的老百姓，这也许要招致一生之罪累。为什么吴梅村把出仕清朝这件事看作自己一生最大的耻辱？临死之前他嘱咐家人说：我死后不要给我立墓碑，只需立一块圆石，上面刻上"诗人吴梅村之墓"就可以了。既然如此，当初他为什么还要出来做官呢？因为他是一个名人。在明朝时他考进士高第得中，明思宗对他非常欣赏，这使他成为名重一时的才子。对于这样有名望的人，清朝是一定要逼他出来的。吴梅村说：他本来不想出仕清朝，可后来他父母哭泣着劝他，为了保全家人，他不得已就出来了，但没有两年他又退出了官场，这就是戴表元所说的"不可以仕而不可以不仕者"。

　　我曾经说过，人都是软弱的。一种软弱是由于求生惧死的本能；再一种是求名骋才的本能。像吴文英留下的送给贾似道的那几首词，他本来可以不写，可他一方面不写对他不利，另一方面他也是求名的人，有这两种软弱，就会在品格上留下污点。我上次也曾引过孔子的话："躬自厚而薄责于人。"你对自己可以求全责备，如果你能够撇弃本身的利害而选择正义和道德，那么这种选择是正确的、庄严的，我们可以这样来要求自己，但是对别人应该宽容以待。我刚才引用的戴表元的这几句话是他送屠存博去婺州任教授时写的一篇序文。屠存博名叫屠约，书上说他"当路数授之以官，翱翔而不就"。"当路"就是当权者;"数"是屡次;"翺翔"就是摆出高姿态。元朝的朝廷屡次请屠约去做官,他都不肯接受,而最后毕竟不得已,做了婺州教授。而且,戴表元为什么要说今之君子"不可以仕而不可以不仕"呢?因为他也是南宋的遗民,在六十多岁时做了信州教授,所以他能够体会这种"不可以仕而不可以不仕"的苦衷。

以上我引了全祖望、孙克宽、戴表元等人的文章,他们都谈到当朝代变革的时候,你是不是可以出仕新朝的问题。

不只他们讨论到这个问题,周祖谟也写过一篇文章,特别谈到了宋亡以后仕元的儒学教授,这篇文章发表在 1946 年北平辅仁大学的学报上。周先生是我的老师,我上过他的课,也看到了他的这篇文章。当然这只是巧合,因为那时我并没有想到几十年后我要用他的文章来写碧山词的评赏,我只是知道有这么一篇文章,到时候就用到了。所以你平常读书的时候,虽然当时不见得用得到它,但你的脑子里要有一个印象,知道大概怎么样,将来一旦用到它,就知道到哪里去找了。再有,我原来在加拿大 UBC 大学教书时,有个亚洲系的学生叫谢惠贤,她在我们亚洲系念了硕士以后,又到澳洲大学去念博士,她的博士论文的题目就是《宋元易代之际的忠义人士及其活动》(*Loyalist Personality and Activities in the Sung to Yuan Transition*),像这些都是我的机缘巧合:孙克宽是我的朋友,周祖谟是我的老师,谢惠贤是我的学生,而他们所讨论的都是从南宋入元之遗民的出处问题。

其实,王国维早就曾写过一篇《耶律文正公年谱余记》的文章,不过,他讨论的是从金到元的遗民出处问题。王国维说:元遗山是以金元遗臣的身份上书耶律中书,耶律中书即耶律楚材,因为他曾经做过元朝的中书,元遗山就向他推荐了当时的名士数十人,"昔人以为诟病",一般人都认为以元遗山这样的身份,他怎么能够推举他的那些朋友去做"二臣"呢?元遗山当然是个有名的诗人了,他自己没有仕元,但是他推荐别人去了,为此很多人不理解他,认为这是元遗山品格上的污点。可是,王国维很通达,他说:我看过元遗山给耶律楚材的那封信,信中说:"以阁下之力使脱指使之辱,息奔走之役……学馆之奉不必尽具,饘粥足以糊口,布絮足以蔽体,无甚大费。"你难道忍心看着那些人饿死在家里吗?再者说来,元遗山只是推举他们去做学官嘛!王国维认为,这正是元遗山的"仁人之用心"。可见,无论什么时候,我们都不能人云亦云,尤其是批评一个人时,你一定要"论其世",先要了解他所生活的时代。举了这么多例子,我只是要说明,王沂孙确实做过庆元路的学正,而对于这件事情,我们要知人论世,有比较通达的理解。

到现在为止,我们已经讲过南宋的好几位词人的作品了。其中,姜白石所感慨的还只是几十年前的靖康之乱,北方大好河山的沦陷;吴文英所慨叹的就已经是眼前南宋国家的日趋衰亡了;等到王沂孙,他身经南宋亡国的悲惨经历,所以更加悲哀。不但如此,他还亲眼看到了一件令人触目惊心的事情,什么事情呢?

夏承焘先生真是我们当代的一位词学大师,你看我常常提到他。他不仅做了姜白石、吴梦窗等人的系年,还做了南宋其他一些词人的年谱。在他的《周草窗年谱·附〈乐府补题〉考》中记载了这样一件事情:元代初年有胡僧杨琏真伽总管江南浮屠,发会稽南宋诸帝后陵,弃骨草间。义士唐珏闻而悲愤,遂集里中少年收诸帝后遗骸共瘗之,且移宋故宫冬青树植其上。

宋朝灭亡以后,有一个"胡僧",中国古人常常称少数民族为胡，少数民族的僧人就是"胡僧"了。他说有一个叫杨琏真伽的胡僧，盗发了南宋皇帝与后妃们的陵墓。北宋的首都是汴京，北宋皇帝的陵墓也在开封附近，我去开封旅游时曾经到过那里；南宋的首都在杭州，南宋皇帝的陵墓在浙江绍兴附近。胡僧杨琏真伽是江南所有寺庙的总管，他盗发了南宋诸帝后的陵墓，拿走了其中的珠宝，而皇帝与后妃们的尸骨就被抛弃在墓地的草野之间了。作为南宋的臣民，你怎么忍心看到这种景象？所以，当时有一个名叫唐珏的义士听说后非常悲愤，于是召集了这个地区的一些年轻人，把那些骸骨收集在一起埋葬起来了。不但如此，他们又从宋朝的故宫移来一些冬青树种在陵墓之上。冬青树就是冬天也常青不凋的树木，你看墓地里常常种植松树之类的树木，正是取其常青之意。你要知道，这已经是元朝时的事情了，而他们这样做，确实冒了很大的危险，所以这件事情感动了当时的一些文人词客们，于是王沂孙、周密、唐珏、陈恕可等十四人汇集在一起，用《天香》《水龙吟》《摸鱼儿》《齐天乐》《桂枝香》五调，分咏龙涎香、白莲、莼、蝉、蟹五物，来纪念这件事情，最后集成一卷词，叫作《乐府补题》。词，本来是能够歌唱的，汉朝时就成立了专门的音乐机构——乐府。现在，王沂孙他们所写的是以前的乐府里边没有写过的题目和内容，因此叫《乐府补题》。这本书在元朝初年就编出来了，但因为是怀念故国的作品，当时不能公开发表，于是被藏了起来，没有得到流传，也没有被世人所知。

一直等到清朝初年，朱彝尊最早发现了这本词集。明朝灭亡以后，朱彝尊不肯出仕清朝，他家里很穷，十几岁就成了人家的赘婿。招赘到人家以后也无以为生，他就流转于各地，做私塾的教师。他的才分很高，记忆力也很强，喜欢读书，尤其对宋词，兴趣更深。他有一个名叫曹溶的同乡，曾经做过很高的军政长官。后来，朱彝尊离开私塾，投到曹溶的幕下做了他的幕僚。曹溶也是一个词人，特别喜欢南宋词，这样，朱彝尊就有机会到各地去搜集南宋的词，最后编成《词综》一书。所以人们常常说：首尾二朱——朱彝尊和朱祖谋对于清代的词学做出了很大的贡献。在搜集这些词的时候，朱彝尊在江南的一个私人藏书家那里发现了《乐府补题》，恰好那一年，也就是清康熙十六年（1677），康熙皇帝颁布天下，特别开设了一个博学鸿儒的特科。因为明朝的遗民不肯参加正常的科举考试，康熙皇帝就派人劝他们出来，应这次特殊的考试，以示自己招贤纳士的诚心。果然，多少明朝的遗民，那些十几年都不肯出来的才智之士，像朱彝尊、陈维崧等人，这一次纷纷出来应考了。当时有人写了一首很不忠厚的诗来讽刺这些人，说他们是"一队夷齐下首阳"，伯夷和叔齐不食周粟，饿死在首阳山上；这一队"夷齐"当年不肯做二臣，现在都出来参加新朝的科考了！那时，朱彝尊刚刚在南方找到《乐府补题》的词集，这次应试，他就把《乐府补题》带到了京师。在当时说起来，这是一件非常值得重视的事情，所以一时倾动朝野。你要知道，那时候多少文人词客都在京师应考，这些人都是明朝的遗民，而《乐府补题》正是遗民的作品，这样他们就会有很多共鸣。但是我要说，《乐府补题》被埋没这么久，现在出来真是出非其时！如果早一些年，在明朝刚刚灭亡的时候出现，那么这些经过国破家亡的遗民要写出多少血泪之作来！可是现在出现正值"一队夷齐下首阳"——大家已经承认了新朝，才来这里参加考试的，天下的事情真是有幸、有不幸。

然而这本词集毕竟出现了，而且马上得到刊刻，一时间，文人词客竞相作起咏物词来了。因为《乐府补题》中所收集的都是咏物词，他们是用五个不同的词调来咏五种不同之物的。

那什么是咏物词呢？我们说：咏物词属于赋化之词，它是用写赋的笔法来写的。在清朝乾隆年间有人编了一本书，叫《佩文斋咏物诗选》，编者把咏物的作品抬得很高，说是从"虫鱼草木之微"，可以发挥"天地万物之理"；他们把咏物诗的历史推到很久以前，说"诗之咏物，自三百篇而已然矣"。究竟是不是这样呢？我们说《诗经》中确实提到不少草木鸟兽的物："关关雎鸠"说的是鸟；"硕鼠硕鼠"说的是大老鼠；"桃之夭夭"说的是植物。连孔子都说，读《诗》可以"多识草木鸟兽之名"。但是，我们不能因此得出结论，说咏物诗是从《诗经》开始的，因为《诗经》中所说的草木鸟兽只是一个起兴，是借草木鸟兽来引起一种感发，引出人的感情，而它真正要咏的并不是草木鸟兽。所以，《佩文斋咏物诗选》中的这种说法是不恰当的，正如后来的张惠言说某某作者的作品有《离骚》的意思一样，这都是牵强附会！把咏物词推源到《诗经》，推得太早了。

既然咏物词是一种赋化之词，那么它有哪些性质呢？《文心雕龙·诠赋》上说："赋者，铺也。铺采摛文，体物写志也。"你一定要注意到赋的体物写志与诗的感物言志是不同的：感物言志是直接的感发，就是从诗的比兴，从外物引起你内心的情意；可是赋的体物写志是要透过对物的体察、观察、描摹来表现你自己的志。《文心雕龙》上还说："赋也者，受命于诗人，拓宇于楚辞也。于是荀况《礼》《智》，宋玉《风》《钓》，爰锡名号，与诗画境。"为什么说赋"受命于诗人"呢？因为诗的六义中有赋、比、兴三种表现手法，其中，直言其事就叫赋。也就是说，你不必借助于外物，你直接去写就可以带着感发。像《将仲子》那首诗，没有外物，没有草木，也没有鸟兽，它直接就写这件事情了，这是《诗经》中"赋"的手法，所以说赋"受命于诗人"。"拓宇于楚辞"就是说楚辞的出现使赋这种叙述方式得以拓展，逐渐产生了长篇的赋作。这个时候，赋已经成为一种文体，而不再是六义中的一种表现手法了，于是后来出现了荀况的《礼赋》《智赋》，宋玉的《风赋》《钓赋》，这类作品虽然沿袭了六义中"赋"的名字，但这种"赋"与六义中的"赋"已经完全不一样了。

以上提到了荀况和宋玉，其实，《文心雕龙》中还评价了这两个人不同的风格。刘勰说："荀结隐语……宋发巧谈。"以荀子的《蚕赋》为例，他说蚕如何吐丝，人如何把丝织成丝帛，如何嘉惠万物，等等，其实他是要说一个人怎么样才能做出对人类有益的事情。在《云赋》中，他说天怎么样兴云，云怎么样变成雨，雨怎么样滋润万物，等等。可见，荀况的赋表面上虽然写的是一个物，但是物外有一种对于人生哲理的喻托，这就是所谓的"荀结隐语"。

那么宋玉呢？宋赋的特色是"巧谈"。你看他的《风赋》，说什么大王的雄风，然后就把雄风描写一番；又说庶民的雌风，再把雌风描写一下。他用了很多的语言进行描绘，这就是所谓的"宋发巧谈"。

《文心雕龙》中又说："拟诸形容，则言务纤密；象其物宜，则理贵侧附。"描写某物时，你的言语一定要纤细周密；你想用某物来表达你的某种思想，所以还要有比附的意思。总之，赋主要有两种写作方式：第一是用比兴喻托的隐语；第二是用刻画描绘的巧谈。

中国真正的咏物之作是建安时代开始流行起来的，其中最有代表性的作者就是曹植。曹植写过一首《吁嗟篇》："吁嗟此转蓬，居世何独然！长去本根逝，宿夜无休闲。"他还写了《野田黄雀行》：

> 高树多悲风，海水扬其波。利剑不在掌，结交何须多？不见篱间雀，见鹞自投罗。罗家得雀喜，少年见雀悲。拔剑捎罗网，黄雀得飞飞。飞飞摩苍天，来下谢少年。

他说的都是什么？"吁嗟此转蓬"写的是秋天的断梗飘蓬，这属于物，但是曹植真正的意思则是写他自己如断梗飘蓬一般的身世。大家知道，曹丕做了皇帝以后，就逼他的弟弟们纷纷离开朝廷，到外地去了。曹植曾经上过《求自试表》，想要回来为国家出力，但一直没有得到允许，《吁嗟篇》所慨叹的正是他漂泊异乡的痛苦。而《野田黄雀行》呢？他说：我的好朋友被别人迫害，我却没有权力在手，不能帮助他们。朋友陷入罗网之中，你救他们才对，若不能救，交你这样的朋友还有什么用！可见，曹植的这两首咏物诗都是另有托意的。

咏物诗如此，咏物词也是这样。咏物词之所以盛行，主要有两方面的原因：一是因为在特定的环境中，某种感情不能明言，否则就会受到迫害，所以你要借助于物来写那些不能直接写的情志；此外，在古代，文士们聚会的时候，经常找一个题目，大家来作诗，这种由文士们组织的共同写作的集会，是咏物词得以盛行的第二个原因。

我们知道，王沂孙写了很多咏物词。一方面，他感慨南宋的败亡，可是在新朝的统治下，这种故国之思不能明言，只能借咏物来曲折隐晦地抒发；另一方面，王沂孙所生活的时代也有词人结社的风气，他们经常组织到一起，找一个共同的题目来写。《乐府补题》就是这样的咏物之作所编成的集子，而王沂孙写得最好的作品就是他的咏物之作。

到现在为止，我还只是简单地介绍王沂孙这个作者，以及与咏物词有关的一些问题，下一次我们再讲王沂孙的咏物词。